Terri Blackstock

Das Versprechen

FRANCKE
Verlag der Francke-Buchhandlung GmbH

Bibliografische Information Der Deutschen Bibliothek
Die Deutsche Bibliothek verzeichnet diese Publikation in der Deutschen Nationalbibliografie; detaillierte bibliografische Daten sind im Internet über http://dnb.ddb.de abrufbar.

ISBN 3-86122-626-X

Published by W. Publishing Group, a division of
Thomas Nelson, Inc., Nashville, Tennessee, USA

35037 Marburg an der Lahn
Deutsch von Silvia Lutz
Umschlaggestaltung: Henri Oetjen, DesignStudio Lemgo
Satz: Verlag der Francke-Buchhandlung GmbH
Druck: Ueberreuter Buchproduktion, Korneuburg, Österreich

Francke-Lesereise

1

Eine Frage verfolgt mich in den schwärzesten Stunden der Nacht, wenn dunkle Gedanken meine Träume überfluten und sich über das Leben, das ich kenne, lustig machen. Es ist die Frage: Wie konnte ein Kind, das so privilegiert und Glück verheißend geboren wurde, so armselig aufwachsen?

Bei meiner Geburt war ich jemand. Lizzie, meine Zwillingsschwester, sagt, wir seien damals schon berühmte Erbinnen gewesen. „Unser Großvater war Milliardär", staunt sie. „Stell dir das nur einmal vor, Kara!" Bis wir drei Jahre alt waren, standen wir groß in allen Zeitungen. In den Schlagzeilen nannte man uns die „Milliarden-Dollar-Babys".

Aber diese Milliarden-Dollar-Babys trugen dann gebrauchte Kleider aus der Altkleidersammlung. An den meisten Abenden bestand unser Essen aus trockenem Müsli, das wir mit den Fingern direkt aus der Schachtel aßen. Die Rosinen pickten wir heraus und sparten sie für unser Pausenfrühstück am nächsten Tag in der Schule auf. Soweit ich mich erinnere, feierten wir nie richtig Geburtstag, weil niemand der Meinung war, dass dieser Tag es verdiene, gefeiert zu werden. Für die meisten Menschen in der Stadt waren wir nur asoziale, arme Hungerleider.

All die Jahre wartete ein riesiges Erbe auf uns, aber niemand verriet uns, dass es uns gehörte.

Manchmal versuche ich, mich an die Tage zurückzuerinnern, bevor wir drei Jahre alt waren. Aber meine Erinnerungen sind von den Lügen, die man mir jahrelang auftischte, und von den Bildern, die ich gesehen habe, übertüncht. Ich kann aus meinen falschen Vorstellungen keine wirklichen Erinnerungen herausfiltern. Trotzdem weiß ich, dass das, was ich hier schreibe, wahr ist. Nicht, weil ich mich daran erinnern würde, sondern weil ich alle Seiten genau untersucht habe, weil ich alle Geschichten gehört habe, weil ich alle Berichte gelesen habe ... und weil ein paar Dinge sich mit absoluter Klarheit herauskristallisiert haben.

Die erste Tatsache ist: Mein Vater, Jack Holbrooke, war der Sohn *des* Paul Holbrooke, der mit Mikrochips und Prozessoren, von denen ich immer noch nicht genau weiß, wie sie funktionieren, reich wurde. Mein Großvater hatte bereits ein Vermögen gemacht, bevor er dreißig war. Mein Vater, Jack, wurde als Jugendlicher religiös und beschloss, nicht die Rolle des reichen Sohnes spielen zu wollen. Stattdessen wurde er Pilot, kaufte sich ein Flugzeug und fing an, Charterflüge anzubieten und Flugstunden zu geben. Er verzichtete auf das Holbrooke-Geld und sagte seinem Vater, statt das Geld in seinem Testament ihm zu vermachen, solle er es lieber christlichen Organisationen spenden, die auf der ganzen Welt Menschen in Not helfen und ihnen das Evangelium bringen.

Mein Großvater tolerierte den Eifer seines Sohnes und nahm seine Bitten zur Kenntnis ... um sie dann prompt zu ignorieren.

Meine Mutter, Sherry, war als Jugendliche von zu Hause ausgerissen. Als Fünfzehnjährige war sie aus Barton im US-Bundesstaat Mississippi davongelaufen, um ein neues Leben zu beginnen. Sie landete bei einer netten Familie in Jackson und wurde auch religiös. In Jackson lernte sie meinen Vater kennen, als er bei der Zeitung eine Anzeige für eine Bürokraft in seinem Hangar aufgab. Sie verliebten sich ineinander, als unsere Mutter ungefähr neunzehn war. Die beiden heirateten und weniger als ein Jahr später bekamen sie Lizzie und mich.

Als wir erst ein paar Wochen alt waren, starb Mutter bei einem Autounfall. Unser Vater zog uns in den nächsten drei Jahren allein auf. Ich habe Bilder von ihm gesehen. Er war ein netter, sanfter Mann, der oft lachte. Es gibt Schnappschüsse von ihm, auf denen er uns küsst, uns im Swimmingpool seines Vaters wie einen Ball auf dem Wasser hält, mit uns über den Rasen des kleinen Hauses tollt, in dem wir wohnten, uns Bücher vorliest, uns ins Bett bringt. Es gibt drei Geburtstagsfotos, auf denen unser Vater auf dem Boden liegt, während zwei mit Kuchen beschmierte rothaarige Mädchen Geschenkkartons mit Barbiepuppen aufreißen.

Manchmal schließe ich die Augen, konzentriere mich und versuche, mich an diese Momente zu erinnern. Eine Weile rede ich mir ein, sie wären nicht nur Bilder, die auf Papier festgehalten wurden, sondern lebendige Ereignisse. Ich denke sogar, ich könnte den Kuchen riechen und das stoppelige Gesicht meines Vaters auf meinen Wangen fühlen. Ich könnte sein Lachen hören und seine Arme fühlen, die mich eng an ihn drücken.

Aber in Wahrheit reichen meine Erinnerungen nicht so weit zurück.

Ich glaube, ich kann mich nicht einmal an Amanda erinnern. Lizzie sagt, sie habe mehr *Eindrücke* als echte Erinnerungen. Diese Schnappschüsse brächten diese Eindrücke nur in ein klareres Bild. Ich denke, bei mir ist es ähnlich.

Aber ich wünschte, ich könnte mich an die Zeit erinnern, als Amanda unseren Vater und uns kennen lernte, als sie seine Frau wurde, als sie ihren Mann verlor und ihrer Kinder beraubt wurde, und als sie jahrelang versuchte, ein Versprechen zu halten, das sie ihm gegeben hatte ... und uns.

Aber wie Lizzie so schön sagt: Die Wahrheit ist die Wahrheit, ob wir uns daran erinnern oder nicht. Ich fange also am besten mit Amandas Geschichte an, so wie Amanda sie mir erzählte. Denn sie ist auch der Anfang meiner eigenen Geschichte.

2

Mein Vater hatte die Gitarre im Arm und spielte leise ein Lied, als Amanda ihn das erste Mal sah. Er saß auf einem metallenen Klappstuhl in der Ecke des überfüllten Gemeinderaums, beobachtete die begeisterten Gesichter und genoss das Lachen um sich herum, während er eine Melodie zupfte, die Amanda nicht kannte. Später erzählte sie, dass ihr Blick auf die roten Haare fiel, die dringend einen neuen Haarschnitt nötig hatten, auf das offene Flanellhemd, das über die Seiten des Stuhles nach unten hing, ein einfaches weißes T-Shirt darunter, Jeans, die aussahen, als seien sie ein Dutzend Mal zu oft gewaschen worden, und zerrissene, schmutzige Tennisschuhe, die verrieten, dass sie alt und abgetragen waren.

Ihre beste Freundin, Joan, die seit mehreren Monaten diese Bibelgesprächsgruppe für Alleinstehende besuchte, erzählte ihr, er sei Pilot. Mehr wusste Amanda nicht über ihn.

Als es Zeit war, mit dem Programm zu beginnen, suchten sich die Leute in dem großen, rustikalen Raum Sitzplätze auf Sofas und Schaukelstühlen. Amanda suchte sich einen Platz in der Nähe des Gitarrenspielers, setzte sich auf den Boden und schlang die Arme um ihre Knie. Er lächelte sie an und zupfte weiter auf seiner Gitarre.

Der Leiter der Gruppe begrüßte die Anwesenden, dann übergab er an meinen Vater. Er begann, Lobpreislieder und rockige Melodien zu spielen. Jetzt hörte sie auch seine Stimme. Sie war tief, sanft und ungekünstelt und führte alle im Raum in die Anbetung Gottes. Als er zu Ende gesungen und gespielt hatte, stellte er die Gitarre ab und nahm neben ihr auf dem Boden Platz. Seine Nähe weckte in ihr ein süßes Heimweh nach etwas, das sie nicht beim Namen nennen konnte. Schon an diesem ersten Abend wusste sie, dass er einen kostbaren Schatz besaß, den er ihr schenken wollte, einen Schatz, den sie unbedingt ausgraben und besitzen wollte.

Als die Veranstaltung zu Ende war, streckte er ihr die Hand hin. „Ich bin Jack."

„Freut mich, dich kennen zu lernen, Jack." Sie schüttelte ihm die Hand und spürte die Hornhaut vom Gitarrespielen auf seinen Fingerspitzen, die über ihre Handfläche strichen. „Ich bin ..."

„Nicht sagen. Lass mich raten." Er ließ ihre Hand nicht los. „Ich habe früher einmal auf einem Jahrmarkt gearbeitet und damit mein Geld verdient."

„Womit? Mit Gitarrespielen?"

„Nein", erwiderte er. „Ich habe Namen erraten. Also, verrate mir deinen Namen nicht. Ich kann das. Ich bin psychotisch, weißt du."

Sie lachte. „Du meinst, psychologisch?"

„Ja, das auch." Er schaute ihr zwinkernd in die Augen. „Schauen wir einmal. Ich bekomme ein *A*."

Ihre Augen wurden größer.

„Ein *M*."

Sie entriss ihm ihre Hand.

„Amanda!", sagte er seelenruhig, als wäre es das Selbstverständlichste der Welt.

„Woher wusstest du das?"

„Das habe ich dir doch gesagt."

„Ja, ja. Du bist psychotisch. Aber im Ernst. Woher weißt du, wie ich heiße?"

Mit einem Grinsen hob er seine Gitarre hinter sich auf. „Ich habe jemanden gefragt, als du zur Tür hereinkamst."

Ihr Gesicht wurde warm. Er stand auf, ergriff ihre Hand und zog sie auf die Beine. Er war fast zwanzig Zentimeter größer als sie.

„Was hältst du von Schokoladen-Milchshakes?", fragte er.

„Ehrlich gesagt habe ich mir darüber noch nie allzu viele Gedanken gemacht."

„Aber das solltest du. Bist du nicht dankbar, dass ich dir über den Weg gelaufen bin und dich dazu bringe, dir über so etwas Wichtiges Gedanken zu machen?"

„Soll das heißen, dass du mich fragst, ob ich mit dir einen Milchshake trinken gehe?"

„Ich habe versucht, es ein bisschen weniger direkt auszudrücken, aber ja", nickte er. „Ich wollte dich einladen, mit mir etwas trinken zu gehen."

Obwohl er sie in kürzester Zeit mit seiner lockeren Art völlig in seinen Bann gezogen hatte, wurde er ernster, als sie bei ihren Milchshakes saßen. Er zeigte ihr Bilder von Lizzie und mir. Es tat ihr im Herzen weh, dass ein so junger Mann bereits die schwere Last einer Scheidung mit sich herumschleppte. „Wie hast du es geschafft, das Sorgerecht zu bekommen?"

„Das Sorgerecht?" Er runzelte fragend die Stirn, dann zog er verstehend die Augenbrauen hoch. „Ach so. Nein, du verstehst nicht richtig. Ich bin nicht geschieden. Meine Frau ist gestorben."

Das Lächeln auf ihrem Gesicht verschwand schlagartig. „Das tut mir Leid."

„Ist schon okay." Seine Stimme war leise, und er schluckte schwer. Die Erinnerungen waren anscheinend immer noch sehr lebendig. „Es passierte vor drei Jahren, als die Kinder noch ganz klein waren. Ein Autounfall. Ich habe alle Stadien der Trauer durchgemacht, die im Lehrbuch stehen. Inzwischen befinde ich mich in der Phase, dass ich es akzeptiere." Obwohl seine Worte locker und unbeschwert klangen, konnte sie in seinen Augen sehen, dass sie ihm nicht leicht über die Lippen kamen.

„Du ziehst also die Zwillinge seitdem allein auf?"

„So ist es. Aber sie entwickeln sich gut."

Einige Sekunden war es ganz still zwischen ihnen. Schließlich fragte er: „Und, wie ist der Milchshake?"

„So gut, wie ich erhofft hatte." Ihr Gesicht wurde warm. Sie musste wegschauen.

Er begleitete sie zum Gemeindehaus zurück und hielt ihre Hand, während er sie zu ihrem Auto begleitete. „Darf ich dich am Wochenende zum Essen einladen? Wir könnten in Stapleys Steakhaus gehen. Es ist das Lieblingsrestaurant der besten Amateurgitarrespieler von Jackson."

Sie war fünfundzwanzig, doch ihr Herz klopfte genauso aufgeregt wie bei einer Vierzehnjährigen, die sich frisch verliebt hat. „Ich würde gern mit dir essen gehen, Jack. Stapleys Steakhaus klingt wirklich verlockend, aber noch lieber würde ich deine Mädchen kennen lernen."

Er musste lachen. „Ist das dein Ernst?"

„Warum sollte das nicht mein Ernst sein?"

„Weil sie nicht gerade dafür sorgen, dass es ein ruhiges, friedliches Essen wird, wenn du weißt, was ich meine."

„Ich liebe Kinder", erklärte sie.

„Einverstanden, aber auf deine Verantwortung. Weißt du was: Du kommst zu uns nach Hause, und die Mädchen und ich kochen dir ein gutes Essen. Wie klingt das? Wir kochen köstliche Spaghetti."

Sie kramte in ihrer Tasche nach einem Stift und Papier. „Gib mir einfach deine Adresse und sag eine Uhrzeit. Aber ich möchte gern irgendetwas beitragen."

„Damit würdest du die Mädchen tödlich beleidigen. Außerdem können wir dich doch nicht beeindrucken, wenn wir dich helfen lassen."

Sie ließ den Motor an und lachte immer noch leise. „Einverstanden. Dann helfe ich eben nicht."

Er schrieb seine Adresse auf und reichte ihr den Zettel durch die Tür. Dann nahm er ihre Hand vom Lenkrad und küsste sie wie Rhett Butler in *Vom Winde verweht.*

Sie lächelte aufgeregt und fuhr los.

In jener Nacht lag sie lange wach im Bett und dachte an diesen Mann mit seinen zwei kleinen Töchtern. Sie hätte nie erwartet, dass ein Mann wie er in ihr Leben treten würde. Er war nicht gerade der Typ Mann, den sie suchte. Auf ihrer Checkliste mit „Eigenschaften eines möglichen Partners" standen nicht die Punkte „frühere Ehe" oder „dreijährige Töchter". Aber es war um sie geschehen. Sie lag hellwach im Bett und ihr Herz und ihr Denken drehten sich nur noch um ihn.

Sie konnte es nicht erwarten, Joan zu danken, sie zu diesem Bibelabend mitgenommen zu haben.

„Es wird dir gut tun, Amanda", hatte Joan sie überredet. „Diese Bibelabende helfen mir, mein Leben in den Griff zu bekommen. Du musst ausgehen und andere Leute kennen lernen, auf andere Gedanken kommen, von deinen Problemen wegsehen."

Amandas Probleme ließen sich jedoch nicht so leicht unter den Teppich kehren. Sie waren tief greifend und anhaltend. Es gab Zeiten, in denen sie in tiefe Depressionen versank. Ihr Lebensmotto waren die Bibelstellen, die sie auswendig gelernt hatte.

„Wenn du durch Wasser gehst, will ich bei dir sein, dass dich die Ströme nicht ersäufen sollen; und wenn du ins Feuer gehst, sollst du nicht brennen, und die Flamme soll dich nicht versengen" (Jesaja 43,2).

Dieser Vers hatte sich in ihrem Leben als wahr erwiesen. Genauso wie der Vers: *„Seid getrost und unverzagt, fürchtet euch nicht und lasst euch nicht vor ihnen grauen; denn der Herr, dein Gott, wird selber mit dir ziehen und wird die Hand nicht abtun und dich nicht verlassen" (5. Mose 31,6).*

Als sie feststellte, dass sie dabei war unterzugehen, hatte sie sich an diese Worte geklammert. Sie hatten sie langsam herausgezogen, bis sie wieder atmen und mit Dankbarkeit nach oben schauen konnte, statt mit Selbstmitleid nach unten zu blicken.

Der Gebärmutterkrebs lag jetzt hinter ihr. Eine Totaloperation und sechs Monate Chemotherapie hatten dafür gesorgt. Ihre Haare waren wieder genauso dicht und blond gewachsen, wie sie vor der Krebserkrankung gewesen waren, und sie hatten endlich wieder eine Länge erreicht, der man ihre Krankheit nicht mehr ansah. In ihr Gesicht war die Farbe zurückgekehrt, und sie sah nicht länger ausgemergelt und krank aus.

Aber unter den Folgen der Krankheit würde sie ihr Leben lang leiden. Sie könnte nie Kinder bekommen, wenigstens keine eigenen Kinder. Dabei hatte sie sich das immer gewünscht: eine richtige Familie, eine Familie, die ihre Sehnsucht stillen und ihr das Gefühl von Sicherheit und Zusammengehörigkeit vermitteln würde.

Inzwischen hatte sie diese Tatsache akzeptiert und sich an den Gedanken gewöhnt, eines Tages eventuell Kinder zu adoptieren ...

aber ihre Ängste blieben. Welcher Mann wollte schließlich eine Frau heiraten, die ihm keine Kinder schenken konnte?

Ihr Vater versuchte, ihre Not positiv zu sehen. „Liebes, das ist ein großer Filter für die Männer, die dich nicht verdienen. Entweder lieben sie dich so, wie du geliebt werden solltest, oder sie suchen das Weite. Der Herr weiß schon, was er tut."

Konnte es sein, dass der Herr einen Gitarre spielenden Piloten mit dreijährigen Zwillingen für sie geplant hatte?

Diese Frage beschäftigte sie die nächsten Tage, während sie sehnsüchtig darauf wartete, dass endlich der Samstag käme.

* * *

Mein Vater bereitete uns so auf diesen Besuch vor, wie man eine Schulklasse auf den Besuch einer Königin vorbereiten würde. Er erzählte uns, dass eine „sehr nette, sehr hübsche Dame" uns kennen lernen wolle und dass sie kleine Mädchen mit roten Locken besonders gern möge.

Als der Samstagabend endlich kam, waren wir bereit und warteten gespannt. Wir steckten in unseren schönsten Kleidern und waren vor Vorfreude ganz aufgeregt.

Eine Viertelstunde früher als vereinbart klingelte sie an unserer Tür.

Mein Vater öffnete und begrüßte sie mit seinem typischen Grinsen. Wir drängten uns hinter ihn und lugten um seine Beine herum auf die Frau, die wirklich ganz genau so aussah, wie er sie beschrieben hatte. „Gott sei Dank", seufzte er. „Ich hatte vergessen, mir deine Telefonnummer geben zu lassen. Ich konnte also nicht nachfragen, ob du auch wirklich kommst. Es war zu befürchten, dass du deine voreilige Zusage bereust und einen Rückzieher machst. Aber ich habe gebetet, dass du trotzdem auftauchen würdest."

In diesem Augenblick erspähte uns Amanda. Lizzie trug ein Cinderella-Kleid mit einer Tiara auf dem Kopf. Ich liebte es ausgefallener: Eine Strohfedora, eine leuchtend rosa Federboa, ein brauner Pullover und kobaltblaue Leggings.

„Sie haben sich extra für dich herausgeputzt.“ In der Stimme meines Vaters schwang ein belustigtes Lachen mit. „Lizzie ist Cinderella, und Kara ist eine Kreuzung aus Crocodile Dundee und Zsa Zsa Gabor.“

Sie bückte sich nach unten, bis sie auf Augenhöhe mit uns war. „Hallo, ihr beiden. Lasst euch anschauen“, lächelte sie. „Ihr seht euch ja zum Verwechseln ähnlich. Ich bin froh, dass ihr euch so schön angezogen habt, damit ich euch auseinander halten kann.“

„Wir haben Ba-Sketti gemacht.“ Lizzie ergriff Amandas Hand und zog sie in die Küche. „Willst du sie sehen?“

„Auf in den Kampf“, lachte mein Vater, während er die Tür schloss und uns folgte.

Amanda erinnerte sich noch jahrelang, wie die Freude und Begeisterung in ihrem Herzen fast übersprudelten, als sie uns in die Küche folgte. Sie sah, dass ein Stuhl vor die Spüle geschoben war. Ein zweiter stand vor der Arbeitsplatte. Lizzie kletterte auf den Stuhl vor dem Spülbecken, das voll Spülwasser war.

„Lizzie spült gern Geschirr“, erklärte mein Vater augenzwinkernd. „Deshalb lasse ich sie diese Gläser mit Spaghettisoße abwaschen. Das heißt natürlich nicht, dass wir fertige Spaghettisoße aus dem Glas servieren würden, verstehst du.“

„Nein, natürlich nicht.“

„Und Kara rührt gern um. Sie sind beide große Hilfen.“ Er schmunzelte vielsagend und verdrehte leicht die Augen.

Ich beugte mich ein wenig zu weit vor. Der Stuhl begann, unter mir wegzurutschen. Mein Vater machte einen schnellen Satz, um mich zu retten. Ich tat, als wäre nichts geschehen, und rührte wie selbstverständlich meinen Salat weiter um.

„Ich bin beeindruckt“, staunte Amanda. „Wie viele solche Rettungsaktionen gibt es denn bei jeder Mahlzeit?“

„Ach, vier oder fünf ... Dutzend.“ Er zwinkerte ihr vielsagend zu und steckte sich ein Stück Baguette in den Mund. „Das ist das Schöne an einer kleinen Küche. Ich kann beide ohne große Anstrengung auffangen.“

Ich bin inzwischen an diesem kleinen Haus, in dem wir damals wohnten, noch einmal vorbeigefahren und habe den Kindern zugesehen, die jetzt dort wohnen und im Garten hinter dem Haus spielen. Die Wohngegend sieht immer noch freundlich und einladend aus, auch wenn die Häuser allmählich in die Jahre kommen. Man hat mir jedoch erzählt, dass das Haus neu war, als wir klein waren. Mit Küche, Wohnzimmer, Bad, Schlafzimmer und einem Kinderzimmer war dieses Haus für unsere damaligen Bedürfnisse wahrscheinlich genau richtig. Auf den Bildern, die es von uns in diesem Haus gibt, sieht es immer sauber und ordentlich aus, wenn auch wenig eindrucksvoll. Ein Schnappschuss verrät die Geschichte von unserer kurzen Karriere als Künstlerinnen. Fingerdrucke, Scherenschnitte und kleine Papierschmetterlinge bedeckten den Kühlschrank. Zwei Paar kleine Tennisschuhe standen neben der Tür.

Mich befällt immer eine große Traurigkeit, wenn ich diese Bilder betrachte, denn es sah wie ein richtiges Zuhause aus.

An jenem Abend stritten wir in unserer selbst erfundenen Zwillingssprache, die niemand sonst verstand, um die Teller. Unser Vater rief: „Sprecht richtig, Kinder."

Amanda warf ihm einen fragenden Blick zu.

„Sie haben ihre eigene Sprache, die sie benutzen, wenn sie miteinander sprechen", erklärte er. „Das tun viele Zwillinge, aber ich versuche, es ihnen abzugewöhnen, sobald ich es höre."

„Es muss wunderbar sein, Zwillinge zu haben."

„Jedenfalls ist es sehr interessant."

Amanda – die nette Dame, die so aussah wie die Königin, die wir erwartet hatten – gab jedem von uns zwei Teller, um unseren Streit zu schlichten. Sie schaute zu, wie wir sie im typischen Stil von Dreijährigen auf den Tisch stellten.

Während wir das Besteck irgendwie über den Tisch schoben, drehte sich mein Vater zu Amanda um.

„Und, wie machen wir uns? Bist du schon so geschockt, dass du bald schreiend das Weite suchst?"

„Nein", grinste sie. „Die beiden sind einfach traumhaft. Und du kannst wunderbar mit ihnen umgehen."

Wir strahlten bei diesem Lob und strengten uns noch mehr an, den Tisch schön zu decken.

„Soviel ich gehört habe, dauert es bis zur Pubertät noch ein paar Jahre. Es gibt also noch viel zu tun."

Wir hatten drei Teller so eng nebeneinander gestellt, dass sie einander berührten. Der vierte Teller stand ganz allein auf der anderen Seite des Tisches. „Papa, das ist dein Teller", verkündete ich.

„Sie wollen neben dir sitzen", grinste er. „Du hast ja keine Ahnung, was für ein Glückspilz du bist. Nur schade, dass du eine weiße Hose anhast. Ich hole dir lieber ein Handtuch."

Er bestand darauf, dass sie das Handtuch auf ihren Schoß legte, um sie vor unseren schmutzigen kleinen Händen, vor der roten Soße und vor achtlos fallen gelassenen Nudeln zu schützen. Wir aßen Spaghetti immer mit großer Begeisterung.

Aber Amanda machte sich keine Sorgen wegen der Spaghettisoße auf ihrer Kleidung. Sie war geschmeichelt, dass wir sie so gern hatten.

* * *

Amanda erinnert sich, dass wir an jenem Abend früh zu Bett gingen. Mein Vater steckte uns in die Badewanne, während Amanda das Geschirr spülte. In unseren Flanellschlafanzügen liefen wir noch einmal barfuß in die Küche, um ihr eine gute Nacht zu wünschen. Im Schlepptau zog jeder eine abgenutzte Kuscheldecke hinter sich her. Amanda folgte Papa in unser kleines Zimmer, wo er uns einen Gutenachtkuss gab, und schaute zu, wie wir darüber diskutierten, in welchem Bett wir heute schlafen wollten – in Lizzies oder in meinem. Denn wir schliefen immer zusammen in einem Bett. Wir kuschelten uns eng nebeneinander, die Beine ineinander verknotet und die Arme umeinander gelegt. Wir wollten immer ganz nahe zusammen sein. Das ist bei vielen Zwillingen typisch und wird von Wissenschaftlern fasziniert beobachtet. Manchmal träumten wir denselben Traum, wenn wir nebeneinander lagen, wie zwei Hälften ein- und desselben Körpers.

Wenn Amanda von diesem Abend spricht, wird ihre Stimme ganz weich. Sie beschreibt, dass die Miene meines Vaters sanft und verwundbar war, als sie ins Wohnzimmer zurückkehrten. Er ließ sich neben ihr auf das Sofa fallen. „Ich wette, du hättest nie gedacht, dass du einmal eine solche Verabredung haben würdest."

„Es hat Spaß gemacht. Ich genieße es, mit den Mädchen zusammen zu sein."

„Das ist gut." Er lehnte sich zurück und legte den Kopf auf die Rückenlehne des Sofas. Er schaute zu ihr hinüber und forderte sie auf: „Jetzt könntest du mir etwas über dich erzählen."

„Was willst du denn über mich wissen?"

„Alles. Fang doch am besten damit an, wie deine Eltern sich kennen lernten."

Sie lachte laut. „Du machst Witze, oder?"

Er drehte sich zu ihr um. „Was soll das heißen? Glaubst du nicht, dass ein Mann von dir fasziniert sein kann?"

Seine Augen waren ernst, genauso wie an dem Abend, als sie ihn das erste Mal mit seiner Gitarre gesehen hatte. „Meine Eltern lernten sich an einem vierten Juli in der Notaufnahme kennen, nachdem es bei einem Picknick Probleme gegeben hatte."

„Einen Feuerwerksunfall?"

„Nein. Einen Kartoffelsalatunfall. Meine Mutter hatte ihn zubereitet und hätte beinahe die ganze Stadt damit umgebracht."

„Dein Vater hatte also eine Schwäche für gefährliche Frauen?"

„Eigentlich nicht. Wenigstens damals noch nicht. Aber sie hatte so starke Schuldgefühle, dass sie sich hingebungsvoll um ihn kümmerte, bis es ihm wieder besser ging. Erst *danach* verliebte er sich in sie. Ihre Kochkünste wurden mit der Zeit besser."

„Eine großartige Geschichte." Er drehte sich herum und schaute sie an. Dabei stützte er den Ellbogen auf die Rückenlehne des Sofas. „Und ... dann kamst du zur Welt und wuchst zu einer wunderschönen Frau heran, die mir bei einer Bibelstunde sofort den Kopf verdrehte."

Die Zuneigung, die aus seinen Worten sprach, ließ ihr Herz schneller schlagen. Noch ehe dieser Abend zu Ende ging, war sie

Hals über Kopf in meinen Vater verliebt und war dankbar für all die Liebe und das Gute, das für den Rest ihres Lebens reichen würde. Und auch für den Rest unseres Lebens.

3

Es fällt mir schwer zu glauben, dass mein Vater Amanda erst bei ihrer siebten Verabredung küsste, die genau eine Woche nach jenem Spaghetti-Essen mit uns stattfand. Aber Amanda schwört, dass es wahr ist. Sie lernte unseren Papa innerhalb kürzester Zeit sehr gut kennen. Immer, wenn sie voneinander getrennt waren, konnte sie sich auf nichts anderes richtig konzentrieren und fühlte sich elend. Der Kuss, den sie so stark herbeigesehnt hatte, dass sie schon glaubte, sie verlöre den Verstand, besiegelte ihr Schicksal.

„Wie ist es?“, flüsterte er und sein Atem brannte das Wort förmlich auf ihre Haut. „Ist dir dein Verstand sehr wichtig, oder könntest du darauf verzichten?“

Das war nicht gerade das, was sie nach dem ersten Kuss erwartet hatte, aber seine Finger streichelten immer noch sanft ihr Gesicht, und seine Lippen waren so nah ...

„Warum fragst du?“, raunte sie.

„Weil ich mir vorstellen könnte, dass es dich deinen gesunden Menschenverstand kostet, wenn du mich heiratest.“

Später erzählte sie, wenn Herzen wirklich schmelzen würden, dann wäre ihres in diesem Augenblick in einer Pfütze unter ihren Füßen geschwommen. „Es würde mich mehr kosten, Nein zu sagen“, flüsterte sie.

„Dann sag es nicht.“

Schlagartig leuchteten die schrecklichen Tatsachen, denen sie in den letzten Tagen geschickt aus dem Weg gegangen war, wie ein grelles Neonlicht vor ihr auf. Er wusste nicht alles über sie. Sie hatte damit gerechnet, dass sie mehr Zeit hätte, dass sie ihm diese Nachricht schonend beibringen könnte ...

Aber jetzt konnte sie es nicht länger aufschieben.

„Jack, es gibt etwas, das ich dir noch nicht gesagt habe. Etwas, das an deinen Gefühlen für mich etwas ändern könnte.“

„Nichts könnte daran etwas ändern“, flüsterte er. „Nichts auf der Welt.“

Sie räusperte sich und rückte von ihm weg. Unsicher senkte sie den Blick auf ihre Gürtelschnalle und fuhr geistesabwesend mit der Hand über das Metall. „Ich muss es dir aber trotzdem sagen.“

„Also gut.“ Er wartete. Sein Gesicht war offen für alles, was sie ihm enthüllen würde.

„Ich kann keine ... Kinder bekommen. Niemals.“

Sein langes Stirnrunzeln verriet mehr Mitgefühl als Enttäuschung. „Warum nicht?“

„Weil ich Krebs hatte.“

Das Mitgefühl in seiner Miene wich einer panischen Angst. „Du hattest *was*? Wann?“

„Vor einem Jahr wurden mir die Gebärmutter und die Eierstöcke entfernt. Die Ärzte sagen, meine Aussichten stehen sehr gut.“

Er reagierte, als wäre ihm soeben ein Todesurteil und kurz danach eine Begnadigung verkündet worden. „Gott sei Dank.“ Er legte beschützend die Arme um sie, zog sie nahe an sich heran und hielt sie ganz fest. „Ich wünschte, ich hätte in dieser furchtbaren Zeit bei dir sein und dir helfen können. Ich bin so froh, dass du wieder gesund bist.“

„Ich auch.“ Bei seiner Reaktion bildete sich ein dicker Kloß in ihrem Hals. Was auch nicht verwunderlich ist. Mir verschlägt es noch jetzt die Sprache, wenn ich mir vorstelle, was für ein Mann er gewesen sein muss, wenn er so reagieren konnte.

„Aber, Jack, hast du denn nicht gehört, was ich sagte?“ Sie legte die Hand auf seine Wange. „Ich kann keine Kinder bekommen.“

„Natürlich kannst du.“ Er hob ihr Gesicht zu seinem hoch. „Du kannst meine Kinder haben. Lizzie und Kara haben dich bereits ins Herz geschlossen.“

Sie fing an zu weinen. Große, dicke Tränen rollten ihr über die Wangen. Sie konnte sie nicht mehr zurückhalten. „Oh, Jack, ich liebe die beiden auch. Es wäre mir eine so große Ehre, ihre Mutter sein zu dürfen ... mich für den Rest meines Lebens um sie kümmern zu dürfen, sie wie meine eigenen Kinder zu lieben." Sie atmete schluchzend ein. Dann flüsterte sie: „Gott ist so gut."

„Ja, das ist er." Jack küsste sie erneut. „Er hat dich zu mir geführt ... zu uns ..."

Ich glaube, er hat jedes dieser Worte so gemeint, wie er es sagte. Er hielt sie eine Weile fest und wartete geduldig, während sie an seinem Hemd weinte. Sie sagt, es fühlte sich so natürlich an, in seinen Armen geborgen zu sein, zu wissen, wie sehr er sie liebte, seinen Herzschlag auf ihrem Gesicht zu fühlen. Manchmal, wenn ich die Augen schließe und mich angestrengt konzentriere, glaube ich, mich an dieses Gefühl erinnern zu können.

Bald, nachdem sie ihr Geheimnis verraten hatte, rückte er damit heraus, dass er ihr bis jetzt ebenfalls etwas verschwiegen habe. „Ich muss dir auch ein Geständnis machen", murmelte er. „Ich habe dir auch etwas verschwiegen."

Er hätte ihr sagen können, dass er in drei Bundesstaaten steckbrieflich gesucht werde, und es hätte an ihrer Liebe zu ihm nichts geändert. „Was?"

Er atmete tief und bekümmert ein wie ein Mann, der davor steht, das dunkelste Geheimnis seines Lebens zu verraten. „Es geht um meine Familie. Genauer gesagt, um meinen Vater."

„Was ist mit ihm?"

„Es ist so, dass ... er ... Paul Holbrooke ist. Der Milliardär."

„*Der* Paul Holbrooke?" Ihre Kinnlade fiel nach unten. Sie starrte ihn mit offenem Mund an. „Du machst Witze."

„Nein, mache ich nicht." Er sah aus wie ein Mann, der etwas sehr Unangenehmes über sich enthüllt hatte. „Mir wäre es lieber gewesen, wenn ich es dir nie hätte erzählen müssen, denn ich will nicht, dass es irgendetwas zwischen uns ändert. Ich lebe nicht von seinem Geld. Ich liebe meinen Vater, aber ich habe mich schon vor langer Zeit von den Fesseln seines Geldes befreit. Ich mag nicht, dass die Leute erfahren, wer ich bin, denn dann benehmen sie sich oft schlagartig anders. Ich werde sein Geld nicht erben. Nichts davon wird jemals mir gehören."

Sie schaute ihn mit fragenden Augen an und versuchte, seinen

Worten zu folgen. „Jack, du benimmst dich, als wäre das eine schlechte Nachricht. Aber ich sehe darin nicht unbedingt einen Nachteil."

„Ich dachte, du wirst sauer, weil ich es dir nicht von Anfang an gesagt habe."

„Warum hast du es mir nicht von Anfang an gesagt? Es ist ja nicht so, dass das ein furchtbarer Makel wäre. Es gibt nicht viele Frauen, die sich ärgern würden, wenn sie einen Milliardärssohn heiraten."

„Ich wollte, dass du mich um meiner selbst willen liebst. Ich wollte sichergehen, dass es nichts mit dem Geld zu tun hat."

„Ich hoffe doch, dass du das weißt."

„Ja. Deshalb will ich ja, dass du mich heiratest. Aber bist du damit einverstanden, dass wir nie einen Dollar vom Geld meines Vaters haben werden?"

„Natürlich", nickte sie.

„Ich meine es ernst. Im Falle seines Todes soll er meinen Anteil an dem Erbe einem wohltätigen Zweck spenden. Das habe ich ihm auch gesagt."

„Das ist in Ordnung, Jack. Ich verstehe dich."

Er lehnte sich auf seinem Sofa zurück und zog ihren Kopf auf seine Schulter. Verliebt küsste er ihre Schläfe und flüsterte: „Ich hatte gehofft, wir könnten durchbrennen. Ich will dich nicht um deine Märchenhochzeit bringen, wenn du dir eine große Hochzeit wünschst. Aber das wird nicht einfach sein. Wenn wir eine größere Hochzeitsfeier planen, werden meine Eltern sich einmischen und zehntausend ihrer engsten Freunde einladen. Dann werden die Paparazzi ein plötzliches Interesse an dir finden, und ich werde nie wieder als der einfache alte Jack Holbrooke in dieser Stadt leben können, der nichts weiter als Pilot und Vater von dreijährigen Zwillingen ist."

„Ich mache mir nichts aus einer großen Hochzeit." Sie streichelte sein Gesicht mit den Fingerspitzen. „Wenn du mich heiraten willst, fühle ich mich bereits wie eine Märchenprinzessin."

Der ernste Blick in seinen Augen schmolz dahin. Er hob sie vom

Sofa und wirbelte sie im Kreis herum. „Hast du heute Abend schon etwas vor?"

Ihr stockte der Atem. „Heute Abend? *Heute Abend?*"

Er stellte sie auf den Boden und schaute ihr ernst in die Augen. „Wenn ich dir zu schnell bin, brauchst du es nur zu sagen. Ich möchte dir keine Angst einjagen. Es ist nur so, dass ... ich nicht glaube, dass ich noch länger warten kann. Amanda, ich hätte nie gedacht, dass ich jemals wieder solche Gefühle empfinden könnte. Ehrlich gesagt, möchte ich dich heute Abend heiraten, weil die Nächte ohne dich so lang und so einsam sind. Und weil du so gut duftest. Und weil ich so sehr in dich verliebt bin, dass ich glaube, ich halte es nicht aus bis zu irgendeinem Hochzeitstermin in weiter Ferne. Mein Herz beginnt zu rasen, wenn ich deine Stimme am Telefon höre, und ich bekomme weiche Knie, wenn ich dich sehe. Es tut richtig weh. Zwei Wochen wären für mich eine unerträglich lange Zeit."

Ihre Augen leuchteten. Sie flüsterte: „Für mich auch."

„Ich könnte die Guerreros anrufen, die manchmal auf die Mädchen aufpassen, und sie fragen, ob sie die ganze Nacht bleiben könnten. Dann könnten wir unsere Hochzeitsnacht ganz für uns allein haben." Sein Daumen fuhr über ihre Unterlippe. „Was sagst du dazu, Amanda? Bist du verrückt genug, den enterbten Sohn eines Milliardärs von einer Minute auf die andere zu heiraten?"

„Ich habe mich nicht in einen Milliardärssohn verliebt. Ich habe mich in einen Mann verliebt, der Gitarre spielt und Flanellhemden trägt und verrückt nach seinen Kindern ist ..." Sie griff nach dem Telefon und reichte es ihm. „Ruf sie an."

Er grinste über ihr atemloses Flüstern und nahm das Telefon.

„Und ich werde meinen Vater anrufen", sprach sie weiter. „Er wird mir nie vergeben, wenn ich ihm nicht erlaube, mich dir zu übergeben."

„Wird er sich aufregen?"

Sie lächelte. „Nein. Ich habe ihm schon von dir erzählt. Er ist vielleicht ein wenig überrascht, weil alles so schnell geht. Aber er wird uns seinen Segen geben. Du wirst schon sehen."

* * *

Sie erledigten die nötigen Formalitäten, kurz bevor das Standesamt an jenem Tag schloss. Dann heirateten sie in der kleinen Kapelle, die zu ihrer Gemeinde gehörte. Mein Papa putzte uns in unseren Osterkleidern schön heraus, die uns Gott sei Dank immer noch passten, und kaufte uns kleine weiße Körbe mit Rosenblüten darin. Wir feierten, als würde Amanda *uns* und nicht ihn heiraten. Er erzählte uns, dass sie unsere neue Mama werden wolle, weil sie uns so sehr liebe, dass sie es nicht ertragen könne, ohne uns zu leben.

Für die Hochzeitsfotos versuchten sie, je eine von uns auf eine Seite des glücklichen Paares zu stellen, aber Lizzie und ich wollten einander nicht loslassen. In der Privatsphäre unseres Hauses stritten wir manchmal, aber vor anderen Leuten klebten wir wie Pech und Schwefel zusammen. Und so stehen wir miteinander vor ihnen auf den Fotos, unsere Hände, die in weißen Handschuhen stecken, fest aneinander geklammert.

Amandas Vater war dabei, um seine Tochter ihrem Bräutigam zu übergeben und um uns in der Familie willkommen zu heißen. Unsere Großeltern waren verblüfft, aber sie freuten sich und waren kooperativ. Sie kamen mit dem Hubschrauber zu dem freudigen Ereignis angeflogen.

Mein Großvater hätte unseren Vater und unsere neue Mutter gern mit einer Limousine und einer Villa beschenkt. Aber mein Papa erlaubte ihm nur, ihnen eine Nacht in einem romantischen kleinen Hotel in Natchez zu bezahlen. Meine Großeltern brachten uns nach Hause, wo die Guerreros schon auf uns warteten. Amanda und mein Papa fuhren nach Natchez, brachten ihr Gepäck in das romantische kleine Zimmer und ließen sich dann von einem Pferd und einer Kutsche zu dem gemütlichen Restaurant fahren, in dem mein Großvater einen Tisch für sie reserviert hatte. Sie unterhielten sich über ihre Zukunft und ihre Träume, dann kehrten sie in die Flitterwochensuite zurück, wo ihre Seelen und Körper in jedem Sinn des Wort eins wurden.

Es war die wichtigste Nacht in Amandas Leben und wahrscheinlich auch in meinem und in Lizzies Leben. Diese Nacht hat unser Leben radikal verändert, wenn auch nur für sehr kurze Zeit. Ich habe gelernt, dass man diese kostbaren Augenblicke in der eigenen Lebensgeschichte nicht leugnen darf, nur weil man weiß, wie kurz und flüchtig sie waren.

Amanda erschien es, als würde diese Zeit ewig dauern. Jeder Augenblick war schöner als der vorhergehende. Es ist gut, dass sie nicht wusste, was auf uns alle zukommen würde.

Später in dieser Nacht, als sie auf dem Balkon ihres Zimmers saßen und zu den Sternen hinaufschauten, fragte mein Vater Amanda: „Was für ein Gefühl ist es, Mutter zu sein?"

„Ein sehr gutes Gefühl."

„Es ist gut zu wissen, dass ich nicht mehr der Einzige in Lizzies und Karas Leben bin. Dass du dich um sie kümmerst, falls mir etwas zustoßen sollte. Das würdest du doch, Amanda, oder?"

Sie setzte sich auf und schaute ihm feierlich in die Augen. „Das verspreche ich dir, Jack. Sie sind jetzt meine Kinder. Ich kümmere mich für den Rest meines Lebens um sie."

Seine Augen wurden feucht. „Ich weiß, dass du dieses Versprechen halten wirst."

Aber im Rückblick sehe ich heute, wie naiv dieses einfache, kleine Versprechen war. Ich frage mich, ob sie ihm dieses Versprechen gegeben hätte, wenn sie gewusst hätte, was es sie kosten würde, es zu halten.

4

Amanda wurde voll und ganz unsere Mutter. Sie gab ihren Beruf auf, um bei uns zu Hause zu bleiben, und verwandelte sich in eine perfekte Hausfrau, die den ganzen Tag verschmierte Gesichter, klebrige Hände und schmutzige Tische abwischte. Ihr Glück war vollkommen. Es lag im Gesicht von zwei glücklichen Kleinkindern, die jede ihrer Bewegungen verfolgten, es lag im Lachen meines Vaters, und es lag in seinen zärtlichen, liebevollen Armen. Sie hatte eine glückliche Familie, die sie sich herrlicher nie erträumt hätte, und glaubte, sie würde sie nie verlieren. Fotos aus jenen Tagen zeigen keine Anspannung und keinen Stress auf ihrem Gesicht, nur eine strahlende Freude. Auf allen diesen Bildern lachen wir und springen herum und plappern fröhlich durcheinander. Manchmal, wenn ich schlafe, glaube ich, ich könnte die Stimmen dieses Glücks in meinem Kopf hören. Lachen, das der Wind heranträgt, das sanfte Necken meines Vaters, Amandas Heiterkeit ... und unser endloses Kichern, als würde die Freude nie ein Ende nehmen.

Aber sie nahm ein Ende. Plötzlich, grausam, mit einem brutalen Schlag, der seine unauslöschlichen Spuren bei uns allen hinterließ.

Der Cousin meines Vaters wollte heiraten, und unser Vater beabsichtigte, mit seinen Eltern und uns zur Hochzeit nach Südkalifornien zu fliegen. An jenem Morgen wurde ich jedoch krank, und Amanda beschloss, mit Lizzie und mir zu Hause zu bleiben und mich wieder gesund zu pflegen.

Meine Großeltern warteten an der Startbahn, als Amanda und wir meinen Vater mit dem Auto zum Flughafen brachten. Er kitzelte uns im Nacken, was uns ein begeistertes Kreischen und Kichern entlockte. Dann küsste er Amanda und umarmte sie fest.

Später stand Amanda neben uns und deutete zum Himmel und zu seinem Flugzeug, das immer kleiner und kleiner wurde.

„Winkt ihm zum Abschied“, forderte sie uns flüsternd auf. Wir winkten. Fasziniert verfolgten unsere Augen den Punkt, der immer kleiner wurde, bis er in eine Wolke hineinflog und endgültig verschwand.

„Mach es noch mal, Mama", bat Lizzie.

Amanda lachte auf ihre ansteckende Art. „Ich kann es nicht noch einmal machen, Liebes. Papa ist fort." Sie ahnte nicht, wie wahr diese Worte waren.

Oft habe ich nachts denselben Traum. Ich träume ihn schon seit Jahren. Ich träume von diesem Flugzeug, das die Startbahn hinabrollt, immer schneller und schneller wird und dann in die Luft abhebt. Ich stehe auf dem Rollfeld und sehe zu, wie es immer kleiner wird, und weiß, dass ich irgendwie gleichzeitig in dem Flugzeug bin und draußen. Ich höre die Stimme einer Frau flüstern: „Dort fliegt er. Winkt ihm zum Abschied."

Ich winke dem Flugzeug, und ich sehe mein eigenes Gesicht, das nach unten schaut, traurig und betroffen, als wüsste ich etwas, das sonst niemand weiß.

Dann verschwindet das Flugzeug in den Wolken.

Jedes Mal wache ich entsetzt und schweißgebadet auf ... voller Angst, auch wenn ich sehr lange nicht wusste, warum. Das Flugzeug, das in den Wolken verschwindet, sollte kein Traum sein, der einem Angst einjagt. Er ist nicht so wie die anderen Träume von Ungeheuern oder Gespenstern oder Menschen, die mir nachstellen.

Jetzt weiß ich, dass es nicht nur ein Traum ist, sondern eine unbewusste Erinnerung. Mein Vater kam nie zu dieser Hochzeit. Sein Flugzeug stürzte über einem Wald ab.

Als wir ihn an jenem Tag zum Abschied küssten, sahen wir ihn zum letzten Mal.

5

Amanda bekam den Anruf, während wir an jenem Nachmittag im Bett lagen und unseren Mittagsschlaf hielten. Sie holte uns eilig aus dem Bett und raste mit uns beiden in Panik zum Krankenhaus. Als sie dort ankam, erfuhr sie, dass meine Großeltern sofort tot gewesen waren. Mein Vater war schwer verletzt geborgen worden und wurde noch operiert.

Ich stelle sie mir manchmal vor, wie sie uns beruhigt, während sie selbst vor Sorgen fast den Verstand verliert. Wie sie mit zwei quengelnden Kindern, auf jeder Hüfte eines, vor den Doppeltüren zum Operationssaal auf- und abgeht und jeden Arzt, der auf den Gang kommt, mit tränenreichen Fragen und ängstlichen Bitten bestürmt. „Sie müssen etwas tun", fleht sie. „Geben Sie ihn nicht auf! Tun Sie, was Sie können!"

Aber an jenem Tag half das alles nichts. Mein Vater starb eine Stunde nach seinen Eltern und ließ alles unerledigt zurück. Er schleuderte damit meine Schwester und mich auf einen langen, einsamen Weg, der uns an Orte führte, an die wir nie gehen wollten.

Amanda hat uns erzählt, dass sie nach dieser Nachricht den langen, kalten Korridor des Krankenhauses hinablief, auf jeder Hüfte eine von uns sitzen hatte und fest an sich drückte. Der Gang roch nach Alkohol und Desinfektionsmitteln – Gerüche, die sie für immer mit dem Tod in Verbindung bringen würde.

Wir spürten ihre Panik und weinten aus voller Kehle, während sie die Stufen hinabstolperte und auf den Parkplatz hinausfloh. Sie setzte uns in unsere Autositze, obwohl sie wusste, dass ihre Tränen und ihre Hektik uns Angst einjagten. Aber in ihrer blinden Trauer und Fassungslosigkeit konnte sie nicht anders.

* * *

Die Sonne ging gerade unter, als sie mit uns nach Hause fuhr. Als wir vor unserem Haus ankamen, konnte sie sich nicht überwinden hineinzugehen. Das Haus war genauso, wie wir es verlassen hatten, aber es war nicht mehr dasselbe Haus. Sie hob uns aus dem Auto und versuchte, ihre Gefühle halbwegs in den Griff zu bekommen. „Kommt, wir gehen nicht ins Haus", schlug sie vor. „Gehen wir lieber in euer Spielhaus."

„Was ist denn los, Mama?", fragte ich flüsternd.

Amanda konnte nicht antworten. „Mama hat ... gerade eine sehr schlechte Nachricht bekommen. Ich muss einfach im Spielhaus sitzen. Aber mach dir keine Sorgen. Alles wird gut werden, Liebes."

Wir glaubten ihrem Wort und sprangen um das Haus herum in den Garten, zu dem Spielhaus, das mein Vater uns erst drei Wochen vorher gebaut hatte. Wir hatten ihm geholfen, die Nägel mit dem Hammer einzuschlagen. Die Holzwand trug die unübersehbaren Spuren unserer Arbeit. Die Farbe war an den Stellen, an denen wir „geholfen" hatten, klumpig und ungleichmäßig. Papa und Amanda hatten geplant, es zu übermalen, wenn Zeit dazu wäre.

Aber dazu war keine Zeit mehr.

Amanda erzählte mir, dass wir hineingingen und anfingen, mit dem Plastikgeschirr zu spielen, das Papa für uns dorthin geräumt hatte, zusammen mit den Sesseln aus Bohnensäcken und der Kiste mit den Barbies.

Amanda setzte sich auf die kleine Veranda, die er an das Spielhaus angebaut hatte, in den ächzenden Rohrschaukelstuhl, den er ihr eine Woche zuvor gekauft hatte. Bevor sie sich dagegen wehren konnte, überfiel sie eine niederschmetternde Traurigkeit. Sie vergrub ihr Gesicht in den Händen, um ihr lautes Weinen zu dämpfen.

Sie spricht mit einem weißen Gesicht und feuchten Augen von diesem Augenblick. Er konnte doch nicht tot sein, redete sie sich ein. Er war doch erst vor ein paar Stunden losgeflogen. Sie hatte ihn umarmt und geküsst, und er hatte versprochen, in zwei Tagen wieder da zu sein. Er hätte den Tod doch nie so kampflos akzeptiert. Er hätte uns nie freiwillig verlassen.

„Entschuldigen Sie. Mrs. Holbrooke?"

Sie fuhr zusammen, als sie die Stimme hörte, und blickte auf. Vor ihr stand ein Mann, der auf der Suche nach ihr hinter das Haus gekommen war. Ein großer, dünner Mann in einem schwarzen Anzug und mit einer Aktentasche in der Hand.

„Wer sind Sie?"

Er kam auf sie zu. „Mrs. Holbrooke, ich bin Robert Eubanks. Paul Holbrookes Anwalt."

„Haben Sie es noch nicht gehört? Er ist tot." Sie wusste, dass ihre Worte grausam waren, aber sie brachte nicht die Energie auf, sie in Höflichkeit zu kleiden.

„Ja. Aus diesem Grund bin ich hier."

Seufzend stand sie auf, wandte ihm den Rücken zu und entfernte sich einige Schritte vom Spielhaus. „Ich will nicht mit Ihnen sprechen. Ich ... kann im Augenblick einfach nicht."

„Es tut mir so Leid, dass Sie Ihren Mann verloren haben. Ich weiß, wie schwer das für Sie sein muss."

Am liebsten hätte sie ihm diese Worte wieder in den Mund gestopft und ihn angeschrien, dass er nicht die geringste Ahnung habe. „Bitte gehen Sie. Meine Kinder sind im Spielhaus. Ich habe es ihnen noch nicht gesagt."

„Ich verstehe, und ich will Sie auch nicht lange aufhalten. Ich wollte Ihnen nur etwas erklären, das Ihnen vielleicht nicht bewusst ist."

„Könnten Sie sich dafür nicht einen besseren Zeitpunkt aussuchen?"

„Leider kann es nicht warten, Mrs. Holbrooke. Die Presse wird bald hier sein, und Sie müssen es vorher erfahren. Es ist so: Sie sind Erbin des Holbrooke-Vermögens."

„Des *was*?" Sie verschluckte sich fast an ihren Tränen. „Das ist doch lächerlich! Ich bin Erbin von überhaupt nichts. Mein Mann war früher vielleicht Erbe dieses Vermögens, aber er hatte seinen Eltern gesagt, sie sollten ihn aus ihrem Testament streichen."

„Sie haben ihn aber nicht aus dem Testament gestrichen", erklärte der Anwalt. „Ich weiß, dass Jack darum gebeten hatte, aber sein Vater hat sich nicht nach seinen Wünschen gerichtet. Und Jack hat alles, was er besaß, eindeutig Ihnen hinterlassen und klargelegt, dass Sie im Falle seines Todes seine Kinder aufziehen sollen, auch wenn die Adoption noch nicht rechtskräftig ist. Dadurch, dass die Holbrookes vor Jack starben, erbte ihr Sohn alles, was sie besaßen. Vor dem Gesetz spielt es keine Rolle, ob er seine Eltern um eine Minute, eine Stunde oder zehn Jahre überlebte. In dem Augenblick, in dem Paul und Anne Holbrooke starben, gehörte das Vermögen Jack. Und jetzt, da Jack gestorben ist, geht das Vermögen an Sie."

„Ich will es nicht! Er wollte, dass es einem wohltätigen Zweck zugute kommt. Überschreiben Sie es einfach an ein christliches Hilfswerk. Es gibt viele, die das Geld brauchen können."

„Es steht Ihnen natürlich völlig frei, mit dem Vermögen zu verfahren, wie Sie wollen. Aber Sie müssen auch an die Kinder denken. Ich habe kurz nach Ihrer Hochzeit Jacks Testament aufgesetzt. Jack wollte sein Vermögen nicht den Kindern hinterlassen, weil er darauf vertraute, dass Sie sich um alles kümmern."

„Jack wollte nie, dass einer von uns vom Geld seines Vaters leben würde."

„Das verstehe ich. Aber das ändert nichts an der Tatsache, dass das Erbe jetzt Ihnen gehört. Mrs. Holbrooke, ich weiß, dass Sie im Augenblick nicht in der Verfassung sind, klar zu denken. Dürfte ich Ihnen deshalb dringend raten, keine voreiligen Entscheidungen zu treffen, solange Sie sich nicht rechtlich beraten lassen? Auf Tausende von Angestellten werden sich Ihre Entscheidungen auswirken. Auch wenn das Vermögen nicht den Kindern hinterlassen wurde, wissen Sie und ich genau, dass Jack alles, was er hatte, Ihnen hinterließ, weil er erwartete, dass Sie für die Kinder sorgen würden und ihnen ihren Anteil geben, wenn sie älter sind. Wenn Sie dieses Erbe ablehnen, machen die Kinder Ihnen später deshalb vielleicht Vorwürfe. Immerhin *waren* sie Pauls Enkelkinder."

Sie wollte schreien und etwas zerbrechen. Sie wollte sich in ihr

Bett verkriechen und die Decke über den Kopf ziehen. Sie wollte in ein Flugzeug steigen und Jack in die Ewigkeit folgen.

„Ich weiß, das ist sehr viel für Sie, Mrs. Holbrooke. Für mich ist diese Situation auch nicht leicht. Aber Sie werden eine sehr reiche Frau sein. Sie besitzen seine Villa, seine Autos, seine ganzen Sammlungen. HolCorp war ein Privatunternehmen. Die Firma gehört Ihnen jetzt auch."

Diese Erklärung, die bei einem anderen Menschen vielleicht den Schmerz abgemildert hätte, löste bei Amanda jedoch nur eine rasende Wut aus. „Nichts davon wird mir meinen Mann zurückbringen!"

Sein Blick sank auf seine Hände. Seine Stimme wurde sanfter. „Nein, leider nicht. Es tut mir Leid, Mrs. Holbrooke. Kann ich ... mich später wieder bei Ihnen melden wegen dieser ganzen Sache?"

„Wenn es sein muss. Ja, ich denke schon."

Er zog eine Visitenkarte aus seiner Tasche und reichte sie ihr. „Ich hoffe, Sie verstehen mich nicht falsch, aber ich würde Ihnen raten, an Ihren Schutz zu denken. Sobald sich diese Nachricht herumspricht, wird Ihr Leben nicht mehr so sein wie früher. Mr. Holbrooke hat Leute, die Sie beschützen und sich um alles kümmern könnten ... Bitte rufen Sie mich an, wenn Sie Kontakt zu ihnen aufnehmen wollen."

„Ich muss meinen Mann beerdigen." Die Worte klangen so endgültig, als hätte jemand *Ende* auf das Märchen ihres Lebens gestempelt. „Bei der Beerdigung seiner Eltern brauche ich vielleicht Hilfe."

„Gewiss", nickte er. „Ich kümmere mich darum."

Als er fort war, kehrte sie langsam zur Veranda zurück, setzte sich auf den Boden und lehnte den Rücken an die Mauer. Sie begann wieder zu weinen. Lange, tiefe, herzzerreißende Schluchzer brachen sich aus der Tiefe ihrer Seele Bahn. Lizzie und ich spähten durch die Tür hinaus. „Mama?", fragte ich unsicher.

Amanda nahm mich bei der Hand und zog mich fest an sich, dann kam auch Lizzie. Amanda hielt uns beide ganz fest und weinte in unsere Locken hinein. „Es ist schon gut, Liebes. Es ist gut.“ Ich glaube, ich erinnere mich an die Art, wie sie uns an jenem Tag an sich drückte. Diese Erinnerung ist tief in meinem Gedächtnis, unter vielen Jahren Müll begraben. Ein Gefühl ... ein Heimweh ... so ähnlich wie das Gefühl, das Amanda hatte, als mein Vater an jenem Abend, als sie sich kennen lernten, neben ihr saß. Ich wusste irgendwie, dass ich etwas vermisste ... viele Jahre später, als ich mich an nichts mehr erinnern konnte.

6

Ich kann mir den Tag nur vorstellen, an dem meine Großeltern mütterlicherseits, Eloise und Deke Krebbs, an unserer Haustür auftauchten.

Es war der Tag, an dem mein Vater und seine Eltern beerdigt wurden. Die Krebbs' sahen aus wie Asoziale, die versucht hatten, sich für diesen Anlass herauszuputzen. Eloise trug eine blonde, gelockte Perücke, die nie richtig auf ihrem Kopf sitzen bleiben wollte, ihr massiver Körper war in ein Kleid gestopft, das zwei Nummern zu klein war. Dekes dürrer Körper roch nach Zigarettenrauch. Sein faltiges, ledriges Gesicht war das Gesicht eines Mannes, der alles aus seinem Leben herausgeholt hatte und früh gealtert war.

Sie standen vor der Tür, als Amanda noch Gäste von der Beerdigung im Haus hatte. Sie war müde und mitgenommen von den vielen Beileidsbekundungen. Jemand fand sie in ihrem Schlafzimmer und holte sie an die Tür.

Sie begegnete den Krebbs' mit einem Blick, der verriet, dass sie nicht die Energie besaß, noch eine weitere oberflächliche Platitüde über den Tod ihres Mannes zu hören. „Wir sind die Großeltern der Kinder", stellte sich Eloise mit süßlicher Stimme vor. „Wir haben vom Tod ihres Vaters gehört und sind, so schnell wir konnten, gekommen."

„Was?" Amanda starrte sie verständnislos an. „Wie meinen Sie das? Ihre Großeltern? Ihre Großeltern kamen ums Leben ..."

„Ihre anderen Großeltern", mischte sich Deke ein. „Unsere Tochter, Sherry, war die Mutter der Mädchen."

Sie hielt kurz den Atem an. „Oh."

Bis zu diesem Augenblick hatte Amanda nie einen Gedanken auf die Eltern unserer Mutter verwendet. Meine Mutter war als Jugendliche von zu Hause davongelaufen und hatte, wie unser Vater berichtete, seitdem keinen Kontakt mehr zu ihren Eltern gehabt. Unsere Großeltern hatten uns bis zu diesem Tag noch nie zu Gesicht bekommen.

„Ich bin Amanda Holbrooke“, stellte sie sich vor.

„Eloise und Deke Krebbs.“ Die Frau reichte ihr die Fingerspitzen zu einem vorsichtigen Händedruck.

„Jetzt ist kein guter Augenblick, um die Mädchen zu besuchen“, versuchte Amanda, die beiden abzuwimmeln. „Es war ein langer Tag für sie. Könnten Sie vielleicht morgen wiederkommen? Sie sind im Moment ziemlich verwirrt. Ich hatte noch nicht Gelegenheit, ihnen das alles zu erklären. Ich verstehe natürlich sehr gut, dass Sie die beiden besuchen wollen, aber ...“

„Wir sind nicht hier, um sie zu besuchen“, schnaubte Eloise unüberhörbar entrüstet. „Wir sind hier, weil wir Vorkehrungen treffen wollen, die beiden zu uns zu nehmen.“

Amandas Augen funkelten. „Sie können Lizzie und Kara nicht zu sich nehmen. Sie bleiben bei mir. Es ist für die Kinder sehr wichtig, dass alles so normal wie möglich bleibt.“

„Sie sind nicht ihre Mutter,“ sagte der ältere Mann. „*Wir* sind ihre nächsten Verwandten.“

Ein dumpfer Schmerz setzte in ihrem Nacken ein. „Ich *bin* ihre Mutter. Sie nennen mich *Mama*. Ich werde die beiden adoptieren. Im Testament meines Mannes steht, dass ich sie aufziehen soll.“

„Aber die Adoption kann ohne unsere Zustimmung nicht durchgehen. Sie sind nur ihre *Stief*mutter. Und wir sind hier, um sie mitzunehmen.“

„Aber Sie können sie nicht haben!“ Sie atmete tief ein und bemühte sich, nicht hysterisch zu klingen. „Es tut mir Leid. Sie können die Mädchen gern besuchen. Sie können sie kennen lernen, aber Sie werden sie nirgendwohin mitnehmen.“

Buzz, Amandas Vater, hörte aus der Küche die hitzigen Stimmen und trat hinter seine Tochter. „Gibt es irgendwelche Probleme?“

Sie drehte sich mit schmerzverzerrtem Gesicht zu ihm um. „Papa, bitte sag es ihnen. Die Kinder gehören mir. Sie denken, sie können kommen und sie mir wegnehmen, nur weil sie ihre Mutter auf die Welt gebracht haben."

„Wir haben einen guten Anwalt", erklärte Deke. „Er hat uns gesagt, dass die Mädchen zu uns gehören, und nicht zu Ihnen."

„Das kann doch nicht Ihr Ernst sein." Buzz stellte sich schützend vor Amanda und schaute Deke hart ins Gesicht. Sein Alter und sein Hinken wurden durch den Zorn in seinen Augen überdeckt. „Die Wünsche des Vaters der Kinder waren unmissverständlich."

„Kein Gericht wird die Kinder einer Stiefmutter geben, wenn Blutsverwandte da sind. Die Kinder brauchen ihre *Familie*."

„Aber ich bin seit einem halben Jahr ihre Mutter!", schrie Amanda. „Ich bin die ganze Familie, die ihnen geblieben ist. Das können Sie nicht machen!"

„Und ob wir das können!"

„Ich denke, Sie sollten jetzt lieber gehen." Buzz packte Deke am Arm und wollte ihn zur Tür hinausführen. Deke riss sich von ihm los und sah aus, als wolle er eine Rauferei beginnen. Aber Buzz ließ sich nicht einschüchtern. „Gehen Sie, oder ich hole die Polizei."

„Also gut!" Eloise hob mit hochnäsiger Arroganz das Kinn. „Wir gehen, aber Sie werden wieder von uns hören. Unser Anwalt wird sich bei Ihnen melden."

„Meine Tochter hat auch einen Anwalt", knirschte Buzz mit zusammengebissenen Zähnen. „Und ich werde dafür sorgen, dass sie jeden Cent ihres Erbes dafür einsetzt, um sich gegen Sie zu wehren, wenn sie dazu gezwungen sein sollte. Sie werden ihr diese Mädchen nicht wegnehmen."

„Das werden wir ja sehen!", rief Deke von seinem Auto aus. Sie stiegen ein und rauschten mit siegessicherer Miene davon.

* * *

In jener Nacht saß Amanda zwischen unseren Zwillingsbetten, während wir schliefen, und weinte sich ihren Schmerz von der

Seele. Sie trauerte um das einfache, glückliche Leben, das sie geführt hatten. Sie schrie zu Gott und flehte ihn an, doch einzugreifen und diesem Teufelskreis des Wahnsinns Einhalt zu gebieten. Alles schien außer Kontrolle geraten zu sein, und sie konnte es nicht aufhalten.

Sie weinte bis spät in die Nacht. Schließlich setzte sie sich auf das Bett, in dem wir in jener Nacht schliefen, und betete über uns. Es war schwer zu sagen, wo Lizzies Haare aufhörten und meine begannen, oder welche Beine ihre waren und welche meine. Wir schliefen, als wären wir irgendwie miteinander verwachsen, was wir in gewisser Weise ja auch waren. Lizzie und ich waren zwar zwei eigenständige Personen, aber wir schienen in unseren Herzen untrennbar miteinander verbunden zu sein.

Endlich legte sich Amanda auf das leere Kinderbett, nicht fähig, ins Schlafzimmer zu gehen, das sie mit ihrem geliebten Mann geteilt hatte, denn sie konnte immer noch nicht akzeptieren, dass er nicht mehr in diesem Bett lag.

Vom Sofa im Wohnzimmer konnte sie das leise Schnarchen ihres Vaters hören. Von diesem Geräusch begleitet, fiel sie in einen unruhigen Schlaf.

* * *

Durch den Nebel ihrer Trauer hindurch bemühte sich Amanda, Lizzie und mir den Tod zu erklären. Sie erzählt, dass wir in jenen ersten Wochen oft um unseren Vater weinten und mehrmals eine traurige Szene veranstalteten, die normalerweise in einem unruhigen, tränenreichen Schlaf, in dem wir immer wieder schluchzten, endete. Amanda wich nicht von unserer Seite. Sie schlief nachts bei uns, tröstete uns, wenn wir aus beängstigenden Träumen und mit niederdrückenden Gedanken aufwachten. Oft schilderte sie uns, dass die Engel gekommen seien und unseren Papa zu Jesus getragen hätten.

Später erzählte sie, dass sie in der Privatsphäre ihrer eigenen Gedanken eine große Wut auf alle Engel gehabt habe, die sich für eine solche Aufgabe hergegeben hatten. Immer wieder fragte sie, warum Gott ihnen nicht viel lieber den Befehl gegeben habe, unseren Vater aus dem Wrack zu retten.

Ich habe Fotos aus jener Trauerzeit gesehen. In Amandas Lächeln lag ein tiefer Schmerz. Sie wurde dünn und blass, und um ihre Augen lagen dunkle Ringe, Zeugen ihrer schlaflosen Nächte.

Wenn Lizzies und meine Traurigkeit hin und wieder dem tief in uns sitzenden kindlichen Lachen und der unbekümmerten Freude wich, die trotz aller Trauer immer wieder aufflackerte, liefen wir herum und flatterten mit den Armen, als wären es die Flügel der Engel, die unseren Vater weggetragen hatten.

Amanda erzählte uns vom Himmel und las uns aus dem Buch der Offenbarung vor: von den Straßen aus Gold, dem Meer aus Glas, den Farben jedes kostbaren Edelsteins und den Toren, die aus riesigen Perlen gemacht sind. Sie erzählte uns, dass wir unseren Papa wiedersehen würden, wenn wir in den Himmel kämen, dass er im Himmel sei, weil er an Jesus geglaubt habe. Und sie erzählte uns, dass wir wieder mit ihm zusammen sein könnten, wenn wir an Jesus glaubten. Wir strengten uns also an, Bilder von Jesus und dem Kreuz auszumalen, und legten uns ins Gras und schauten zum Himmel hinauf, ob wir dort Jesus oder unseren Papa sehen würden, und fragten uns, wann wir wohl wieder bei ihm sein könnten.

Amanda konzentrierte sich ganz auf uns. Sie steckte das Telefon aus und ging nicht an die Tür, wenn es klingelte. Sie stellte einen Wachmann vor ihrem Haus auf, der neugierige Reporter und Schaulustige von uns fern halten sollte. Ihr Vater wohnte bei uns und erledigte Telefonanrufe wegen dieser Großeltern, die bereits einen Prozess anstrebten, um die Vormundschaft über uns zu bekommen. Außerdem sprach er mit dem Anwalt wegen der obskuren Prozesse, die entfernte Holbrookeverwandte anstrebten, weil sie einen Anteil an dem Erbe ergattern wollte.

Die Wochen vergingen, und bei uns setzte allmählich eine Heilung ein. Amanda war jedoch immer noch in tiefer Trauer um ihren Mann.

Später erzählte sie, dass unser Lachen ein heilender Balsam für ihre Seele gewesen sei. Wenn wir unseren Mittagsschlaf hielten oder nachts schliefen, verschanzte sie sich hinter ihrer Bibel und saugte jedes Wort auf wie das lebendige Wasser, das Jesus der Frau am Brunnen versprochen hatte. Gottes Wort erfüllte ihren Geist und ihre Seele, und sie sann oft über den Tag nach, an dem sie in den Himmel heimgehen und Jack wiedersehen würde, mit der Gitarre auf dem Schoß, in einem Flanellhemd, mit seinen Lieblingsturnschuhen an den Füßen und mit einem Schokoladen-Milchshake in einem Plastikbecher neben sich. Sie ging davon aus, dass Gott einen perfekten Grund für ihren Schmerz habe ... irgendeinen Zweck, für den sich ihr Opfer lohnte, auch wenn sie ihn jetzt noch nicht erkannte.

Aber der Gedanke an Eloise und Deke Krebbs und die Bedrohung, die sie für uns darstellten, war in ihrem Kopf allgegenwärtig. Sie ahnte, dass gleich hinter dem Horizont noch mehr Leid und Schmerz auf uns warteten.

7

Als ein Gerichtstermin feststand, an dem über die Vormundschaft über uns entschieden werden sollte, suchte Amanda Robert Eubanks auf, den Anwalt meines Großvaters, der sie an dem Tag besucht hatte, an dem mein Vater starb. Er konnte ihr nicht die Hoffnung geben, die sie sich wünschte.

„Tatsache ist, dass Sie keinen Rechtsanspruch auf Lizzie und Kara haben."

Amanda starrte ihn wie vor den Kopf geschlagen an. Sie war in seine Kanzlei gekommen, weil sie gehofft hatte, sowohl die Vormundschaft als auch die Adoption würden zu ihren Gunsten entschieden werden. Es gehe nur noch darum, die nötigen Papiere fertig zu machen, hatte sie sich eingeredet. Diese Leute konnten doch kein Recht auf uns haben.

„Auf wessen Seite stehen Sie eigentlich?", fragte sie aufgebracht. „Es sind *meine* Mädchen. Sie nennen *mich* Mama. Ich bin die einzige Mutter, die sie kennen, und der einzige Elternteil, der ihnen geblieben ist. Ich habe meinem Mann *versprochen*, dass ich mich für den Rest meines Lebens um sie kümmern werde."

Seine Augen verrieten sein Mitgefühl. Sie wusste, dass ihre Worte ihn nicht unberührt ließen. Er stand auf und seufzte schwer. Er war ein großer, schlanker Mann, dem anzusehen war, dass er sich nicht wohl in seiner Haut fühlte.

„Wenn Sie die beiden seit ihrer Geburt bei sich hätten, bestünde eine Chance", erklärte Robert leise. „Aber Sie sind erst seit ein paar Monaten bei ihnen."

„Aber können wir denn nicht beweisen, dass diese Leute für die Erziehung der Kinder ungeeignet sind?" Sie umklammerte die Kante ihres Stuhles so krampfhaft, dass ihre Knöchel weiß hervortraten. „Mir lief es eiskalt über den Rücken, als ich diese Leute das erste Mal sah. Noch ehe ich wusste, warum sie gekommen waren. Wahrscheinlich haben sie von dem Erbe gehört und meinen, sie könnten Geld aus mir herauspressen." Ihre Augenbrauen fuhren bei diesem Gedanken in die Höhe. „Nehmen Sie doch etwas von dem Geld, das ich bekommen soll, und bestechen Sie sie. Bieten Sie ihnen ein Geschäft an, damit sie diesen Prozess fallen lassen."

„Das könnte funktionieren", überlegte er. „*Wenn* wir Zugang zu dem Geld hätten. Aber solange das Nachlassgericht nicht entschieden hat ..."

Sie schnellte von ihrem Stuhl hoch und ging aufgebracht in seinem Büro auf und ab. „Wie kann ein Richter, der halbwegs bei Verstand ist, die Kinder von ihrem gewohnten Zuhause fortreißen? Aus ihrem einzigen Schutzraum? Besonders da mein Mann in seinem Testament *mich* zu ihrem gesetzlichen Vormund bestimmt hat, und nachdem er selbst das Adoptionsverfahren in die Wege leitete?"

„Trotzdem sind diese Leute die leiblichen Großeltern, und da die Adoption nicht abgeschlossen ist ..."

„Ich möchte einen Detektiv einschalten." Aus ihrer Stimme sprach eine feste Entschlossenheit. Solange sie einen Plan hatte, konnte sie alles ertragen. „Ich will alles über diese Leute wissen: Wo sie leben, wo sie arbeiten, was sie essen, wen sie kennen. Ich will wissen, ob sie sich irgendeines kriminellen Vergehens schuldig gemacht haben, selbst wenn sie nur falsch geparkt haben. Ich will wissen, ob sie trinken. Ich will wissen, welche Eltern sie ihrer Tochter waren. Mit fünfzehn lief sie von Zuhause fort. Sie wurde von einer christlichen Familie in Jackson aufgenommen, wo sie mit neunzehn Jahren Jack kennen lernte."

„Das spricht nicht gerade für diese Leute", nickte Eubanks nachdenklich. „Vielleicht können wir das zu unserem Vorteil nutzen."

„Diese Leute *dürfen* meine Kinder nicht bekommen", sagte sie bestimmt und ließ keinen Raum für Diskussionen. „Robert, tun Sie, was Sie können. Kratzen Sie jede noch so kleine Information zusammen, deren Sie habhaft werden können. Wir müssen dem Richter zeigen, dass die Mädchen es bei mir besser haben."

Aber es spielte letztendlich keine Rolle, bei wem wir es besser hatten ... da unsere Interessen zum Raub freigegeben waren. Alles ging nur um die juristischen Rechte der Krebbs' – um die Blutsverwandtschaft, die uns nichts bedeutete, und um die Habgier, die diese Menschen antrieb.

Amanda wusste, dass die Sache so oder so ausgehen konnte.

8

Wie sich herausstellte, hatten Deke und Eloise keine kriminelle Vergangenheit.

Es gab nur ein paar Geldstrafen wegen Falschparkens und einige Verletzungen der Jagdrechte. Es gab keinen Beweis dafür, dass ihre Tochter – unsere Mutter – mit fünfzehn Jahren von zu Hause fortgelaufen war. Niemand hatte je eine Vermisstenanzeige aufgegeben. Die Detektive hatten zwar die Familie gefunden, die sie aufgenommen hatte, aber ihre Aussage, dass sie eine Jugendliche mit Drogen- und anderen Problemen gewesen sei, bevor sie zu ihnen kam, konnte nicht beweisen, dass ihre Eltern sie aus dem Haus getrieben hatten.

In ihrer panischen Angst klammerte sich Amanda immer mehr an uns, je bedrohlicher die Aussicht wurde, dass sie uns verlieren könnte. Sie dachte daran, aus dem Land zu fliehen, uns mitzunehmen und uns in Frankreich aufzuziehen, wo unsere Großeltern uns nicht erreichen könnten.

Aber ihr Vater brauchte sie hier in Jackson.

Buzz hatte bereits einen leichten Herzinfarkt hinter sich. Die Erschöpfung und die Blässe waren seinem Gesicht deutlich anzusehen. Sie wusste, dass eine Reise ins Ausland für ihn zu anstrengend wäre, und sie wollte ihn nicht aus seiner gewohnten Umgebung und von seinen lebenslangen Freunden fortreißen. Und sie wusste nicht, was aus ihm werden würde, wenn sie ihn mit seiner immer schwächer werdenden Gesundheit im Stich ließe.

Am Abend vor jenem endgültigen Tag vor Gericht betrat Buzz hinkend unser Haus. Sein Gesicht war kalkweiß, wie Amanda es noch nie zuvor gesehen hatte. Seine Hände zitterten. Lizzie und ich schliefen tief und fest, ohne zu ahnen, dass der morgige Tag ein weiterer grausamer Wendepunkt in unserem Leben werden könnte.

„Es tut mir so Leid, dass sich für dich alles so entwickelt hat." Buzz sank auf ihr Sofa. „Ich dachte immer, ich hätte dich auf das

Leben vorbereitet", seufzte er. „Aber mit solchen Ereignissen, die in letzter Zeit über dich hereinbrechen, hatte ich nie gerechnet."

„Ich auch nicht", flüsterte sie. Tränen traten ihr in die Augen. Sie blinzelte, um sie zurückzuhalten. Es brach ihm jedes Mal fast das Herz, wenn sie weinte. Sie wollte ihn nicht unnötig aufregen.

Er räusperte sich und schaute zwischen seinen Knien auf den Boden. „Als deine Mutter starb, habe ich zwei Jahre um sie getrauert. Ich dachte, der Schmerz würde nie vergehen, aber ich hatte dich. Ich konnte sie in deinem Gesicht sehen, in der Art und Weise, wie du dich benahmst, wie du sprachst, ja sogar, wie du an das Leben herangingst." Er berührte ihre Wange. „Du warst das Einzige, das mich aus diesem Loch herauszog. Ich hatte gehofft, die Mädchen würden bei dir das Gleiche bewirken."

Sie konnte kaum sprechen. „Das hatte ich auch gehofft."

„Du hattest die Wahl." Er beugte sich vor. „Du hättest sie nehmen und das Land verlassen können. Irgendwohin, wo die amerikanische Rechtsprechung dich nicht erreicht. Aber du bist meinetwegen geblieben, nicht wahr?"

Sie wollte nicht zugeben, dass er Recht hatte. Deshalb stand sie auf und ging langsam durch das Zimmer zum Kamin, auf dem ein Foto von meinem Vater und uns stand. Sie fuhr mit dem Finger über den Rahmen und drehte sich dann wieder zu ihm um.

„Ich hatte es einfach nicht für nötig gehalten. Ich dachte immer, das Rechtssystem stehe auf meiner Seite. Heißt es nicht immer, dass Leute mit Geld bekommen, was sie wollen?"

„Du wechselst das Thema." Sein Lächeln war sanft und verriet sein tiefes Mitgefühl. „Amanda, ich weiß, dass du immer für mich da bist. Aber wenn das bedeutet, dass du die Mädchen verlierst, ist es mir lieber, wenn du weit weg bist. Ich habe hier genügend Leute, die sich um mich kümmern können."

Sie konnte die Tränen nicht zurückhalten, als sie den Mann anschaute, der ein so kostbarer Teil ihres Lebens war.

„Ein Freund von mir ist Pilot", sprach er weiter. „Ich habe ihn gebeten, ein Flugzeug zu mieten. Wenn du willst, kannst du die

Mädchen nehmen und mit ihnen noch heute Nacht verschwinden. Irgendwohin, wohin du willst. Je weiter weg, umso besser."

Sie starrte ihn mit offenem Mund an. „Papa, wie konntest du dir das leisten?"

„Ich habe meine Rente. Ich habe sie gespart, um sie eines Tages dir zu hinterlassen. Aber es sieht nicht so aus, als bräuchtest du das Geld. Ich kann mir keine bessere Möglichkeit vorstellen, das Geld auszugeben."

Einen Augenblick lang dachte sie daran, ins Schlafzimmer zu laufen, ein paar Sachen in eine Tasche zu packen und uns aus dem Bett zu holen. Wenn am nächsten Tag die Gerichtsverhandlung begann, könnte sie bereits in Frankreich sein. Die Krebbs' hätten nicht die finanziellen Mittel, sie aufzuspüren und zurückzuholen.

Aber das würde bedeuten, dass sie ihren Vater nie wiedersähe. Und wenn sie morgen vor Gericht gewann? Wenn der Richter so viel gesunden Menschenverstand besaß und die Kinder dort ließ, wo sie waren? Dann wäre es völlig unnötig, dieses Haus, in dem sie mit Jack so glücklich gewesen war, zu verlassen.

„Ich kann heute Nacht nicht gehen, Papa."

„Warum nicht?"

„Aus vielen Gründen. Was ist, wenn der Richter doch zu meinen Gunsten entscheidet und ich *alles* haben kann? Dich und die Mädchen."

Er winkte mit der Hand ab und verwarf einen so lächerlichen Gedanken. „Geh auf Nummer Sicher, Amanda. Nimm die Mädchen und verschwinde aus diesem Land. Ich komme dich besuchen."

„Aber das kannst du nicht. Es wäre zu anstrengend für dich. Außerdem tut es den Mädchen gut, in ihrem Zuhause zu bleiben. Ich möchte Jacks Sachen und das kleine Spielhaus, das er im Garten gebaut hat, nicht zurücklassen." Sie ergriff seine Hände. „Ich möchte, dass sie dich als Großvater haben."

Er seufzte traurig und strich ihr über die Haare. „Also gut. Aber ich will, dass du alles gepackt hast und startbereit bist, falls der Richter morgen entscheidet, dass diese schrecklichen Menschen die Mädchen bekommen sollen. Wir sorgen dafür, dass das Flugzeug startklar ist, und bevor sie kommen und die Mädchen holen können, bist du auf dem Weg nach Frankreich."

Dieser Vorschlag klang machbar. „Einverstanden. Ich gehe gleich packen."

Aufgewühlt umarmte sie ihren Vater. Dann zog sie den Kopf von seiner Brust zurück und küsste ihn auf die Wange. „Ich will dich nicht verlassen."

„Ich weiß." Sein raues Flüstern brach ihr beinahe das Herz. „Aber du hast Jack versprochen, dass du dich um die Mädchen kümmern wirst. Sie brauchen dich, Amanda. Du kannst es nicht riskieren, sie zu verlieren."

Neue Hoffnung blühte wie eine zarte Rose in ihrem Herzen auf. Sie eilte in ihr Zimmer und begann zu packen.

9

Der Verlauf unseres Leben schlug am nächsten Tag eine völlig neue Richtung ein, als der Richter seinen Urteilsspruch verkündete.

Während wir in unserem kleinen Spielhaus „Kochen“ spielten und unsere Babysitterin, Mrs. Guerrero, auf uns aufpasste, saß Amanda steif und angespannt im Gerichtssaal. Sie fühlte sich, als wäre ihr eine Faust durch das Brustbein gejagt worden und hätte ihr Herz zermalmt, als der Richter verkündete, dass wir spätestens um vierzehn Uhr an diesem Nachmittag in die Obhut von Eloise und Deke Krebbs übergeben werden müssten. Amanda stieß einen erstickten Schrei aus.

„Mrs. Holbrooke ...“ Der Richter sah, wie sie unter dieser Nachricht zusammenbrach. „Ich zweifle nicht im Geringsten daran, dass Sie diesen Kindern ein gutes Zuhause schenken könnten, und ich bewundere Sie für alles, was Sie bis heute für die Kinder getan haben. Aber so sehr ich auch versuchte, eine rechtliche Grundlage zu finden, die Ihnen erlauben würde, die Kinder bei sich zu behalten, konnte ich beim besten Willen nichts finden. Ich kann den einzigen lebenden Verwandten nicht das Recht verweigern, die Vormundschaft über die Kinder zu übernehmen.“

Der Richter sprach weiter und versuchte, das Furchtbare, das er soeben angeordnet hatte, zu erklären und zu rechtfertigen. Aber Amanda konnte nicht einmal seine Worte hören. Nur unter großer Kraftanstrengung gelang es ihr, aufzustehen. Vage nahm sie wahr, dass auf der anderen Seite des Raumes ein Freudenfest veranstaltet wurde. Deke und Eloise Krebbs umarmten einander und jubelten, als hätten sie soeben in der Lotterie gewonnen.

„Euer Ehren!“ Amandas Stimme gehorchte ihr kaum. „Das können Sie den Kindern doch nicht antun. Sie haben bereits ihre Mutter und ihren Vater verloren, und jetzt sollen sie auch noch mich verlieren? *Das können Sie doch nicht machen!*“

„Mir bleibt keine andere Wahl“, erwiderte er. „Bitte setzen Sie sich wieder. Ich bin noch nicht fertig.“

„Aber, Euer Ehren, das ergibt doch überhaupt keinen Sinn!"

Er atmete tief ein. Dann klopfte er auf den Tisch. „Mrs. Holbrooke, ich kann mich des Gedankens nicht erwehren, dass eine Frau mit Ihren Mitteln zu drastischen Maßnahmen greifen könnte. Dass sie zum Beispiel die Kinder entführen könnte."

„Ich habe *keine* Mittel", erwiderte sie. „Das Nachlassgericht hat noch keine Entscheidung getroffen. Ich lebe von der Lebensversicherung meines Mannes."

„Trotzdem ordne ich an, dass ein Polizist Sie zu Ihrem Haus begleitet, um sicherzustellen, dass Sie nicht versuchen, mit den Kindern zu fliehen."

Ihre Hoffnungen zerschellten wie Glas auf hartem Beton. „Aber, Euer Ehren! Das ist doch lächerlich! Sie brauchen mir keinen Aufpasser mitschicken. Ich habe nichts Schlimmes verbrochen! Ich möchte einfach allein sein, um mich von meinen Kindern ungestört verabschieden zu können."

„Der Polizist wird Ihnen die Zeit geben, die Sie brauchen."

Ehe sie sich versah, war die Gerichtsverhandlung beendet. Die Großeltern ihrer Kinder begannen, wie betrunkene Fans bei einem Fußballspiel zu grölen und zu jubeln.

Schluchzend sank sie ihrem Vater in die Arme.

„Du hättest gestern Abend fliehen sollen!" Sein aufgeregtes Flüstern sprach aus, was sie selbst ebenfalls dachte. „Vielleicht ist es noch nicht zu spät. Vielleicht können wir den Polizisten ablenken und dich mit den Kindern aus dem Haus bekommen, ohne dass er etwas bemerkt."

„Oh, Papa, glaubst du wirklich?"

„Komm, fahren wir nach Hause und machen wir die Mädchen fertig. Ich lasse es dich wissen, wenn die Luft rein ist."

10

Viele von unseren Sachen hatte Amanda bereits in der Nacht zuvor gepackt, während wir schliefen. Amanda beobachtete, was vor dem Haus geschah. Ihr Vater führte den Polizisten durch den Garten und versuchte, ihn abzulenken, damit sie unbeobachtet das Haus verlassen könnte. Aber er hatte noch nicht das Zeichen gegeben, dass die Luft rein sei und sie fliehen könne. Nervös schritt sie in unserem Zimmer auf und ab. Verunsichert blickte ich zu ihr auf.

„Was ist los, Mama?"

„Nichts, Liebes. Alles ist in Ordnung." Später erzählte sie, dass sie sich den Kopf und das Herz zermarterte und mit sich rang, was sie tun solle. Sollte sie uns erklären, warum wir ihr weggenommen wurden? Sollte sie uns für den Fall, dass ihr Plan nicht aufging, darauf vorbereiten? Sollte sie uns sagen, dass sie uns immer lieben würde, egal was passieren würde, dass sie hoffte, wir vergäßen sie nie, und dass sie nie aufhören würde, zu versuchen, uns zurückzubekommen?

Nein, überlegte sie. Dieser Fluchtversuch musste einfach gelingen.

Sie trat ans Fenster und sah ihren Vater hinkend zum Spielhaus gehen. Buzz hatte den Polizisten in ein lebhaftes Gespräch verwickelt. Wahrscheinlich über seine Kriegstage in Korea. Der Polizist lächelte und nickte. Sie sah, wie ihr Vater sich zum Haus umdrehte und nickte.

War das ihr Signal? Sie war nicht sicher, aber die Zeit lief ihr davon. Sie konnte es nicht riskieren, sich diese Gelegenheit entgehen zu lassen.

In plötzlicher Panik drehte sie sich zu uns um. „Lizzie, Kara, wir müssen fortfahren. Schnell. Kommt mit Mama."

„Wohin fahren wir?", fragte Lizzie laut.

„Pscht. Kommt einfach mit Mama. Es ist eine Überraschung. Ich zeige es euch, wenn wir dort sind. Aber seid jetzt ganz leise."

Sie hob uns beide in die Höhe und setzte uns auf ihre Hüften.

Dann eilte sie zur Haustür. Schnell setzte sie uns in unsere Kindersitze im Auto, ließ den Motor an und bog hektisch auf die Straße.

Hawkins Field ... dort stand das Flugzeug. Ihr Vater hatte ihr eine Straßenkarte, auf der die Nebenstraßen eingezeichnet waren, auf den Beifahrersitz gelegt. Zitternd hob sie die Karte hoch und warf einen kurzen Blick darauf.

Mit einem panischen Blick in den Rückspiegel bog sie aus der Auffahrt. Der Polizist drehte sich um, sah, wie das Auto auf die Straße bog, und lief auf sie los.

Ihr wurde übel, als ihr klar wurde, dass sie damit nicht durchkäme. Trotzdem umklammerte sie verzweifelt das Lenkrad und trat mit voller Kraft auf das Gaspedal. Dabei fragte sie sich, ob sie gerade dabei sei, alles nur noch schlimmer zu machen ... oder ob es immer noch eine Chance gäbe, zu entkommen.

Sie bog in die Seitenstraße ein, die ihr Vater eingezeichnet hatte, bog wieder ab und dann wieder. Ihre Hoffnung war, dass der Polizist nicht auf die Idee käme, diesen Weg einzuschlagen. Die Chancen standen fünfzig zu fünfzig, dass er zum Jackson International Flughafen fuhr, nicht zu Hawkins Field. Bis er seinen Fehler erkannte, waren sie vielleicht schon in der Luft.

„Mama, wir fahren aber schnell!“, stellte ich überrascht fest und schaute entzückt aus dem Fenster.

Sie raste holpernd über einen Schotterweg, um auf eine andere Straße zu gelangen. Ihr Herz überschlug sich fast. Zum Flughafen waren es nur noch fünf Minuten ... wenn wir nicht vorher aufgehalten wurden.

Diese fünf Minuten waren wie eine Ewigkeit. Sie schaute in den Rückspiegel, sah aber niemanden kommen. Vielleicht hatte sie den Polizisten tatsächlich abgehängt.

In Sekundenschnelle fand sie den kleinen Privatflughafen und steuerte direkt auf die Startbahn zu. Das Flugzeug war startbereit und wartete auf sie.

„Mädchen, wir machen einen Ausflug mit dem Flugzeug.“ Sie stieg aus dem Wagen und riss die hintere Tür auf. „Gefällt euch das?“

Wahrscheinlich stellten wir uns vor, dass wir in ein Flugzeug steigen und in die Wolken hineinfliegen würden wie unser Papa. Vermutlich erwarteten wir, dass wir zu ihm in den Himmel fliegen würden. Wir begannen zu jubeln und versuchten, aus unseren Sitzen herauszukommen. Sie schnallte uns ab und hob uns aus dem Auto.

Dann hörten wir sie. Eine Sirene durchschnitt laut heulend die Luft.

„Polizeiautos!", rief Lizzie fasziniert. Amanda fuhr entsetzt herum und sah die vielen Blaulichter. Sie begann zu laufen, wusste aber, dass sie das Flugzeug nicht erreichen könnte, ohne vorher eingeholt zu werden.

Es war vorbei.

Noch bevor sie sich entscheiden konnte, was sie tun sollte, war sie umringt. Bei all den schlimmen Verbrechen, die auf der Welt passieren, konnte sie nicht verstehen, dass so viele Polizisten losgeschickt wurden, um eine einzige Frau aufzuhalten, die nur versuchte, ihre Kinder zu retten.

„Mrs. Holbrooke, ich muss die Kinder jetzt zu mir nehmen", verkündete eine Frau in einem dunklen Kostüm. Ich begann zu weinen.

„Ich will meinen Anwalt!" Amanda drückte uns fest an sich, obwohl die Frau versuchte, uns ihr zu entreißen. „Ich will auf der Stelle mit meinem Anwalt sprechen!"

„Madam, hier geht es nicht um Sie. Es geht um die Kinder. Sie können wegen Ihrer Verhaftung mit einem Anwalt sprechen, aber ich habe eine richterliche Anordnung, dass ich diese Kinder übernehmen soll."

Entsetzt versuchte Amanda, uns den Armen dieser Frau zu entreißen.

Ich kann mich nicht an Amanda oder Buzz, an meinen Vater oder an meine Mutter erinnern. Ich weiß nur das, was man mir erzählt hat. Aber ich erinnere mich, dass Leute versuchten, uns an sich zu reißen, dass jemand weinte, dass ich kreischend um Hilfe schrie. Ich erinnere mich an das Entsetzen, weil ich aus meinem gewohnten Leben gerissen wurde, an Fremde, die mich festhielten und mit mir zu einem wartenden Kombi liefen ...

„Bitte. Nur ein paar Minuten. Die Kinder verstehen das nicht!"

Ich erinnere mich an die verängstigten Schreie meiner Schwester, an meine eigenen Bemühungen, mich loszureißen und zurückzulaufen. Ich erinnere mich an einen Kombi mit verdunkelten Scheiben, an Türen, die zugeschlagen wurden, an quietschende Reifen.

Unsere eigenen Schreie hallen manchmal in meinen Träumen wider, und ich erinnere mich an dieses Gefühl, von einer Klippe in einen endlosen Abgrund zu stürzen ... ohne dass jemand da ist, der mich auffängt.

Heute weiß ich, dass Amanda wenige Augenblicke später verhaftet wurde. Sie wartete ungeduldig im Gefängnis und schritt in der Zelle nervös auf und ab, bis ihr Vater ihren Anwalt verständigen konnte. Für sie stand fest: Man müsste sie für immer einsperren, wenn man sie daran hindern wollte, ihre Kinder zurückzuholen.

Die Tür ging auf, und ihr Vater stand auf der Schwelle. An seiner Seite erblickte sie Robert Eubanks. Amanda warf sich ihrem Vater in die Arme.

„Oh, Papa, wo sind sie? Konntest du sie aufhalten?"

„Es tut mir Leid, Liebes." Seine Schultern hingen nach unten. „Ich hatte alle Hände voll zu tun, dich hier herauszuholen. Außerdem wusste ich nicht, wo sie die Kinder hingebracht haben."

„Es geht hier nicht um *mich!*" Er hatte es nicht verdient, angeschrien zu werden, aber in ihrer Verzweiflung konnte sie nicht anders. „Diese Leute haben meine Kinder. Ich muss etwas *tun*."

Er atmete schwer, hob zitternd die rechte Hand und rieb sich die Schulter. „Sie sagen, es müssten noch ein paar Papiere ausgefüllt werden", brachte er mühsam über die Lippen. Er taumelte und stürzte beinahe. Sie eilte ihm zu Hilfe.

„Papa, geht es dir gut?"

Schweißperlen traten auf seine Oberlippe und auf seine Stirn. Er starrte einen Augenblick ins Leere und blinzelte, als könnte er nicht richtig sehen ...

Dann brach er zusammen und sackte zu Boden.

„Papa!“

Robert lief eilig los, um Hilfe zu holen.

Sie legte den Kopf ihres Vaters in ihre Arme und schrie: „Er braucht einen Krankenwagen! *Helft* ihm doch!“

Innerhalb weniger Sekunden kamen mehrere Wachleute, um ihm zu helfen. Einer kniete über ihm und bearbeitete panisch sein Herz.

Aber zum zweiten Mal an diesem Tag war es zu spät.

Der Krankenwagen kam, aber es bestand kein Grund mehr zur Eile.

„Es tut uns Leid, Mrs. Holbrooke“, teilte man ihr schließlich mit. „Aber wir konnten für Ihren Vater nichts mehr tun.“

11

Ich verstehe nicht, warum ich so große Schwierigkeiten habe, mich an die angenehmen Dinge in meinem Leben zu erinnern, wenn doch die Erinnerungen an unsere Fahrt nach Barton sich so deutlich in mein Gedächtnis eingeprägt haben. Ich erinnere mich daran, wie Lizzie und ich uns auf dem Rücksitz dieses Autos, das nach nassen Hunden und Fast-Food-Tüten roch, krampfhaft an den Händen hielten. Wir waren noch nie zuvor ohne unsere Kindersitze in einem Auto gefahren. Eloise und Deke hatten uns nicht einmal Sicherheitsgurte angelegt. Lizzie hatte ein loses Ende des Gurtes gefunden und es locker über unseren Schoß gezogen, als würde uns das die Sicherheit geben, aus der wir herausgerissen worden waren.

„Ich habe dir doch gesagt, dass das eine verrückte Idee ist!", überbrüllte Deke unser Weinen. „Schreiende Bälger und zwei Münder mehr, die wir stopfen müssen."

„Ich werde ihnen das Schreien schon austreiben", erwiderte Eloise. „Mach dir bloß keinen Sorgen wegen des Geldes. Diese Kinder sind eine Goldmine."

„Das ist aber eine verdammt harte Tour, um an leichtes Geld heranzukommen." Deke hatte tief eingegrabene Furchen im Gesicht, so als hätte er zu oft das Gesicht wütend verzogen und seine Haut wäre am Ende in dieser Stellung geblieben. „Bring sie endlich zum Schweigen, Eloise."

Eloise drehte sich auf ihrem Sitz herum und prügelte brutal auf unsere nackten Beine ein. „Ich habe euch *gesagt*, dass ihr mit diesem Gebrüll aufhören sollt!"

Unser Jammern wurde noch eine Oktave höher, während wir die Knie an die Brust hochzogen und versuchten, so weit wie möglich von ihrer Hand fortzukommen.

„Haltet jetzt endlich den Mund!" Eloise hob die Hand, als wolle sie uns erneut schlagen. „Ruhe!"

Wir versuchten, leiser zu weinen, und klammerten uns wie Ertrinkende aneinander. Ich war völlig verwirrt. Hier musste ein furchtbarer Irrtum vorliegen. Diese grauenhaften Menschen hatten die falschen Zwillinge mitgenommen! Wenn sie das doch nur begreifen würden, könnten wir endlich wieder nach Hause. „Ich will zu meiner Mama!“, kreischte ich.

„Deine Mama ist tot. Du gehörst jetzt *mir*. Wenn du nicht sofort aufhörst, sage ich Deke, dass er stehen bleiben und euch eigenhändig verprügeln soll.“

Krampfhaft bemüht, unsere Tränen zurückzuhalten, verzogen wir das Gesicht zu traurigen Grimassen und kauerten uns eng aneinander gedrückt an die Tür. Schließlich schlief Lizzie ein. Ich konnte nicht. Meine Angst war zu groß.

Ich überlegte, ob es wahr sein konnte, dass Mama genauso wie Papa gestorben war. Hatten die Engel sie auch geholt? Warum hatten sie nicht Lizzie und mich auch mitgenommen?

Ich blickte durch das Fenster zu den Sternen hinauf, unter denen Lizzie und ich so viele Male gelegen hatten und über den Himmel und über Jesus und Papa gesprochen hatten.

Ich wollte nach Hause.

Plötzlich vernahm ich ein lautes Schnarchen und fuhr erschrocken in die Höhe. Die alte Frau war eingeschlafen. Ihr Kopf war nach hinten auf die Kopfstütze gesunken, und ihr Mund stand weit offen. Die gelbe Perücke rutschte von ihrem Kopf und brachte filzige, kurze graue Haare darunter zum Vorschein.

Der alte Mann neben ihr führte eine Zigarette an seine Lippen. Der stechende Rauch raubte mir fast den Atem. Das Auto bog von der Hauptstraße ab und fuhr danach über ein paar Kreuzungen und um einige Kurven. „Wach auf, Eloise. Wir sind zu Hause.“

Ich hielt den Atem an und setzte mich auf die Knie, damit ich größer wurde und hinausschauen konnte. Zuhause war für mich nur ein einziger Ort, und nach ihm sehnte ich mich. Ob Mama schon auf uns wartete?

Aber das Haus, das ich sah, hatte nicht die geringste Ähnlichkeit mit unserem Zuhause, mit den Blumen im Vorgarten und mit dem Spielhaus auf dem Rasen. Stattdessen erblickte ich ein kleines Ziegelhaus mit einer ungepflasterten Auffahrt und nichts, das mir im Entferntesten vertraut gewesen wäre.

Ich stieß Lizzie in die Seite. „Wach auf", flüsterte ich.

Sie regte sich verschlafen. Als sie begriff, wo sie war, begann sie erneut zu weinen. „Ich will nach Hause!"

Als hätten wir sie damit beleidigt, stieg Eloise aus dem Auto, riss die hintere Tür auf und zerrte uns beide hinaus. Sie schlug uns auf das Hinterteil, als könnte sie damit unsere Tränen unterbinden.

Das Haus roch nach Schmutz und Staub. Es war dunkel, bis Eloise eine alte Lampe in der Ecke des Wohnzimmers anmachte. Schatten lagen über dem Raum, Ungeheuer, die uns verspotteten und bedrohten.

Es war heiß und stickig. Die Frau ging durch das Zimmer und öffnete die Fenster. Als sie die Seitentür aufriss, sprangen zwei Hunde herein.

Lizzie kreischte laut.

„Ich habe dir *gesagt,* dass ich dieses Gebrüll nicht *aushalte*", schimpfte Eloise. „Entweder bist du jetzt auf der Stelle leise, oder ich helfe dir nach!"

Wir klammerten uns aneinander und drückten die Augen zu, damit wir die Hunde, die uns beschnüffelten, die bedrohlichen Schatten, die uns umgaben, und diese Frau, die uns anbrüllte, nicht mehr sehen mussten.

Eloise trat gereizt nach den Hunden. „Deke, bring du die Hunde hinaus. Ich kümmere mich um die Kinder."

Als Deke mit einer Zigarette, die ihm aus dem Mundwinkel hing, wieder zurückkam, packte sie uns grob an den Händen und zerrte uns ins Nebenzimmer. Es war so winzig wie der Werkzeugschuppen unseres Vaters. Darin stand nur ein Doppelbett. Es war nicht einmal so viel Platz, dass man um das Bett herumgehen konnte.

„Ich habe die Nase voll von eurem Gebrüll und von eurem schlechten Benehmen." Ihre Augen waren nur zwei finstere Schlitze in ihrem Gesicht. „Wenn ihr keine Ruhe geben könnt, dann habe ich Mittel und Wege, euch das beizubringen."

Lizzie legte die Hand auf ihren Mund, um das Geräusch zu ersticken, aber ihr entfuhr trotzdem ein lautes Jammern. *„Mamaaaaaaaaa!"*

Die Frau packte sie brutal an der Hand, warf sie in den Kleiderschrank und verschloss die Tür. Lizzies Schreie hallten durch das kleine Haus. Ich zitterte wie Espenlaub und starrte entsetzt zu Eloise auf.

„Ich bin brav!" Ich wich an die Wand zurück, mein kleiner Körper war vor Angst ganz starr. „Ich werde nicht weinen. Lizzie wird auch bald aufhören! Bringst du uns dann nach Hause zu unserer Mama?"

Die Frau packte mich wütend, hob mich hoch und stürmte in den Flur hinaus und in ihr eigenes Schlafzimmer, wo sie mich in einen anderen Schrank warf.

Eine beängstigende Dunkelheit erstickte mich. Ich schrie mir die Seele aus dem Leib. Aber meine Schreie fielen auf taube Ohren.

Verzweiflung machte sich in mir breit. Niemand würde mich retten.

12

Ich stelle mir Amanda vor, wie sie allein am Grab ihres Vaters stand. Eine einsame Gestalt in einem schwarzen Kleid auf einem leuchtend grünen, gepflegten Rasen, umringt von den herbstlichen Bäumen mit ihren leuchtenden Orange-, Gelb- und Rottönen.

Ich stelle mir vor, wie die tiefe Trauer sie fast erdrückte, wie ihre Gliedmaßen schwer und taub waren, als sie zum Auto zurückging. Sie bewegte sich wie unter Wasser. Ihre Welt war völlig außer Kontrolle geraten.

Ich stelle mir das vor, weil das einer meiner eigenen zusammenhanglosen Träume ist. Dieses Ertrinken, dieser Horrortrip unter trügerischen Gewässern, ohne Hoffnung auf Luft oder Rettung.

Sie erzählte uns später, dass sie nach Hause fuhr und sich auf den knarrenden Rohrschaukelstuhl auf der Veranda unseres Spielhauses setzte. Der Himmel wurde dunkel, und am samtschwarzen Himmel funkelten die Sterne hell und klar.

Diese Schönheit und dieser Friede machten sie wütend, als wollten sie einen spöttischen Kontrastpunkt zu dem fürchterlichen Toben in ihrem Inneren darstellen.

„Wo *bist* du, Gott?“, wollte sie wissen. „Was machst du mit mir?“

Aber die funkelnden Sterne und der flüsternde Wind gaben ihr keine Antwort.

„Warum hasst du mich so sehr?“

Ihre eigenen Worte raubten ihr fast den Atem. Sie setzte sich hin und weinte. So wütend sie auch auf Gott war, brauchte sie trotzdem Antworten. Früher hatte sie immer gewusst, wo sie diese finden konnte.

Die Tränen brannten auf ihrem kühlen Gesicht, als sie endlich ins Haus ging und sich Jacks Bibel vom Nachttisch nahm. Der Gemeindebrief vom Sonntag vor seinem Tod steckte im Buch des Propheten Jesaja. Sie schlug die Bibel an dieser Stelle auf und zog das Blatt heraus. Er hatte den Programmzettel gefaltet. Ihre Augen wanderten über das Programm. Sie versuchte, sich daran zu erinnern, wie sie neben ihm saß und ihre Schultern sich berührten und sie sich verliebt an den Händen hielten, während der Pastor über Jesaja 49 predigte.

Seltsam, sie konnte sich an kein Wort, das der Pastor gesagt hatte, erinnern. Diese Predigt hing irgendwo ganz hinten in ihrem Kopf. Viel deutlicher erinnerte sie sich an die zarten Gefühle, die sie immer durchströmt hatten, wenn Jack in ihrer Nähe war.

Sie warf einen Blick auf die aufgeschlagene Bibel. Jesaja, Kapitel 49. Mechanisch wanderten ihre Augen über die Verse, bis sie zu Vers 20 kam.

„Lange Zeit warst du wie eine Frau, der man die Kinder geraubt hat. Doch schon bald wirst du mit eigenen Ohren hören, wie deine Kinder klagen: ‚Es wird uns zu eng hier! Wir brauchen mehr Platz zum Wohnen!‘

Erstaunt wirst du dich fragen: ‚Woher kommen sie alle? Wer hat sie geboren? Man hat mir doch alle Kinder geraubt, und ich konnte keine mehr bekommen. Ich war verbannt und ausgestoßen, von allen verlassen saß ich da. Wer hat diese Kinder großgezogen, wo kommen sie her?‘

Ja, ich, der Herr, kündige dir an: Ich will die Völker herbeiwinken und ihnen das Zeichen zum Aufbruch geben. Sie werden deine Söhne auf ihren Armen herbeitragen und deine Töchter auf den Schultern. Könige hüten deine Kinder, und Königinnen sind deine Kindermädchen. Voll Ehrfurcht werfen sie sich vor dir zu Boden und küssen dir die Füße. Wenn das geschieht, wirst du erkennen, wer ich bin: Ich bin der Herr! Ich enttäusche keinen, der mir sein Vertrauen schenkt.“

Sie war nicht sicher, was diese Worte bedeuteten oder warum sie ausgerechnet diesen Text las. Aber sie schienen ein Versprechen zu enthalten. Wollte Gott ihr sagen, dass ihm ihre Situation nicht gleichgültig war? Dass er immer noch alles unter Kontrolle hatte?

Wollte er ihr sagen, dass sie ihre Kinder zurückbekäme, wenn sie nur geduldig wartete und die Hoffnung nicht aufgab?

„Ich will dich nicht verlassen noch von dir weichen ... Josua 1,5“, dachte sie, als ihr dieser Vers durch den Kopf ging. Es war der

erste Vers, den ihre Eltern sie gelehrt hatten, als sie noch ein Kind gewesen war. Jetzt waren sie beide tot ...

Aber diese Verheißung galt immer noch.

Niemand konnte ihr diese Verheißung rauben. Sie klammerte sich daran, als wäre es Gottes Hand, und rollte sich unter der Decke zusammen und wartete auf den Morgen.

13

Am nächsten Morgen wurde sie durch das Klingeln an der Haustür geweckt. Amanda stellte fest, dass sie in dem Kleid geschlafen hatte, das sie zur Beerdigung ihres Vaters getragen hatte. Ein schneller Blick in den Spiegel verriet, dass ihre Haare zerzaust und strähnig waren. Die verschmierte Wimperntusche zeichnete dunkle Ringe um ihre Augen.

Sie öffnete einen Spaltbreit die Tür. Vor ihr stand Robert Eubanks. „Ich will nicht über das Erbe reden. Wenn Sie keine neuen Informationen wegen der Kinder haben ..."

„Ich habe neue Informationen, Amanda. Bitte, darf ich ins Haus kommen?"

Sie machte die Tür weiter auf und lehnte sich müde daran. Er trat ein. „Amanda, ich weiß, dass Sie eine furchtbare Zeit durchmachen. Ich kann Ihnen gar nicht sagen, wie sehr ich mit Ihnen fühle."

Sie schaltete eine Lampe an und beobachtete, wie die Schatten des Morgens sich verflüchtigten.

„Ich wollte Ihnen sagen, dass Eloise und Deke Krebbs heute Morgen im Namen der Kinder Anklage erhoben haben. Sie werden noch heute vom Gericht eine Vorladung bekommen."

„Natürlich. Das war zu erwarten", sagte sie mit tonloser Stimme, während sie auf einen Sessel sank. „Ich sagte Ihnen doch, dass sie die Kinder nur aus diesem Grund wollten. Sie haben bis nach Barton das große Geld gerochen."

Er nahm ihr gegenüber Platz. Robert Eubanks war zu groß für seinen Sessel, und seine Knie ragten weit in die Höhe. Seine großen, knochigen Hände lagen auf seinen Oberschenkeln.

„Ja, leider hatten Sie Recht. Aber in diesem Fall haben diese Krebbs' nichts in der Hand."

„Geben Sie Ihnen das Geld doch einfach." Die Worte kamen teilnahmslos, gefühllos über ihre Lippen. „Ich will es nicht."

Er beugte sich vor und drückte die Handflächen aneinander.

„Amanda, dieses Geld ist das einzige Druckmittel, das Sie haben. Solange es Ihnen gehört, wird der Plan dieser Leute nicht aufgehen. Wenn sie aus ihrer Vormundschaft über Lizzie und Kara keinen finanziellen Gewinn schlagen können, besteht die Chance, dass sie die Kinder irgendwann zurückgeben. Aber wenn Sie ihnen das Vermögen überlassen, bekommen Sie die Mädchen vielleicht nie zurück."

Amanda starrte ihn einen Augenblick an und dachte über seine Worte nach. „Wahrscheinlich werde ich dieses Erbe ohnehin nicht bekommen, da eine Reihe Prozesse laufen. Jeder ist hinter dem Holbrookevermögen her."

„All diese Forderungen entbehren jeder rechtlichen Grundlage. Keine davon stellt eine wirkliche Bedrohung dar. Sie verlangsamen die Sache lediglich ein wenig, da Sie erst Zugang zu dem Geld haben, wenn alles geklärt ist. Aber diese Krebbs' *sind* eine Bedrohung, weil ihre Forderung im Namen der Kinder läuft."

„Und wenn wir ihnen eine gütliche Einigung vorschlagen? Wenn wir sie im Tausch gegen meine Kinder zu reichen Leuten machen?"

Er dachte eine Weile über ihre Worte nach, dann nickte er langsam. „Das wäre eine Möglichkeit. Zumindest könnten wir es versuchen. Aber falls sie sich entscheiden, das Ganze an sich reißen zu wollen, empfehle ich Ihnen dringend, sich gegen sie zu wehren. Ich weiß, dass Sie das nicht wollen. Aber Sie müssen kämpfen."

Wenn ich daran denke, was sie alles durchgemacht hat, dass ihr alles, was sie geliebt hatte, entrissen worden war, kann ich mir vorstellen, wie unmöglich diese Worte in ihren Ohren geklungen haben müssen. „Ich weiß nicht, ob ich noch Kraft habe, zu kämpfen. Für einen Kampf um Geld fehlt mir die Energie. Das Geld wird mir meine Familie nicht zurückbringen. Das kann keine noch so große Summe."

Er seufzte. „Amanda, die Regelung des Erbes ist meine letzte Aufgabe, bevor ich mich zur Ruhe setze und aus der Firma ausscheide, für die ich den größten Teil meines Lebens gearbeitet habe. Ich will, dass das Vermögen in gute Hände kommt. Aus Respekt vor Ihrem Mann will ich für Sie kämpfen und sicherstellen, dass das Vermögen letztendlich seinen Kindern zugute kommt. Ich bin Christ. Ich weiß, dass Jack auch Christ war und dass Sie ebenfalls Christin sind. Seit dem Tod der Holbrookes hat das Management der Firma Wege eingeschlagen, bei denen sich Paul im Grab umdrehen würde. Ich würde nichts lieber sehen, als dass Sie das Steuer dieser Firma übernehmen und diesem Unheil Einhalt gebieten. Das gegenwärtige Management wird die Firma ruinieren. Jemand mit Charakterstärke muss die Verantwortung übernehmen.“

Ihr Magen zog sich schmerzlich zusammen ... wann hatte sie das letzte Mal etwas gegessen? „Bevor ich Jack kennen lernte, arbeitete ich als Anwaltsgehilfin“, erklärte sie. „Ich habe keine Ahnung, wie man einen großen Konzern leitet.“

„Ich glaube, Sie sind die Frau, die Gott an dieser Stelle haben will.“ Er sprach diese Worte wie ein Prophet, der die Wahrheit verkündet. „Er wählte einen Hirtenjungen zum König über Israel. Warum ist es so schwer zu glauben, dass er Sie ausgewählt hat, um HolCorp zu leiten?“

„Gott hat mich nicht ausgewählt! Die ganze Idee ist verrückt. Das alles ergibt überhaupt keinen Sinn.“

„Ich glaube, Sie irren sich. Eines Tages werden diese Kinder erwachsen werden, und sie verdienen es, das zu bekommen, was ihnen rechtmäßig zusteht. Sie haben vielleicht die Kontrolle über ihre Kindheit und Jugend verloren, aber Sie können die Zukunft der Kinder sichern. Sie sind wahrscheinlich der einzige Mensch, der die Mädchen so sehr liebt, dass er das für sie tut.“

Sie stand auf, trat ans Fenster und schaute schweigend auf den Garten hinaus. Erinnerungen tauchten vor ihrem geistigen Auge auf wie die abgegriffenen Fotos, die ich gesehen habe. „Warum setzen Sie so großes Vertrauen in mich? Ich kann nicht einmal das einfachste, harmloseste Versprechen halten! Ich habe meinem Mann versprochen, dass ich mich für den Rest meines Lebens um Lizzie und Kara kümmern werde. Dass sie für mich immer das Wichtigste auf dieser Erde sind. Er starb in dem Glauben, dass ich dieses Versprechen halten würde.“

„Sie können dieses Versprechen immer noch halten, Amanda. Sie haben zwar jetzt den Kontakt zu ihnen verloren, aber eines Tages werden die beiden in Ihr Leben zurückkehren. Sie können um dieses Vermögen kämpfen und verhindern, dass Eloise und Deke Krebbs es in die Hände bekommen. Und Sie können die Leute, die jetzt diese Firma leiten, davon abhalten, sie kaputt zu machen. Wenn Sie HolCorp und das Vermögen für die Mädchen bewahren, ist das eine Möglichkeit, Ihr Versprechen zu halten."

Sie starrte das Fenstersims an und suchte nach Antworten. Wie konnte sie die Probleme eines Milliardenkonzerns bewältigen, wenn sie sogar vergaß, am Morgen zu duschen?

Aber wenn dies eine Möglichkeit wäre, ihr Versprechen zu halten ... sich um die Mädchen zu kümmern, soweit es in ihrer Macht stand ... war sie vielleicht dazu verpflichtet.

Sie atmete tief ein, war jedoch immer noch völlig kraftlos. „Einverstanden. Ich werde kämpfen."

Robert Eubanks lächelte. Zum ersten Mal, seit sie ihn kennen gelernt hatte. „Das ist gut."

14

Nur wenige Tage, nachdem wir zu den Krebbs' gebracht worden waren, hatten Lizzie und ich denselben Traum: Hände griffen nach uns und zerrten an uns. Ich klammerte mich an etwas fest, das ich nicht sehen konnte. Diese gierigen Hände gehörten bestimmt dem Tod, der mir meinen Papa weggenommen hatte. Aber selbst wenn es nicht der Tod war, machten sie mir eine Todesangst.

Ich klammerte mich mit Armen und Beinen mit aller Kraft fest, aber diese Hände waren stärker. Sie zogen mich fort, sie kämpften unerbittlich darum, mich mitzunehmen.

Ich schrie und schlug um mich ...

Plötzlich hörte ich, wie Lizzie auf dem Boden aufschlug, und fuhr aus dem Schlaf hoch. Ich war klatschnass von Schweiß, Urin und Tränen. Eine tiefe Dunkelheit umgab mich. Ich wusste nicht, wo ich war, aber ich wollte Lizzie unbedingt retten und tastete nach ihr.

„Ich habe Angst!" Sie weinte laut. „Diese Hände ... ich will nach Hause!" Ich wurde vollends wach. Plötzlich schoss mir durch den Kopf, dass Eloise und Deke von unserem Weinen aufwachen könnten. „Pscht. Sie wachen sonst auf und kommen."

„Sie sind nicht da", weinte Lizzie. „Ich habe gehört, wie sie wegfuhren."

„Wir sind allein?"

„Ja, aber ich bin froh darüber."

Lizzie befreite sich aus meiner Umarmung, stand auf und stellte sich auf die Zehenspitzen, um das Licht einzuschalten. Bei dem plötzlichen, grellen Licht kniff ich die Augen zusammen. Lizzies Haare waren zerzaust und verfilzt. Ihr Gesicht war auf einer Seite gerötet.

Wir nahmen unseren ganzen Mut zusammen, schlichen ins Wohnzimmer und setzten uns auf das Sofa, wo wir versuchten, uns mit Wiederholungssendungen im Fernsehen zu beruhigen.

Bei den tröstlichen Stimmen aus dem Fernsehgerät schliefen wir beide auf dem Sofa ein.

Die Nacht war bereits dem Tageslicht gewichen, als ich Autoreifen auf dem Schotterweg vor dem Haus knirschen hörte.

Verschlafen stand ich auf und schaute aus dem Fenster. Deke und Eloise Krebbs stiegen aus ihrem Auto und taumelten auf das Haus zu. Sie sahen aus, als hätten sie eine Rauferei hinter sich.

„Komm schnell, Lizzie. Wir müssen ins Bett!"

Lizzie erwachte und rutschte schläfrig vom Sofa.

„Beeil dich! Sie kommen."

Noch bevor ich sie dazu bewegen konnte, aus ihrem verschlafenen Dämmerzustand aufzuwachen, wurde die Tür aufgerissen, und Eloise und Deke torkelten ins Zimmer.

„Was macht ihr denn hier?", knurrte Eloise. „Es ist halb sechs Uhr morgens."

„Wir hatten Angst", flüsterte Lizzie.

„Ab mit euch! Geht sofort wieder ins Bett", befahl Eloise unwirsch. „Ich habe heute keine Geduld für euch."

Wir eilten in unser Zimmer zurück, wo wir uns eng nebeneinander auf dem Bett zusammenrollten und zuhörten, wie Eloise im Nebenraum tobte. „Ich habe dir gesagt, dass heute keine gute Nacht ist. Aber nein! Du musstest das ganze Geld verspielen. Was hast du dir eigentlich dabei gedacht, Deke?"

„Ich leihe mir morgen etwas. Jede Bank hier gibt mir das Geld. Schließlich wissen alle, dass ich die Milliarden-Dollar-Babys habe. Wir leihen uns das Geld und gewinnen morgen Abend alles zurück. Warte nur ab. Du wirst schon sehen."

An Lizzie gedrückt, schlief ich zusammengekauert ein. Die Hände kamen zurück. Sie krallten sich bei mir fest und zogen und zerrten ... und quälten mich im Schlaf und jagten mir eine Riesenangst ein.

Ich fragte mich, ob die Hände diesem Ungeheuer, dem Tod, gehörten, oder ob sie den Engeln gehörten, die meinen Papa mitgenommen hatten. So sehr ich auch bei ihm oder bei Amanda sein wollte, hatte ich trotzdem Angst vor diesen Händen. Ich begann, diese Engel zu hassen, nach denen wir Ausschau gehalten hatten, als wir im Garten gelegen und zum Himmel hinaufgeschaut hatten. Wir hatten uns einmal sogar so verkleidet, wie wir uns Engel vorstellten. Aber jetzt, in meinen Träumen, rochen und klangen sie wie Deke und Eloise Krebbs.

15

Lizzie und ich kamen zu dem Schluss, dass wir selbst unseren Weg nach Hause finden müssten. Wir hatten auch einen Plan. Hinter dem Haus der Krebbs' befand sich ein Wald ... und hinter unserem Haus war auch ein Wald.

In unserem kindlichen Denken gingen wir davon aus, dass es derselbe Wald sei und dass wir, wenn wir in den Wald hineingingen, auf der anderen Seite in unserem Garten hinter dem Haus herauskommen müssten.

Es dauerte Tage, bis wir den nötigen Mut aufbrachten. Wir hatten Angst vor diesen düsteren, hohen Bäumen und den Sträuchern, die nach uns griffen und unsere Arme und Beine zerkratzten, und vor den ineinander verschlungenen Zweigen und Ranken. Aber einen anderen Ausweg sahen wir nicht.

Während Eloise und Deke wieder einmal eine Nacht im Kasino verbrachten, hielten wir uns fest an den Händen und wagten uns an diesen Furcht einflößenden Ort ... aber wir fanden ihn weniger schrecklich als das Haus, in dem unsere Großeltern uns als Geiseln gefangen hielten.

Über unseren Köpfen krächzten die Vögel. Und das waren bei weitem nicht die einzigen Geräusche im Wald. Wir hatten keine Ahnung von den Dingen, die um uns herum geschahen. Den Wald und seine Tiere kannten wir nur aus Disney-Büchern und Märchen, in denen Bäume sprachen und Vögel lächelten und Bambi spielte.

Als wir tief genug zwischen den Bäumen untergetaucht waren und das Haus der Krebbs' aus dem Blick verloren hatten, legte sich unsere Angst allmählich. Wir marschierten unbeirrt weiter. Zweige und Dornensträucher zerkratzten unsere Beine. Die Geräusche der Tiere um uns herum schienen uns immer feindseliger.

Ich erinnere mich daran, wie wir durch diesen Wald stolperten und die Öffnung suchten, die uns auf die andere Seite bringen würde – aber es gab keine solche Öffnung. Allmählich fragte ich mich, ob es überhaupt eine andere Seite gäbe.

Ich setzte mich auf den Waldboden und begann zu weinen. Lizzie stand hilflos über mir.

„Wo ist Mama?"

Lizzies Stimme war tonlos und resigniert. „Sie sagten, sie ist tot. Wie Papa."

„Ich will nach Hause." Ich schluchzte aus voller Kehle und war völlig verstört. Mein lautes Weinen ließ die Waldgeräusche um uns herum verstummen.

Lizzie setzte sich müde und verdreckt neben mich und legte den Arm um meine Schultern. „Alles wird gut, Liebes", flüsterte sie und ahmte Amandas tröstende Worte nach.

Plötzlich hörten wir etwas. Eine Männerstimme, die aus einiger Entfernung laut rief.

Wir rappelten uns auf die Beine. Unsere schmutzigen, tränenverschmierten Gesichter strahlten. Neue Hoffnung keimte in uns auf.

Ich bin nicht sicher, was wir erwarteten – unseren Papa, der mit einer Gruppe Engel zurückkommt und uns mit sich nimmt, oder Opa Buzz und Mama, die uns nach Hause holen.

Der fremde Mann, der auf uns zukam, knurrte böse und schaute uns mit finsterer Miene an. Er hatte dunkle Knopfaugen. Sein Mund zog sich wie eine schmale Linie über sein Gesicht. Er trug ein dünnes T-Shirt mit V-Ausschnitt und alte Jeans, die von oben bis unten verdreckt waren. In der Hand hielt er eine große Klinge, mit der er sich seinen Weg durch die Büsche schnitt.

Als er fast vor uns stand, blieb er stehen und rief überrascht: „Was zum Kuckuck macht ihr denn hier?"

Wir wollten davonlaufen, aber er ließ seine Klinge fallen und packte uns beide. Unsere Schreie nahmen eine kreischende, hysterische Note an. „Wie zum Kuckuck kommt ihr hierher?", überbrüllte er unser Schreien. „Ihr seid doch die Kleinen, die bei den Krebbs' wohnen, oder? Sie sagten, es seien rothaarige Zwillinge. Die Milliarden-Dollar-Babys."

Wir zappelten und wehrten uns mit Händen und Füßen, um von ihm loszukommen. Aber er legte jeder von uns einen Arm um die Taille und hob uns hoch, als wären wir zwei Kartoffelsäcke.

„Haltet endlich den Mund, dann bringe ich euch nach Hause!"

Diese Worte drangen trotz unserer Panik zu uns durch. Mein Schluchzen wurde leiser. „Nach Hause?", fragte ich, aber Lizzie kreischte immer noch aus voller Kehle.

„Wenn ihr aufhört zu schreien, bringe ich euch heim!"

Lizzie stellte ihr Geschrei nach einer Weile ebenfalls ein. Endlich ließ er uns wieder los. Ängstlich standen wir vor ihm. Er bückte sich zu uns hinab. „Ihr braucht keine Angst vor mir zu haben. Ich habe selbst Enkelkinder. Ich würde nicht wollen, dass sie während der Jagdsaison hier im Wald herumlaufen. Ihr könntet erschossen werden."

Seine Stimme klang nicht so bedrohlich wie Eloises oder Dekes Stimme. Wir blieben stumm stehen und warteten darauf, dass er uns nach Hause bringen würde. Der Mann, der uns so große Angst eingejagt hatte, wurde plötzlich unser Retter. „Geht einfach hinter mir her."

Er hob seine Klinge wieder auf und schlug auf Sträucher und Ranken ein und bog Zweige nach hinten, bis wir schließlich auf einen Weg gelangten, den jemand bereits geschlagen hatte. Wir folgten ihm dicht auf den Fersen und dachten, alles wäre bald vorbei. Er würde uns geradewegs zu unserem kleinen Haus mit dem Spielhaus im Garten bringen, wo unsere Mama nicht tot wäre, sondern auf uns wartete, uns ins Haus holte, in ein warmes Schaumbad setzte, uns Makkaroni auftischte und uns in unsere eigenen, sauberen, weichen Betten legte. Fast konnte ich den Duft des frisch gemähten Grases und des Jasmins riechen, der auf einer Seite im Garten blühte. Ich konnte fast Mamas Stimme hören ... die Freude auf ihrem Gesicht sehen.

Welche von uns würde sie zuerst hochheben und an sich drücken?

Alles ist gut, Liebes ...

Sie würde uns diese ekligen Kleider, die wir seit Tagen trugen, ausziehen, uns baden und uns mit flauschigen Handtüchern abtrocknen. Danach würde sie sich mit uns auf frischen, sauberen Laken in unser Bett kuscheln ...

„Wir sind fast da“, rief der Mann uns über die Schulter zu. Wir legten an Tempo zu und begannen zu laufen. Freudestrahlend und erwartungsvoll liefen wir auf das Licht in der Öffnung zwischen den Bäumen zu.

Doch der Anblick, der sich uns bot, ließ uns jäh erstarren.

Vor uns stand Dekes und Eloises Haus! Wir waren wieder genau da, wo wir angefangen hatten.

Lizzie begann erneut zu weinen. Ich stand einfach nur da und starrte dieses Haus an und war wie gelähmt und sehr, sehr müde.

Deke öffnete die Hintertür.

„Hier hast du deine Kinder, Deke“, rief der Mann. „Ich habe sie gefunden, als sie ganz allein durch den Wald streunten. Sie sind fast noch Babys, Mann. Ihr müsst besser auf sie aufpassen.“

Deke war sein Unmut über diese unliebsame Störung deutlich ins Gesicht geschrieben. Er packte uns beide an den Armen. „Ab ins Haus! Eloise!“

Sie torkelte auf uns zu und schlug uns. „Wo wart ihr Mädchen nur? Wisst ihr denn nicht, dass eure Oma euch überall gesucht hat?“

Ich war ziemlich sicher, dass sie uns nicht gesucht hatte. Wahrscheinlich hatte sie nicht einmal gemerkt, dass wir fort waren.

Bevor sie uns noch weiter bestrafen konnten, liefen wir schnell in unser winziges Zimmer. Lizzie kroch unter das Bett, als könnte Deke dort nicht an sie herankommen. Sie weinte leise. Ich gesellte mich zu ihr, und wir kuschelten uns eng aneinander, todtraurig, weil unsere Flucht misslungen war. Wir weinten und schluchzten herzzerreißend. Die Enttäuschung breitete sich wie eine Art gasförmiger Nebel über uns aus und hüllte uns ein.

Schließlich fiel ich in einen unruhigen Schlaf und träumte, dass ich wieder aus diesem Wald herauskomme ...

Ich sah unser hübsches kleines Haus mit den Blumen und dem Spielhaus ... ausgebreitete Arme, in die ich laufen konnte ... und eine liebevolle Umarmung, die uns nicht mehr loslassen wollte ... Mama, die uns anlächelte.

Dieser Traum dauerte bis zum nächsten Morgen.

16

Ich erinnere mich noch deutlich an den Tag, an dem das große Paket ankam. Ich dachte mir nicht viel dabei, als Deke an der Tür den Empfang mit seiner Unterschrift bestätigte. Dann öffnete er es und begann, die zwei hübsch eingepackten Schachteln mit den schönen Schleifen und Karten, die an jede geklebt waren, herauszuziehen.

„Was ist das, Deke?", fragte Eloise.

„Es ist von *ihr*." Er spie das Wort *ihr* aus, als wäre es eine Gräte, die er hinten im Hals stecken hatte. „Geburtstagsgeschenke."

„Ach ja, stimmt." Eloise entriss ihm die Schachtel. „Sie werden heute vier."

„Wir?", fragte ich und schaute zu ihr hinauf. „Sind diese Sachen für uns?"

Lizzie, die sich wieder angewöhnt hatte, Daumen zu lutschen – so schlimm wie nie zuvor –, zog den Daumen aus ihrem Mund und schaute flehend zu den Geschenken hinauf. „Dürfen wir sie aufmachen?"

Eloise und Deke sagten nicht Nein. Also stürmte ich vor und riss das Papier der größten Schachtel auf. Eine Puppe, die wie ein echtes Baby aussah, lag darin. Mein Herz wollte vor Freude zerspringen, als ich sie vorsichtig herauszog und sie so liebevoll an mich drückte, als wäre sie ein echtes Baby.

„Kara, schau nur!"

Ich schaute Lizzie an und sah, dass sie ebenfalls ein Baby hatte, in eine weiche Decke eingewickelt. Sie wiegte sie auf ihren Armen.

Noch bevor wir jedoch daran denken konnten, das nächste Geschenk auszupacken, riss Eloise es an sich und entfernte wütend das Geschenkpapier. Darin war ein Paar rosafarbene Sandalen. Deke schnappte sich das nächste Päckchen, öffnete es und fand einen gerüschten Hochzeitsschleier, der an einer Plastiktiara befestigt war. Lizzie keuchte begeistert und griff danach.

Deke hielt es außer ihrer Reichweite in die Höhe. „Diese Sachen sind teuer, Eloise", brummte er. „Meinst du, wir könnten etwas dafür bekommen?"

„Für die Puppen auf jeden Fall. Es sind Sammelpuppen. Die sind wertvoll. Wir könnten sie in der Pfandleihe versetzen. Vielleicht bekommen wir zweihundert Dollar dafür."

Lizzie hatte sich mit ihrem Baby hingesetzt und schaukelte mit dem Oberkörper vor und zurück und flüsterte der Puppe zu: „Pscht. Alles ist gut, Liebes. Ich bin da. Ich bin bei dir."

Ich wollte meiner Puppe auch sagen, dass alles gut werden würde, dass ich ihre Mama sei und sie anziehen und füttern und sie nachts in den Schlaf wiegen würde.

Aber Eloise trat blitzschnell auf mich zu und riss sie mir unsanft aus den Armen. Ich brüllte protestierend und warf mich mit meinem ganzen Gewicht auf sie, aber sie stieß mich nur brutal von sich.

„Sie gehört mir!"

Eloise grinste nur böse und hielt die Puppe über ihren Kopf. „Sie gehört nicht dir", sagte sie. „Dir gehört gar nichts, bis ich *sage*, dass es dir gehört."

Deke wollte sich Lizzies Puppe holen, aber sie kreischte herzzerreißend und versuchte davonzulaufen. Eloise packte sie heftig am Arm und entwand ihr die Puppe.

Lizzies Schreie erschütterten das ganze Haus, und Dekes Hand landete brutal mitten auf ihrem Gesicht. Ich zuckte zusammen und stöhnte, als hätte er *mich* getroffen. Sie fiel auf den Boden. Weinend und um Luft ringend blieb sie liegen. Er zog sie an einem Arm hoch und zerrte sie zu seinem Kleiderschrank, schleuderte sie hinein und warf die Tür ins Schloss.

Ich warf mich auf ihn, trat ihn mit den Füßen und trommelte mit meinen Fäusten auf ihn ein. Aber er warf die Puppen auf den Boden, hob mich wie einen Sack auf und steckte mich trotz meiner Gegenwehr in den anderen Schrank und sperrte mich ebenfalls ein.

„Haltet das Maul! Alle beide!" Seine polternde Stimme übertönte unser Weinen. „Sonst schicke ich die Hunde zu euch hinein und sage ihnen, sie sollen euch auffressen. Hört ihr mich?"

In der düsteren, stickigen Dunkelheit des Kleiderschranks biss ich mir auf die Lippe und schluchzte in meinem Schmerz und in meiner kindlichen Wut.

Das war unser vierter Geburtstag.

17

Eine gerichtliche Testamentsbestätigung vor dem Nachlassgericht bedeutete uns nichts, und von den Zeitungsartikeln und den Namen, die Lizzie und mir gegeben wurden, hatten wir keine Ahnung. Wir lernten, so leise wie möglich durchs Leben zu schleichen und Deke so weit wie möglich aus dem Weg zu gehen. Das war nicht allzu schwer, da er und Eloise die meisten Nächte im Kasino verbrachten und dann den ganzen Tag schliefen.

Als der Termin beim Nachlassgericht näher rückte, verbrachten sie jedoch mehr Zeit zu Hause und telefonierten mit dem Anwalt, der sie vor Gericht vertrat. Wir verstanden damals nichts davon, aber Amanda machte ihnen ein Angebot nach dem anderen. Sie bot ihnen so viel, dass sie mehrfache Millionäre hätten werden können, wenn sie nur auf uns verzichtet hätten und uns an Amanda zurückgegeben hätten.

Krebbs' Anwalt hatte jedoch die wahnwitzige Idee, er könne das ganze Vermögen für sie herausschlagen und einen großen Scheck für sich selbst, von dem er es sich für den Rest seines Lebens gut gehen lassen könnte.

Am Abend vor dem Gerichtstermin lud Mack, Opa Buzz' liebster und engster Freund, Amanda und ihre Freundin Joan zum Grillen in sein Haus ein. Der alte Mann litt unter einer starken Arthritis, aber er hatte den Tisch im Freien aufgestellt, damit sie sich unterhalten und die süße Sommerluft einatmen konnten.

Amanda war nachdenklich und in sich gekehrt. Sie machte sich große Sorgen, was der nächste Tag für sie wohl bringen würde. „Morgen könnte meine letzte Chance sein, die Mädchen zurückzubekommen. Falls ich gewinne, werden Krebbs' es sicher bereuen, dass sie meine Angebote ausgeschlagen haben. Dann kann ich ihnen einen Trostpreis im Tausch gegen die Vormundschaft über Lizzie und Kara anbieten. Ich weiß, dass sie das annehmen werden."

„Und wenn *sie* gewinnen?" Mack schaute ihr forschend ins Gesicht.

„Wenn sie gewinnen, kann ich sie vielleicht immer noch überreden, mir die Mädchen zurückzugeben. Dann haben sie, was sie wollten, und brauchen die Kinder nicht mehr. Wegen des Geldes werden sie wahrscheinlich die Vormundschaft über die Kinder behalten wollen. Aber vielleicht könnten wir uns darauf einigen, dass sie bei mir wohnen dürfen."

Mack schob seinen Teller weg und beugte sich über den Tisch. Sein besorgter Blick ruhte auf Amanda. „Liebes, ich hoffe, es geht gut für dich aus. Vielleicht kommt es auch so. Aber wenn nicht, solltest du versuchen, es zu akzeptieren."

„Ich *kann* das nicht akzeptieren. Wie kannst du so etwas nur sagen?"

„Weil diese Mädchen nicht vor Gott verborgen sind. Er weiß, wo sie sind und bei wem sie sind. Er liebt sie mehr als du."

„Dann wird er sie nach Hause bringen. Er weiß, dass sie es bei mir besser haben."

Mack nahm ihre Hand und drückte sie fest. „Ich will nur nicht, dass du noch mehr leidest. Es kommt eine Zeit, in der du Gottes Willen akzeptieren und dann fragen musst, was du tun sollst. Was *er* von dir will. Du musst dir bewusst machen, dass er einen größeren Plan hat, den du vielleicht nicht verstehst. Aber du kannst es ertragen, egal wie dieser Plan aussieht."

Sie konnte diesem lieben alten Mann, der sie fast genauso sehr liebte wie ihr Vater, nicht böse sein. „Ich weiß. Aber ich glaube, Gott hat mir gesagt, dass sie wieder bei mir wohnen werden. Er hat mich zu Jesaja 49 geführt. In diesem Kapitel ist davon die Rede, dass die Kinder nach Hause kommen."

Mack schüttelte den Kopf. „Aber er hat nicht gesagt wann."

„Ich verstehe nicht, warum er mir alles wegnehmen musste."

„Das wirst du vielleicht nie verstehen", mischte sich jetzt Joan ein. Sie war eine zierliche Frau mit langen braunen Haaren und großen, runden Augen. Sie hatte die Stimme eines Mädchens, aber Amanda war klug genug, sie ernst zu nehmen. „Vielleicht wird das keiner von uns jemals verstehen. Werden die Mädchen morgen im Gerichtssaal dabei sein?"

„Das bezweifle ich“, antwortete Amanda. „Robert sagte, Krebbs’ sind nicht gezwungen, sie mitzubringen. Deshalb werden sie die Mädchen wahrscheinlich zu Hause lassen. Es würde ihnen nicht weiterhelfen, wenn der Richter sieht, wie sie weinen und nach mir schreien, weil sie zu mir wollen.“ Sie rieb sich ihre müden roten Augen.

„Es kann sein, dass sich morgen dein ganzes Leben verändert.“ Mack stand auf und stocherte in der Grillkohle. Sie hatte aufgehört zu glühen und zerfiel jetzt zu Asche. „Vielleicht ändert sich auch überhaupt nichts. Kommt, beten wir miteinander, dass Gott dir die Kraft schenkt, morgen in diesen Gerichtssaal zu gehen.“ Er kam zurück zum Tisch und griff nach den Händen der beiden Frauen.

Während sie beteten, versuchte Amanda, ihre Lasten unter Jesu Kreuz abzuladen.

Aber sie war nicht sicher, ob sie die Kraft hatte, sie dort liegen zu lassen.

Am nächsten Morgen begleiteten Joan und Mack sie zum Gericht und nahmen hinten im Gerichtssaal Platz. Ihre Anwesenheit gab Amanda ein wenig Frieden.

Eloise und Deke saßen mit ihrem Anwalt bereits an ihrem Tisch. Sie hatten uns bei irgendeiner Frau in der Stadt gelassen, die in einem winzigen, voll gepferchten Haus ein Dutzend Kinder hütete.

Amanda erzählte später, dass sie in ihren Gesichtern nach einem Anzeichen von Mitgefühl, einer Spur von Sanftheit gesucht habe, denn sie betete jeden Tag dafür, dass wir in freundliche Gesichter schauen würden. Aber sie konnte in Eloise und Deke Krebbs’ Gesichtern nichts Gutes entdecken.

Der Richter betrat den Saal, und der Prozess begann.

Im Verlauf der Anhörung sah es für Amanda so aus, als müsse der Charakter dieses Ehepaares dem Richter grell ins Auge stechen. Sie wünschte, er würde ihre Habgier erkennen und durchschauen, dass sie uns nur zu ihrem eigenen persönlichen finanziellen Gewinn missbrauchten. Und er würde bestimmen, dass sie wieder das Sorgerecht für uns zugeschrieben bekäme. Aber bei dieser Anhörung ging es nicht um das Sorgerecht. Es ging heute nur um Geld.

Als beide Seiten ihre Argumente vorgebracht hatten, verließ der Richter den Raum. Sie gingen mittagessen. Amanda brachte keinen einzigen Bissen hinunter.

„Liebes, du brauchst deine Kraft“, sagte Joan mit ihrer mädchenhaft klingenden Stimme. „Bitte, iss doch etwas.“

„Mir wird übel, wenn ich es versuche.“ Sie schob ihren Teller weg. „Mack, glaubst du wirklich, sie werden verlieren?“

„Ich glaube, dass du gewinnst“, sagte er.

„Das würde bedeuten, dass ich danach auf die Krebbs’ zugehen und ihnen Geld anbieten kann. Womöglich könnte ich sogar heute noch die Mädchen zurückbekommen.“ Ihre Stimme verriet, wie schwach ihre Hoffnung war.

Trotzdem gab dieser Gedanke Amanda die nötige Kraft, als sie in den Gerichtssaal zurückging, um den Richterspruch zu vernehmen.

Er setzte seine Brille auf, klatschte in die Hände und schaute auf den Papierstoß, der vor ihm lag. „Die Entscheidung war sehr schwer.“ Er nahm die Brille wieder ab und rieb sich die Augen. „Ich möchte beiden Parteien gerecht werden und dabei trotzdem das Testament der Verstorbenen berücksichtigen. Mr. Holbrooke wollte eindeutig, dass seine Frau bekommt, was ihm gehörte. Aber er hatte keine Ahnung, dass sie das Sorgerecht über Lizzie und Kara Holbrooke verlieren würde. Es ist eine unglückliche Situation, die Mr. Holbrooke bestimmt nicht gewollt hätte. Aber ich bin heute nur hier, um über die Frage des Geldes zu entscheiden, nicht über das Sorgerecht.“

Er setzte seine Brille wieder auf und schaute erneut auf seine Papiere. „Tatsache ist, dass Mr. Holbrooke gewiss nicht wollte, dass seine Kinder mittellos dastünden. Ihr Großvater war ein sehr vermögender Mann, und sie haben es verdient, einen Anteil davon zu bekommen.“

Deke Krebbs’ Hand knallte schwer auf den Tisch. Amanda sprang hoch. Sie sah, dass er bereits triumphierend grinste.

„Das Gericht hat dem Ehepaar Krebbs das Sorgerecht für die Kinder zugesprochen, und es ist nicht zu übersehen, dass sie nicht besonders wohlhabend sind. Sie brauchen wahrscheinlich finanzielle Hilfe, um ihre Enkelkinder aufzuziehen."

„Darauf können Sie Gift nehmen", nickte Deke.

Der Richter schaute ihn über seine Brille hinweg finster an. Dann nahm er sie wieder ab und stützte sich auf seine Ellbogen. Sein Gesicht verriet seinen inneren Unfrieden.

„Ich habe beschlossen, dass Lizzie und Kara Holbrooke zehn Millionen Dollar bekommen sollen."

Deke sprang von seinem Stuhl auf und stieß einen Freudenschrei aus.

Der Richter hämmerte auf seinen Tisch. „Ich bin noch nicht fertig! Wenn Sie sich nicht still verhalten, können Sie gern den Gerichtssaal verlassen!"

Deke setzte sich, grinste aber noch immer über das ganze Gesicht. Amanda schaute ihn von der anderen Seite des Saals mit offenem Mund an. Sie fragte sich, ob er überhaupt eine Ahnung habe, wie viel Geld er bei einer außergerichtlichen Einigung hätte bekommen können. Zehn Millionen Dollar waren nur ein kleiner Bruchteil des gesamten Vermögens.

„Wie ich bereits sagte", sprach der Richter weiter, „teile ich den Kindern die Summe von zehn Millionen Dollar zu. Steuern, sowie Anwalts- und Gerichtskosten werden von dieser Summe beglichen, wonach ungefähr die Hälfte der Gesamtsumme übrig bleibt. Dieser Betrag ist in den nächsten Jahren in Zuwendungen in Höhe von etwas über 300.000 Dollar jährlich auszuzahlen. Das Geld soll zum Unterhalt der Kinder verwendet werden, bis sie achtzehn sind. Der Rest des Vermögens geht an Amanda Holbrooke."

Amanda saß wie versteinert da. Wortlos ließ sie dieses Urteil auf sich wirken und versuchte zu entscheiden, ob dieses Urteil gut oder schlecht für sie sei.

Die Reporter im hinteren Teil des Gerichtssaales kamen in Bewegung. Einige stürmten aus dem Saal, um die Nachricht ihrer

Redaktion zu melden. Blitzlichter waren zu sehen. Eloise und Deke Krebbs begannen zu feiern, als hätten sie soeben das große Los gezogen.

Robert drehte sich zu Amanda um. „Wir haben es geschafft. Gratuliere."

„Nein!" Ihr Mund zitterte, als sie dieses Wort aussprach. „Das ist furchtbar! Wegen der jährlichen Unterhaltszahlungen werden sie die Kinder behalten wollen, damit sie auch weiterhin das Geld bekommen. Ich habe keine Chance, sie zurückzubekommen!"

„Amanda, Sie bekommen das Vermögen. Sie haben jetzt die alleinige Verfügungsgewalt darüber."

„Ich wollte meine *Kinder*. Das wussten Sie genau. Diese widerlichen Leute feiern, als hätten sie gerade in der Lotterie gewonnen. Sie werden jetzt auf kein Angebot von mir mehr eingehen."

„Aber wenigstens sind die Kinder jetzt versorgt. Sie werden in einem schönen Haus wohnen und anständige Kleidung tragen können. Vielleicht bekommen sie sogar ein Kindermädchen, das sich um sie kümmert. Ihre Lebensqualität hat sich soeben entscheidend verbessert. Das ist doch etwas, Amanda."

Aber für sie war das gar nichts. „Sie gehören *mir*." Sie brachte die Worte nur sehr mühsam über die Lippen. „Das ist alles völlig falsch." Sie packte ihn am Arm. „Robert, gehen Sie hinüber und bieten Sie ihnen zwanzig Millionen für die Mädchen. Sagen Sie ihnen, dafür müssen sie mir nur das Sorgerecht überschreiben. Dann können sie zwanzig, vierzig, hundert Millionen haben. Robert, geben Sie ihnen alles, wenn es sein muss!"

„Ich spreche mit ihnen", nickte er. „Warum fahren Sie nicht einfach nach Hause und ruhen sich aus? Ich rufe Sie später an."

„Nein! Ich gehe mit Ihnen. Unterbreiten Sie ihnen das Angebot, Robert."

Sie folgte ihm zum Tisch der Gegenseite. Der Anwalt der Krebbs' war der Einzige, der den Sieg nicht feierte. Er hörte aufmerksam zu, als Robert ihm ein Angebot über zwanzig Millionen Dollar unterbreitete.

Eloise und Deke hörten es und hielten in ihrer Feier inne. Sie lauschten aufmerksam, dann teilten sie Amanda mit, dass sie darüber nachdenken würden.

Sie fuhr mit Mack und Joan nach Hause und wartete die längsten Stunden ihres Lebens auf die Antwort.

Heute klingt es verrückt in meinen Ohren. Lange konnte ich nicht glauben, dass Deke und Eloise dieses viele Geld tatsächlich ablehnten. Es ergibt einfach keinen Sinn. Aber sie misstrauten Amandas Angebot und glaubten, die ganze Sache sei nur ein Trick, um dem Richter zu zeigen, dass sie in Wirklichkeit nicht uns wollten, sondern das Geld. Und sie wollten Amanda auf keinen Fall in die Hände spielen.

Ich kann es nur ihrer Dummheit und Ignoranz zuschreiben.

Dann kam einer von ihnen auf die Idee, dass Lizzie und ich, wenn wir achtzehn würden, erneut einen Prozess anstreben und versuchen könnten, alles zu bekommen, was Amanda und HolCorp besaßen. Dann würden sie am Ende noch besser dastehen als jetzt mit ihren zehn Millionen.

Sie lehnten also Amandas Angebot ab und klammerten sich mit ihrer unersättlichen Habgier an uns.

An diesem Abend kamen sie aus Jackson zurück und holten unsere Puppen aus der Pfandleihe. Sie hatten sie im Auto, als sie uns von der Babysitterin abholten. Gut gelaunt erzählten sie uns, wir feierten, weil wir gerade zu etwas Geld gekommen seien.

Ich erinnere mich, dass ich beim Anblick meiner Puppe, die so weich und biegsam in meinen Armen lag, eine riesige Freude verspürte. Ich stellte mir vor, dass sie geweint habe, seit man sie mir weggenommen hatte. Ich stellte mir vor, wie die Puppe verängstigt und hilflos auf dem Regal in einem dunklen Laden gelegen hatte und nicht wusste, was aus ihr werden würde. Aber jetzt war sie zu Hause, wieder zurück bei mir. Und ich konnte mich um sie kümmern. Lizzie und ich bemutterten unsere Puppen in unserem kleinen Bett, während Eloise und Deke im Wohnzimmer mit ihren Freunden eine Freudenfeier abhielten.

Trotz des Lärms und des Lachens und der schrillen Musik, die aus dem Zimmer nebenan dröhnte, schlief ich in dieser Nacht so gut wie noch nie in diesem fremden Haus, denn ich hielt mein Baby in den Armen.

18

Amanda war in den nächsten Wochen untröstlich. Ich habe gehört, dass sie wenig aß, viel schlief und sich weigerte, das Haus zu verlassen. Joan kam jeden Tag nach der Arbeit zu ihr und versuchte, sie aus ihrer Verzweiflung herauszureißen.

Als sie eines Tages in Amandas verdunkeltem Wohnzimmer saßen, sagte Joan: „Vielleicht fühlt sich Gott so wie du jetzt, wenn die Welt uns ihm wegnimmt. Vielleicht ist sein Herz genauso gebrochen wie deines."

„Warum wünscht er dann mir auch diesen Schmerz?"

Joan wurde still und starrte genauso in die Luft wie Amanda.

„Ich habe Jack ein Versprechen gegeben, Joan. Ich kann es nicht halten."

„Doch, das kannst du."

„Wie denn?"

Joan seufzte. „Du kannst dich um die Finanzen der Mädchen kümmern. Ich sehe nur eine einzige Möglichkeit, wie du das im Moment tun kannst: Ihr Vermögen verwalten, die Firma in Ordnung bringen und dich auf ihren achtzehnten Geburtstag konzentrieren, an dem du ihnen alles geben kannst, was ihnen gehört. Eloise und Deke Krebbs können nicht an das Vermögen herankommen, selbst wenn sie es versuchen. *Du* verwaltest das Geld, und du kannst es für sie erhalten und es sogar vermehren. Aber diese Firma hat viele Probleme, und ich glaube nicht, dass du sie den Mädchen in dem Zustand überlassen willst, in dem sie sich gegenwärtig befindet. Oder in dem Zustand, in dem sie sich vielleicht befindet, wenn die Mädchen volljährig sind."

Amanda stand auf und ging ins Badezimmer, drehte den Wasserhahn auf und spritzte sich Wasser ins Gesicht. Sie betrachtete ihr Gesicht im Spiegel, das vom vielen Weinen ganz aufgequollen war. Sie erkannte sich selbst kaum wieder. Als sie sich wieder zur Tür umdrehte, sah sie Joan mit verschränkten Armen im Türrahmen lehnen.

„Ich hasse das!“ Sie rieb sich mit dem Handtuch über die Haut. „Was soll ich denn tun? Bei HolCorp anrufen und ihnen sagen, sie sollen ein Büro für mich leer räumen?“

„Amanda, genau das solltest du tun“, erwiderte Joan mit ihrer mädchenhaften Stimme. „Du rufst dort an und sagst dem Geschäftsführer, dass er eine Besprechung aller leitenden Angestellten einberufen soll. Ich begleite dich.“

Amanda drehte sich erstaunt um. „Du würdest mich begleiten? Warum?“

„Weil ich meine jetzige Stelle kündige“, erklärte Joan. „Und mich als deine Assistentin bewerbe.“

Beinahe hätte Amanda gelächelt. „Meine Assistentin?“

„Irgendjemanden brauchst du als Assistentin. Warum also nicht mich?“ Joan trat ins Badezimmer und fasste sie an den Schultern. „Du bist die beste Freundin, die ich habe, Amanda. Und ich wäre überglücklich, wenn du mich als deine Assistentin anstellen würdest. Ich bin die erfolgreichste Verwaltungsassistentin in der ganzen Stadt. Du kannst alle meine Chefs fragen, für die ich bis jetzt gearbeitet habe. Mein Chef, Mr. Miller, wird wahrscheinlich drohen, sich vor einen Zug zu werfen, und mich anflehen zu bleiben. Aber du bist mir wichtiger.“

„Würdest du das wirklich für mich tun, Joan?“ Sie legte das Handtuch weg und schaute sie groß an. „Das wäre mir eine riesengroße Hilfe. Ich weiß überhaupt nicht, wo ich anfangen muss. Ich brauche jemanden, der sich in dem Geschäft auskennt.“

Joan warf die Schultern zurück. „Ich bin die richtige Frau für dich.“

Über Amandas Gesicht huschte ein schwaches Lächeln. Joan zog sie in ihre Arme. „Du wirst es schaffen, Amanda. Und die Mädchen schaffen es auch. Du bist nicht allein, und sie auch nicht. Du hast mich, und sie haben einander. Deshalb hat Gott sie wahrscheinlich als Zwillinge auf die Welt kommen lassen.“

Sie wehrte sich nicht dagegen, als Joan sie fest an sich drückte. Tief in ihrem Herzen empfand sie eine aufrichtige Dankbarkeit für ihre Freundin.

* * *

In dieser Nacht schlief Joan in dem Zimmer, in dem früher Lizzie und ich gewohnt hatten; sie wollte Amanda nicht allein lassen.

Als Joan schon längst eingeschlafen war, setzte sich Amanda unter den gelben Lichtschein der Lampe in ihrem Bett auf und blätterte in Jacks Bibel.

Auf der Suche nach Trost stieß sie auf eine gelb markierte Stelle in Jeremia 31. Jack war diese Stelle wichtig gewesen. Deshalb fuhr sie mit den Fingern über die Seite und begann bei Vers 15 zu lesen:

So spricht der Herr:

Man hört Klagegeschrei und bittres Weinen in Rama: Rahel weint über ihre Kinder und will sich nicht trösten lassen über ihre Kinder; denn es ist aus mit ihnen.

Aber so spricht der Herr: Lass dein Schreien und Weinen und die Tränen deiner Augen; denn deine Mühe wird noch belohnt werden, spricht der Herr. Sie sollen wiederkommen aus dem Lande des Feindes, und deine Nachkommen haben viel Gutes zu erwarten, spricht der Herr, denn deine Kinder sollen wieder in ihre Heimat kommen."

Sie lehnte sich auf ihrem Kissen zurück. Gott sprach zu ihr durch Jacks Markierungsstift. Erneut forderte er sie auf, Geduld zu haben. Zu warten. Alles würde gut ausgehen. Ihre Kinder würden eines Tages zurückkehren. Sie sollte jetzt arbeiten und sich auf ihre Belohnung freuen.

Sie begann erneut zu weinen, aber dieses Mal nicht aus Trauer. Dieses Mal waren es Freudentränen. Der Herr war barmherzig und hatte an diesem Abend mit klarer Stimme zu ihr gesprochen. Er forderte sie auf zu warten, zu vertrauen und aufzustehen und etwas zu tun. Er versprach ihr, dass er ihr für das, was vor ihr lag, die Kraft geben würde.

Er sagte ihr, dass er bei ihr sein würde.

Jesus kannte ihren Schmerz, denn er hatte selbst auch um seine Kinder gelitten. Er hatte über Israel geweint und gesagt, dass er die Israeliten wie eine Henne ihre Küken unter seinen Flügeln hatte versammeln wollen ...

Er hatte Trauer, Verlassensein und Sorgen gekannt. Er hatte Schmerzen und den Tod erlitten. Er hatte sich verlassen gefühlt.

Trotz allem Schmerz erwachte eine neue Freude in ihr.

Zum ersten Mal, seit ihr ganzer Alptraum begonnen hatte, dachte Amanda an die Zukunft und an diese Freude. Gott würde sie weder verlassen noch im Stich lassen. Während sie in dem gelben Lichtschein auf ihrem Bett saß, beschloss sie: Sie wollte Gott und seiner Verheißung vertrauen, egal wie lang es dauerte, bis sie in Erfüllung ging.

19

In den nächsten paar Monaten machte das Geld das Leben bei Eloise und Deke Krebbs etwas erträglicher für uns, und wir begannen, uns ein wenig einzugewöhnen. Eloise fing an, Hüte zu tragen und Schuhe, in denen ihr die Füße wehtaten; Deke kaufte sich einen nagelneuen Cadillac und eröffnete im Kasino in Vicksburg ein Konto.

Sie planten, sich ein neues Haus zu kaufen, aber noch bevor sie etwas Passendes finden konnten, verlor Deke das Geld beim Würfelspiel.

Schlagartig wurde alles wieder schlimmer.

Das geplante Haus wurde nie gekauft. Wir schliefen weiterhin in dem winzigen Zimmer auf der Doppelmatratze und den Laken, die nicht gewechselt worden waren, seit wir hier eingezogen waren. Wir lernten, dass uns Tränen nicht weiterbrachten. Sie sorgten nur dafür, dass wir in Kleiderschränke gesperrt wurden. Wir begannen, uns aus der Küche etwas zu essen zu holen, falls etwas da war. Wenn nicht, mussten wir ohne Essen auskommen.

Als Eloise und Deke so viel Geld verspielt hatten, dass sie ihre Hypotheken nicht mehr bezahlen konnten, zogen wir in einen alten Wohnwagen um und warteten auf die nächste jährliche Unterhaltszahlung.

Der Wald hinter unserem Trailer wurde unser persönlicher Spielplatz, und das Fernsehen wurde unser Lehrer.

Der Kindergarten kam genauso unauffällig wie unsere Geburtstage, das heißt, niemand schenkte ihm besondere Beachtung. An einigen Tagen standen wir morgens rechtzeitig auf, um es zur Bushaltestelle zu schaffen. An anderen Tagen schafften wir es nicht. Niemand schien sich darum zu kümmern. Eloise und Deke verbrachten die ganze Nacht im Kasino und überließen uns beide uns selbst, ohne Abendessen oder regelmäßige Schlafenszeit, ohne Bad oder Hausaufgaben.

Wenn wir später mittags von der Schule nach Hause kamen,

schliefen Eloise und Deke normalerweise tief und fest. Unter ihrem Schnarchen bebte der ganze Trailer. Wenn der Hund bellte oder die Tür quietschend zufiel, wachten sie meistens auf und schimpften, wir sollten ruhig sein. Nach vielen Zigaretten und unzähligen Tassen Kaffee brachen sie wieder ins Kasino auf.

Die Tage und Jahre vergingen, und wir vergaßen, dass es Amanda je gegeben hatte. Unser Vater blieb eine ferne Erinnerung, genauso geheimnisumwoben wie unsere leibliche Mutter.

Manchmal hörten wir von dem Geld, das Eloise und Deke gewonnen hatten, aber wir hatten keine Ahnung von einer Erbschaft oder einem durchgebrachten Vermögen. Bei den seltenen Gelegenheiten, bei denen wir einen Brief, der an uns adressiert war, in die Hände bekamen, riss ihn uns Eloise unwirsch aus der Hand und steigerte sich in eine Schimpftirade über Amanda hinein, die angeblich den Löwenanteil unseres Erbes gestohlen habe und dafür verantwortlich sei, dass wir ein so armseliges Dasein fristen müssten.

Als wir älter wurden, lernten wir, diese geheimnisvolle Frau zu hassen, die uns das geraubt hatte, was uns gehörte ... diese Frau namens Amanda Holbrooke.

20

Die Stadt Barton lag an der Bundesstraße 49, gleich südlich von Yazoo City. Die Menschen lebten hauptsächlich von der Landwirtschaft: auf den Feldern wurden Baumwolle und Sojabohnen angebaut, und eine Fischzucht grenzte an die andere. Die meisten Bewohner der Stadt, die nicht in der Landwirtschaft ihr Geld verdienten, waren in zwei großen Betrieben beschäftigt: einer Papierfabrik und einer Hühnerfarm. Die Luft über der Stadt war vergiftet von beißenden, konkurrierenden Gerüchen, die an der Kleidung hingen und durch die Fenster wehten, auf den Bächen trieben und in jedes Gebäude in der Stadt drangen. Der Gestank haftete an den Autos, auf dem Gras und an den Bäumen.

Wir gewöhnten uns daran. Nach einer Weile rochen wir den Gestank überhaupt nicht mehr, außer wenn ein starker Wind aufkam und ihn mit besonderer Vehemenz durch die Luft wirbelte. Bei den seltenen Gelegenheiten, wenn wir aus der Stadt kamen und saubere Luft atmen konnten, überraschte uns bei unserer Rückkehr der beißende Geruch jedes Mal aufs Neue.

Auch unser Haus blieb vor diesem Gestank nicht verschont. Als Deke den letzten Rest der ersten Rate unseres Erbes ins Kasino getragen hatte, arbeitete er wieder auf der Hühnerfarm und stank jeden Tag nach verfaultem Schlamm und Hühnerdreck, wenn er nach Hause kam. Der Geruch ließ sich nie ganz aus seiner Kleidung waschen. Seine Schuhe rochen so schlimm, dass Eloise anfing, sie auf der Veranda des Trailers aufzureihen, um sie nicht im Haus stehen zu haben.

Der Wald hinter unserem Trailer war ein Ort voller Geheimnisse und Abenteuer, aus dem gelegentlich eine Kupferkopf- oder eine Mokassinschlange auftauchte und uns erschreckte, bis Deke mit seinem Jagdgewehr loszog und ihr den Kopf wegpustete. Schließlich überwanden wir jedoch unsere Angst vor diesen Giftschlangen und wagten uns tiefer in den Wald hinein.

Wir lernten, wo die Jäger ihre Pfade geschlagen hatten, um leichter zu ihren Wildbeständen zu kommen, und fanden heraus, dass wir auf diesen Waldwegen in jeden Winkel von Barton gelangen konnten. Ein Weg führte zur Bibliothek, in der Lizzie und ich viele gemütliche Nachmittage verbrachten. Lizzie genoss die Klimaanlage, die es hier gab, ich liebte Bücher und las gern.

Eines Tages, als wir acht waren, lungerten Lizzie und ich nach der Schule in der Bibliothek herum. Sie legte sich auf ein mit Kunstleder überzogenes Sofa in der Kinderabteilung und ließ die Füße über die Armlehne baumeln. Ich saß auf dem Boden und war ganz in *Die Kinder im Güterwaggon* von Gertrude Chandler Warner vertieft.

Lizzie betrachtete mich nachdenklich. „Warum magst du dieses Buch so gern?"

„Weil diese Kinder so sind wie wir. Irgendwie ohne Zuhause."

„Wir sind nicht ohne Zuhause." Lizzie wickelte sich die Haare um den Finger und klopfte mit den Füßen an das Ende des Sofas. „Wir *wünschen* uns nur, dass wir es wären."

„Diese Kinder sollen zu ihrem Großvater ziehen, aber sie fürchten sich vor ihm. Deshalb leben sie in einem Güterwagen und tun so, als hätten sie Eltern und Leute, die sich um sie kümmern, obwohl sie die ganze Zeit auf sich allein gestellt sind."

„Ich hätte Angst, wenn ich in einem Güterwagen leben müsste. Steve Crawley sagt, darin gibt es Ratten."

Ich knurrte leise. „Steve Crawley lügt. Außerdem gibt es in meinem Buch keine Ratten. Die Kinder haben den Güterwagen wie ein richtiges Zuhause eingerichtet. Wo bleibt denn deine Fantasie, Lizzie?"

„Jedenfalls nicht in irgendeinem von Ratten verseuchten Güterwagen." Sie stand auf, stellte sich auf die Sofakissen und tat so, als steige sie bei einer schwierigen gymnastischen Übung nach unten. Aber in Wirklichkeit war sie überhaupt nicht hinaufgestiegen. Sie sprang vom Sofa und winkte der unsichtbaren Zuschauermenge zu. Ich vertiefte mich wieder in mein Buch.

Nach einer Weile legte sie sich wieder auf das Sofa. „Ich wünschte, *Betty und ihre Schwestern* und *Der geheime Garten* wären nicht ausgeliehen."

„Du hast diese beiden Bücher schon so oft gelesen. Warum suchst du dir nicht etwas Neues?"

„Ach ... ich kann nicht", erwiderte sie mit einem gespielten Südstaatenakzent, den sie in irgendeinem Fernsehfilm gehört hatte. Sie warf sich die Hand an die Stirn und tat, als falle sie in Ohnmacht. Ich wusste, sie spielte eine schlafende Prinzessin. Also stand ich auf und tat, als küsste ich sie wach. Sie begann zu kichern und schob mich weg, aber ich drückte sie im Spiel wieder auf den Rücken. „Oh, du bist so wunderschön! Gib deinem Märchenprinzen noch einen Kuss!"

Wir machten so viel Lärm, dass Mrs. Hallitop um die Bücherregale herumkam und uns zur Ruhe ermahnte. „Wenn ihr beiden euch nicht benehmen könnt, müsst ihr nach Hause gehen."

Seufzend lieh ich mein Buch aus, und wir begaben uns in den Wald. Ein Weg führte zur LKW-Raststätte gleich neben der Bundesstraße. Dort beobachteten wir oft, wie Fremde von außerhalb der Stadt mit säuerlich verzogener Miene – wahrscheinlich wegen des penetranten Geruchs in der Luft oder wegen Magenschmerzen aufgrund des fetten Essens – kamen und gingen.

Den Weg, der über die Eisenbahngleise führte, benutzten wir am häufigsten, denn wir fanden heraus: Wenn wir die Gleise erreichten, hatten wir einen geraden, direkten Weg in die Innenstadt von Barton, die aus einem heruntergekommenen Gebäude, das großspurig Stadthalle genannt wurde, einer kleinen Einkaufsstraße mit einem Warenhaus, einem Antiquitätenladen, der sich *Trödel und Schätze* nannte, und einem Friseur mit Kneipe bestand, wo arbeitslose Männer den ganzen Tag herumhingen und die Zeit totschlugen.

In dieser Einkaufsstraße lernten Lizzie und ich an diesem Tag die Kunst des Ladendiebstahls.

Wir hatten es nicht geplant. Es war nicht so, dass wir loszogen, um Diebe zu werden. Niemand hat uns je erzählt, dass Stehlen etwas Unrechtes sei, aber wir wussten es. Genauso wie man weiß, dass es falsch ist, ein fremdes Haus in Brand zu setzen oder jemandem ins Gesicht zu schlagen.

Wir wussten nicht, *warum* es falsch war, und niemand hat je versucht, es uns zu erklären. Aber selbst wenn es uns jemand erklärt hätte, weiß ich nicht, ob das eine Rolle gespielt hätte.

Was eine Rolle spielte: Als wir an jenem Tag von der Bibliothek nach Hause kamen, sahen wir, dass der Hund Lizzies Puppe erwischt hatte, der sie den Namen Eliza gegeben hatte, in Abwandlung ihres eigenen Namens. Der Hund hatte die Puppe am Kleid gepackt und in den Hof geschleppt, wo sie mit dem Gesicht nach unten in einer Matschpfütze lag, als Lizzie sie fand. Aus Lizzies Reaktion hätte man schließen können, sie hätte *mich* dort im Schlamm ersäuft gefunden. Sie hob die Puppe auf, wiegte ihr völlig verschmutztes, verunstaltetes Baby in den Armen und begann herzzerreißend zu jammern.

Ich hatte keine Ahnung, wie ich sie trösten sollte. Zornig hob ich einen Stein auf und warf ihn wütend nach dem Hund. Ich verfehlte zwar mein Ziel, aber trotzdem suchte er das Weite, da er damit rechnen musste, dass noch mehr Geschosse auf seinen Kopf zielen würden.

Lizzie weinte immer noch. Ihre Nase lief, und ihr Gesicht war rot und nass. Ich ging zu ihr und legte den Arm um sie. „Pscht, alles wird gut, Liebes. Komm, gehen wir hinein und baden wir sie."

Mit tränennassem Gesicht nickte sie und folgte mir ins Haus.

Sie trug die Puppe ins Badezimmer, wo wir ins Waschbecken Badewasser einließen und den Matsch aus Elizas Haaren und von ihrem weichen, kleinen Körper wuschen. Der weiche Stoffteil ihres Körpers war nicht dafür geschaffen, gebadet zu werden, aber das wussten wir nicht. Der Matsch und das Wasser hinterließen schmutzige Spuren auf ihrem Körper. Außerdem hatte der Hund auf ihrem Gesicht auch noch Abdrücke von seinen Zähnen hinterlassen.

Elizas Haare standen nun wie bei einem Punker in alle Richtungen ab. Das Kleid war ruiniert. Der Hund hatte es zerbissen und den Rock in Fetzen gerissen.

Lizzie kroch unter das Bett und weinte um ihr Baby. Trotz ihrer

Traurigkeit achtete sie darauf, dass ihre Stimme ganz leise blieb, denn Deke warf uns immer in den Kleiderschrank, wenn wir weinten. Ich weiß nicht, warum sie das Bedürfnis hatte, unter das Bett zu kriechen, außer dass es einen gewissen Schutz vor wütenden Fäusten bot ... und dass die Matratze das Weinen etwas dämpfte. Dort unten war es schmutzig und staubig. Ich musste immer niesen, wenn ich dort lag. Aber Lizzie kroch trotzdem jedes Mal unter das Bett, wenn sie traurig war und weinte.

Ich nahm mein Baby, das ich Missy genannt hatte, und überlegte, dass ich ihr Kleid ausziehen und es meiner Schwester geben könnte. Aber dann wäre *mein* Baby nackt gewesen. Ich überlegte, dass wir damit gleichgestellt wären: Meine Puppe hätte immer noch ihre hübschen Haare, und Lizzies Puppe hätte dann wieder ein schönes Kleid. Ich wusste, dass ich Lizzie damit unter dem Bett hervorgeholt hätte und dass sie sich dann besser gefühlt hätte.

Aber ich konnte mich nicht dazu durchringen. Immerhin hatte sich der Hund *ihre* Puppe geschnappt. Wenn sie nicht so unvorsichtig gewesen wäre und sie dort liegen gelassen hätte, wo er sie erwischen konnte, wäre überhaupt nichts passiert. Meine Puppe war unter den Decken versteckt. Lizzie hätte ihre Puppe an einen sichereren Ort legen müssen, dachte ich. Sie verdiente, was sie bekommen hatte, und ich verdiente es nicht, dass ich wegen ihres Fehlers leiden musste.

Dann kam mir eine Idee. „Lizzie, wir können doch ins Geschäft gehen und Eliza ein anderes Kleid kaufen."

„Ich *will* kein anderes Kleid", antwortete sie trotzig und wischte sich die Nase am Ärmel ab.

„Aber wir können uns eines dieser Prinzessinnenkleider besorgen, die sie im Warenhaus haben. Vielleicht ist sogar eine Krone dabei, und wenn nicht, dann können wir eine basteln."

Sie schaute zu mir nach oben. Ich wusste, dass das ein gutes Zeichen war. Lizzie hörte mir immerhin zu. „Dieses rosa Kleid mit den Spitzen?"

„Ja, genau das. Komm wieder unter dem Bett hervor, Lizzie.

Eliza gefällt es da unten auch nicht, und sie hat sowieso schon so viel Angst."

Schließlich kroch sie hervor. Ich gab ihr ein schmutziges T-Shirt, an dem sie sich das Gesicht abwischen konnte.

„Ich will das rosa Kleid mit den Spitzen", schniefte sie. Wir hatten viele Stunden im Warenhaus verbracht und von diesen hübschen Kleidern, Badeanzügen und Hosenanzügen geträumt, die unseren Puppen bestimmt wunderbar passen würden. „Aber wir haben kein Geld. Wie sollen wir dieses Kleid kaufen?"

„Wir sammeln unterwegs Colaflaschen und verkaufen sie drüben am Recyclinghof", schlug ich vor. „Oder noch besser ... wir gehen zur LKW-Raststätte und suchen Wechselgeld, das den Fernfahrern aus den Taschen gefallen ist. Wir finden dort immer ein paar Münzen, Lizzie."

„Aber diese Kleider kosten zehn Dollar! Ist dir klar, wie viele Münzen wir da finden müssten?"

Langsam wurde ich sauer auf sie. „Also gut, wenn du unbedingt alles schwarz sehen willst, dann kriech doch wieder unter das Bett. *Ich* gehe jetzt einkaufen."

Lizzie verzog die Lippen zu einem Schmollmund und drückte ihre Puppe fest an sich. „Ich komme ja schon. Wenn ich diesen blöden Hund sehe, schlage ich ihm die Zähne aus."

„Das kannst du ja versuchen. Eher beißt er dir die Hand ab."

Lizzie legte ihre Puppe auf das Bett und versteckte sie sorgfältig unter den Decken, damit der Hund sie nicht wieder erwischen würde. Dann begaben wir uns in den Wald und kamen auf den Weg, der zu den Eisenbahngleisen führte.

Lizzies Stimmung wurde besser, als wir die Gleise entlangstapften. Sie liebte es, wie eine Schönheitskönigin auf dem Laufsteg über die Schienen zu stolzieren und dabei ihren Bewunderern zuzuwinken. Mir machte etwas anderes Spaß: Ich nahm Anlauf, sprang so weit ich konnte und zählte dann die Schwellen, die ich übersprungen hatte. Ich war ein Stück voraus, ehe ich stehen blieb und wartete, bis sie mich mit ihrem graziösen Gang eingeholt hatte. Dann nahm ich erneut Anlauf und sprang wieder.

Heute stolzierte und winkte sie jedoch nicht, und als ich sprang und mich nach ihr umdrehte, dauerte es eine halbe Ewigkeit, bis sie mich einholte. Ich hasste diesen Hund. Er war irgendein Köter, den Deke für die Jagd mit nach Hause gebracht hatte. Er hatte nicht einmal einen Namen und streunte auf der Suche nach etwas, das er mit den Zähnen zerreißen konnte, ständig auf unserem matschigen Hof herum.

Es tat mir weh, Lizzie so traurig zu sehen.

„Willst du zur Raststätte gehen und Münzen suchen, oder willst du zuerst zum Laden gehen und sehen, wie viel das Kleid kostet?", fragte ich über die Schulter zurück.

„Ich weiß, wie viel es kostet." Das sagte sie in einem Ton, als hätte *ich* ihre Puppe zerfleischt.

„Hey, du brauchst nicht so patzig zu mir zu sein. Immerhin habe ich dir geholfen, sie zu baden, oder?"

Sie sagte nichts. Wir kamen zu der Stelle, an der die Gleise über eine Straße führten. Ich sprang mit viel Anlauf über die Gleise. Dann versuchte ich, ein Rad zu schlagen, fiel aber hin. Sie holte mich ein.

„Und wenn sie es schon verkauft haben?" Bei diesem Gedanken wurden ihre Augen ganz groß und dunkel.

„Sie haben es nicht verkauft. Wir waren doch erst gestern dort, und da war es noch da. Vielleicht haben sie sogar ein paar neue bekommen." Meine Augen leuchteten, als ich an die vielen Möglichkeiten dachte. „Vielleicht haben sie eines von diesen glänzenden goldenen Kleidern mit Schuhen und einer Krone geliefert bekommen."

Lizzie schaute mich fragend an. Ihre Miene verriet ein neu erwachtes Interesse. „Vielleicht."

Wir gingen zwischen den Männern hindurch, die vor der Kneipe herumstanden, ihre Zigaretten rauchten und nach Schweiß und Dreck rochen. Wir drängten uns in den Laden. Die Verkäuferin telefonierte gerade.

„Sie kann niemanden für dumm verkaufen. Hundertprozentig ist sie schwanger. Das sieht man doch schon von weitem. Mit so etwas habe ich bei ihr eigentlich schon immer gerechnet. Du etwa nicht? Der Apfel fällt nicht weit vom Stamm, und du weißt ja, was man sich über ihre Mutter erzählt ..."

Sie schaute nicht einmal auf, als wir eintraten.

Wir fanden den Gang mit dem Spielzeug. Lizzie hatte es eiliger als ich und stürmte zu den Puppenkleidern. Sie wühlte zwischen den flachen kleinen Schachteln und suchte das Kleid, das sie so gern haben wollte. Das lange, rosa Kleid, das sie sich von Herzen wünschte, war immer noch da.

„Zehn Mäuse", sagte sie und wedelte es mit einer wütenden „Ich-habe-es-dir-doch-gleich-gesagt"-Miene vor meiner Nase herum. „So viel Geld haben wir nicht und werden wir auch nicht bekommen."

„Wer sagt denn, dass wir Geld haben müssen, um das Kleid zu bekommen?", fragte ich flüsternd.

„Du bist lustig. Sie werden es ja wohl nicht verschenken."

Ich weiß nicht, was in diesem Augenblick über mich kam. Ich war normalerweise nicht so mutig und machte mir oft Sorgen, ich könnte in Schwierigkeiten geraten oder Dekes Zorn entfachen. Bevor ich Gelegenheit hatte, mir die Sache anders zu überlegen, riss ich Lizzie die flache Schachtel aus der Hand, schob mein Hemd hoch und stopfte die Schachtel in den Bund meiner Hose. Schnell zog ich das Hemd wieder darüber. Niemand konnte sehen, dass ich etwas darunter hatte.

Lizzie schnaufte. „Kara!"

„Willst du es oder nicht?"

Sie überlegte einen kurzen Moment und warf einen Blick auf die anderen Kleider. Plötzlich packte sie ein rotes Kleid mit dazu passenden Socken und stopfte ihrerseits die Sachen in ihre Hose.

Dann schlichen wir vorsichtig wieder in den vorderen Teil des Ladens und setzten unsere unschuldigste Miene auf. Die Kassiererin hatte aufgehört zu telefonieren und schaute mit zusammengekniffenen Augen zu uns herab. „Kann ich euch irgendwie helfen?"

Ich musste mir schnell etwas einfallen lassen, denn ich fürchtete, die Schuld stünde mir ins Gesicht geschrieben oder Lizzie würde in Tränen ausbrechen und sich ihren Kummer von der Seele reden. Ich nahm ein Jo-Jo aus dem Korb, der neben mir stand, und hielt es hoch. „Wie viel kostet das?"

„Eins neunundneunzig."

Ich tat so, als sei ich völlig *niedergedrückt*, weil ich nicht einen Dollar neunundneunzig hatte. Ich legte das Jo-Jo zurück und sagte mit trauriger Stimme: „Komm, Lizzie."

Lizzie hatte die Arme über ihrem Bauch verschränkt und sah sehr verdächtig aus. Schnell öffnete ich die Tür und schob sie hinaus. Die Frau hinter der Theke erfuhr nie, was sich in ihrem Laden abgespielt hatte.

Wir sprachen kein Wort miteinander, bis wir wieder bei den Gleisen waren. Als wir sicher waren, dass niemand hinter uns hergelaufen kam, begannen wir zu jubeln.

„Das war ja ein Kinderspiel!" Lizzie sprang aufgeregt auf und ab. „Eliza wird sich jetzt bestimmt viel besser fühlen."

„Wir teilen uns das rote Kleid. Das ist nur fair, denn immerhin habe ich das rosa Kleid für dich genommen."

„Missy kann es montags, mittwochs und freitags anziehen, und Eliza kann es sonntags, dienstags und donnerstags haben." Lizzie hatte alles immer gern organisiert. Sie konnte es nicht ertragen, wenn etwas ungewiss war.

„Vielleicht können wir noch einmal hingehen und uns noch eines holen", schlug ich vor. „Vielleicht könnten wir eines für jeden Tag in der Woche haben."

Lizzie gefiel dieser Gedanke. Sie begann wieder, wie eine Schönheitskönigin zu stolzieren und ihren Bewunderern zuzuwinken. Ich sprang vor ihr her und fühlte mich viel besser als noch vor einer Stunde.

Das war der Anfang unserer Karriere als Ladendiebinnen. Es war, als hätte sich vor uns eine Tür in eine große, neue Welt geöffnet ...

Eine Tür, die uns lockte, über ihre Schwelle zu treten, und die dann hinter uns ins Schloss fiel, sodass es für uns kein Zurück mehr gab.

21

Ungefähr zu der Zeit, als wir neun waren, geschah etwas, das alle Wissenschaftler, die Zwillinge untersuchen, zu Begeisterungsstürmen hinreißen würde. Ich hatte mich mit Windpocken angesteckt und musste deshalb von der Schule zu Hause bleiben. Normalerweise wäre Lizzie auch zu Hause geblieben, da sie ohne mich nie gern irgendwohin ging. Aber an diesem Tag kam der Fotograf in die Schule, und ihr war es sehr wichtig, dass ihr Gesicht im Jahrbuch abgebildet wäre, wo jeder es sehen könnte.

Sie putzte sich an diesem Morgen lange heraus, trug gestohlenes Make-up, obwohl sie nicht so genau wusste, wie man es verwenden musste, und eine glitzernde Bluse, die wir erst zwei Wochen vorher bei Wal-Mart gestohlen hatten.

„Das ist nicht fair." Ich kratzte meinen juckenden Ausschlag. „Ich wollte auch fotografiert werden. Ich hasse diese Windpocken."

„Du kannst mein Bild nehmen. Wir sehen uns doch zum Verwechseln ähnlich."

„Nur, dass ich nie eine so auffällige Bluse tragen würde. Ich wollte das Cowboyhemd mit den Rüschen an den Ärmeln anziehen."

Lizzie warf mir ihren „Arme-kleine-Kara,-du-weißt-ja-nicht,-was-schön-ist!"-Blick zu. „Das Hemd hat einen großen Fleck vorne, wo es jeder sehen kann. Sonst wäre es nie in der Altkleidersammlung gelandet."

„Das stört mich nicht. Man würde ihn auf dem Bild nicht sehen. Jetzt wird an der Stelle im Jahrbuch, wo mein Gesicht auftauchen müsste, ein leerer Fleck sein."

„Ich sage ihnen, sie sollen ‚Siehe Lizzie Holbrooke' unter deinen Namen schreiben."

Sie sprang fröhlich und aufgeregt zur Schule und ließ mich mit meinem juckenden Ausschlag und Fieber zu Hause, während Deke und Eloise ihre Nacht im Spielkasino ausschliefen.

Ich saß vor dem Fernseher und schaute mir das Vormittagsprogramm an. Plötzlich spürte ich aus heiterem Himmel einen durchdringenden Schmerz im Arm. Ich schrie auf und griff an meinen Arm. Ich habe keine Ahnung, woher ich es wusste, aber mir war sonnenklar, dass Lizzie sich verletzt hatte ... dass sie gerade weinte.

Ich lief in dem T-Shirt und den Leggings, in denen ich geschlafen hatte, aus dem Haus und durch den Wald, bis ich bei der Schule ankam. Eine Menschentraube hatte sich auf dem Schulhof gebildet. Ich stürmte direkt darauf zu.

„Lizzie! Lizzie!“ Ich drängte mich durch die Leute und fand sie. Sie saß auf dem Boden und hielt sich weinend den Arm. Er war gebrochen.

Ihre hübsche Bluse war schmutzig und zerrissen. Ich setzte mich neben sie auf den Boden. „Was ist passiert?“

„Ich bin von der Rutsche gefallen. Es tut so weh, Kara!“

„Das brauchst du mir nicht zu sagen“, erwiderte ich, denn mein Arm tat genau an derselben Stelle wie ihrer immer noch weh.

„Kara Holbrooke, willst du die ganze Schule mit Windpocken anstecken?“ Unsere Lehrerin, Miss Monroe, zerrte mich auf die Füße. „Du gehst sofort wieder nach Hause.“

„Was wird aus Lizzie?“

„Wir bringen sie zum Arzt. Ihr Arm ist gebrochen, so wie es aussieht.“

„Ich komme mit“, beharrte ich.

„Nein, junge Dame. Das tust du nicht.“

Ich verschränkte die Arme und schob das Kinn vor. „Doch, Miss Monroe. Ich komme mit. Und wenn Sie sich nicht schleunigst um sie kümmern, werde ich Deke und Eloise sagen, sie sollen die Schule wegen unterlassener Hilfeleistung auf Schmerzensgeld verklagen.“

Ich hatte viele Gerichtssendungen im Fernsehen gesehen und wusste gerade so viel, dass ich gefährlich klingen konnte.

Meine Drohung musste jedoch echt gewirkt haben, denn niemand wies mich zurecht. Sie luden uns beide in ein Auto und brachten uns zur Notaufnahme nach Yazoo City. Wir hatten zu Hause kein Telefon mehr, da die Telefongesellschaft wegen Dekes schlechter Zahlungsmoral den Anschluss gesperrt hatte. Es war also nicht möglich, Deke und Eloise zu erreichen. Ein Hausmeister unserer Schule fuhr persönlich zu unserem Trailer, um sie zu benachrichtigen. Sie schliefen anscheinend so tief, dass sie nicht einmal aufwachten.

Für uns war es ein aufregendes Abenteuer, als sie Lizzies Arm eingipsten, uns Süßigkeiten gaben und versuchten, die anderen Patienten von mir fern zu halten, damit sie nicht auch Windpocken bekamen.

Als wir nach Hause kamen, saß Eloise ohne ihre Perücke an unserem klebrigen Küchentisch und trank schwarzen Kaffee.

„Lizzie hat sich den Arm gebrochen."

Eloise verzog entsetzt das Gesicht und betrachtete den Gipsarm. „Mädchen, wer hat dir denn das an den Arm gemacht?"

„Ein Arzt", antwortete Lizzie.

„Was für ein Arzt?"

„Irgendein Arzt in der Notaufnahme."

„Du warst im *Krankenhaus*?" Sie sprang auf und stürmte ins Schlafzimmer, um Deke zu holen. „Deke, steh sofort auf! Diese Lehrer haben Lizzie ins Krankenhaus gebracht, und wir müssen die Rechnung bezahlen." Sie kam zurück und starrte uns so wütend und strafend an, als hätten wir soeben das Haus niedergebrannt oder etwas ähnlich Schlimmes angestellt. „Was habt ihr euch nur dabei gedacht? Wir können uns keine Krankenhausbehandlung leisten."

„Sie konnten euch nicht finden", entgegnete ich. „Ihr Arm sah wirklich schlimm aus."

Inzwischen tauchte Deke aus dem Schlafzimmer auf. Er schaute uns verschlafen und grimmig an und kratzte sich den Kopf. „Wie konntest du nur so blöd sein und dir den Arm brechen?"

„Ich bin gestürzt." Lizzie war nicht in der Stimmung zu einer langen Erklärung.

„Ich sage euch: Diese Schule bezahlt hoffentlich jeden Cent von dieser Rechnung. Denn ich werde nichts zahlen. Das verspreche ich euch."

Ich schob Lizzie in unser Schlafzimmer. Wir rollten uns auf dem Bett zusammen, während Deke und Eloise im Zimmer nebenan tobten.

22

Wir feierten unseren zehnten Geburtstag, indem wir *Die Kinder im Güterwaggon* aus der Bibliothek und Lizzies Lieblingskette bei Wal-Mart in Yazoo City stahlen, als wir Eloise bei einem ihrer seltenen Einkaufsbummel begleiteten. Da Lizzie Angst hatte, Eloise würde die Kette finden und sie für sich behalten, zogen wir los, um in unserem Wald ein Versteck zu suchen.

Mir fiel der perfekte Platz ein. Einige Meter abseits von dem Weg, der zu den Eisenbahngleisen führte, stand ein alter abgestorbener Baum. Ein Blitz musste ihn in der Mitte gespalten haben, denn niemand hätte ihn in zwei Meter Höhe gespalten und dann einfach liegen lassen. Lizzie und ich benutzten ihn oft als unsere Bühne.

Lizzie führte dort ihre Talentvorführungen auf, und ich meine erfundenen Gymnastikübungen, als wäre der Baum ein Schwebebalken. Der Stamm des Baumes war an der Seite verfault, wodurch ein Loch entstanden war, von dem nur wir wussten.

Wir nannten ihn den Geheimbaum und erklärten ihn zu unserem offiziellen Versteck. Lizzie versteckte hier ihre Kette in einem Nylonbeutel, den sie in der Schule aus dem Mülleimer gezogen hatte, nachdem ein Kind ihn einfach weggeworfen hatte. Ich war noch nicht bereit, mein Buch hier zu lassen. Stattdessen kauerte ich auf einem Bett aus verfaulten Blättern und las, bis das Licht zu schwach wurde, während Lizzie ein ganzes Theaterstück aufführte, das sie selbst erfunden hatte. Sie spielte jede einzelne Rolle mit so viel Leidenschaft, als wäre sie früher am Broadway gewesen.

Als es zu dämmrig wurde, um noch weiterzulesen, begaben wir uns auf den Heimweg, vorbei am Caritas-Sammelcontainer in der Vierten Straße, wo wir gelegentlich Schätze fanden, die aus der Einwurfluke hingen oder in Schachteln neben dem Container abgestellt waren.

Wir fanden einen alten Stoffstreifen mit Spitzen. Lizzie tat, als hätte sie ein Kleid mit Pariser Spitzen gefunden. „Ich kann mir daraus einen Schleier machen! Schau nur, Kara. Wir können uns als Braut verkleiden."

Ich konnte mich normalerweise über Dinge, die bei Lizzie Freudensprünge auslösten, nicht so begeistern, aber ich musste gestehen, dass mir diese Idee gefiel. Sie wickelte sich die Spitzen um die Haare, und ich stellte mir vor, wie ich mit einem Spitzenschleier aussehe. Auf der Suche nach weiteren Schätzchen wühlte ich in der Schachtel und zog ein weißes Seidennachthemd heraus.

„Warum wirft jemand so etwas Schönes weg?" Ich hielt mir den weichen Stoff ans Gesicht.

„Vielleicht gehörte es jemandem, der reich ist und lauter neue Sachen hat."

Ich warf ihr einen ungläubigen Blick zu. „In Barton gibt es niemanden, der reich ist."

Wir fanden ein Paar hochhackige Schuhe mit löchrigen Sohlen, einen alten Pullover mit einem Pelz am Kragen, und eine glitzernde Handtasche, bei der einige Pailletten fehlten.

Entzückt über unseren Fund kippten wir einen Müllbeutel aus, der an der Tonne lehnte, stopften unsere Schätze in die Tüte und eilten zu unserem Geheimbaum zurück. Dort steckten wir alles in das Loch und bedeckten es dann mit Blättern, damit niemand, der zufällig daran vorbeiging, etwas bemerken würde.

Als wir zu unserem Trailer zurückschlenderten, waren wir in Hochstimmung und sangen uns selbst „Happy Birthday" vor. Wir traten aus dem Wald und bemerkten, dass Dekes und Eloises Auto fort war. An seiner Stelle stand ein anderes, viel vornehmeres Auto auf dem Schotterweg, der zu unserem Trailer führte.

Neugierig gingen wir um den Trailer herum. Da sahen wir sie. Eine Frau stand auf der Veranda und klopfte an die Tür.

„Da ist niemand zu Hause", rief Lizzie.

Die Frau fuhr herum und hielt den Atem an, als sie uns erblickte. Man hätte denken können, sie sehe zwei kleine, rothaarige Gespenster auf sich zukommen, denn sie brach in Tränen aus. „Lizzie! Kara!"

Ich hielt argwöhnisch Abstand. Aber Lizzie wagte sich einen vorsichtigen Schritt die Verandastufen hinauf.

Die Frau ging in die Hocke, um mit uns auf gleicher Augenhöhe zu sein, und ergriff Lizzies Hand. „Schaut euch nur an", sagte sie mit zitternder Stimme. „Ihr seid so groß geworden."

Lizzie schaute sie verständnislos an. Ich trat hinter meiner Schwester vorsichtig näher. Die Frau streckte auch mir die Hand entgegen. „Kara, du bist so schön." Sie berührte meine langen Locken. „Ich bin froh, dass sie dir deine schönen Haare nicht abgeschnitten haben."

Wie um alles in der Welt konnte sie uns beide auseinander halten? Eloise und Deke verwechselten uns ständig. Ich runzelte die Stirn und versuchte, das zu begreifen. „Wer sind Sie?"

„Ich bin Amanda", flüsterte sie. „Erinnerst du dich nicht an mich, Liebes?"

Amanda Holbrooke! Ich wurde steif und schaute Lizzie an. Sie erwiderte meinen Blick mit einer schmerzlichen Miene. Wir fühlten uns, als wären wir gerade in eine Falle getappt. Wir hatten nicht damit gerechnet, dass *die* Amanda Holbrooke, die unser Vermögen gestohlen hatte, so hübsch wie diese Frau aussehen würde...

Niemand in Barton kleidete sich so wie sie. Sie trug ein hellgelbes Kleid und eine glitzernde Goldkette um den Hals. Ihre Ohrringe leuchteten gelb, orange und rot und baumelten an ihren Wangen. Ihre Haare waren blond und weich und fielen geschmeidig über ihre Schultern, und sie roch einfach himmlisch.

„Heute ist doch euer Geburtstag", sagte sie. „Ihr seid zehn Jahre." Sie wischte sich die Tränen aus den Augen. „Wie habt ihr gefeiert? Was habt ihr heute gemacht?"

Ich hielt es nicht für klug, ihr zu erzählen, dass wir ein Buch und eine Kette gestohlen und den Altkleidercontainer durchwühlt hatten. Ich konnte mir nur einen einzigen Grund für ihr Kommen vorstellen: Sie wollte uns überlisten, bis wir ihr gestanden, was wir angestellt hatten.

„Ach, nichts Besonderes", murmelte Lizzie.

Amanda richtete sich auf und hob eine Tasche auf, die sie neben der Tür stehen gelassen hatte. „Ich habe euch Geschenke mitgebracht.“

Lizzies Augen wurden runder, ein Lächeln zog über ihr Gesicht. Sie ließ sich so leicht einfangen, aber ich wusste es besser. Ich hielt Abstand und betrachtete misstrauisch die Tasche. Bestimmt würde jeden Augenblick etwas Grausames herausspringen.

Amanda zog ein Päckchen heraus, das in glitzerndes Papier eingewickelt und mit einer leuchtenden goldenen Schleife zugebunden war. Sie reichte es mir, dann zog sie Lizzies Geschenk heraus und reichte es ihr ebenfalls.

Ich war nervös und wollte es gern auspacken. Gleichzeitig konnte ich nicht aufhören, diese Frau anzustarren und zu grübeln, woher sie wusste, dass ich Kara und dass Lizzie Lizzie war, und woher sie von unserem Geburtstag wusste, und warum sie gekommen war und uns Geschenke brachte. Aber so misstrauisch ich nach allem, was man uns erzählt hatte, auch war, konnte ich dem glänzenden Päckchen doch nicht widerstehen.

Lizzie hatte ihres zuerst ausgepackt und stieß einen lauten Freudenschrei aus, als sie die wunderbare Barbie in dem goldenen Abendkleid mit Rüschen sah. „Wow!“

Jetzt hielt ich meine Neugier nicht mehr aus und riss mein Geschenk ebenfalls auf. Ich hatte auch eine Barbiepuppe. Meine hatte nur ein anderes Kleid an. Ich schaute zu Amanda auf. „Sie ist hübsch.“ Ich hatte nicht vorgehabt, sie anzulächeln.

In diesem Augenblick hörte ich Reifen auf dem Schotterweg knirschen und drehte mich um. Eloise und Deke bogen hinter dem Auto der Frau in unsere Auffahrt ein.

Amandas Gesicht veränderte sich. „Ich muss gehen.“ Sie beugte sich vor und schaute uns beiden ins Gesicht. „Ich habe euch zwei ganz lieb.“ Sie küsste uns und umarmte uns ganz fest.

Eloise sprang aus dem Auto. „Hol die Polizei, Deke! Diese Frau versucht, unsere Kinder zu entführen!“

Amanda ignorierte die beiden einfach und ging hoch erhobenen Hauptes die Verandastufen hinab. „Meine Telefonnummer steht auf den Karten in der Tasche. Hebt sie auf, Mädchen. Falls ihr je in Schwierigkeiten kommt, dann ruft mich an."

Ich starrte ihr nach, während sie zu ihrem Auto ging und versuchte, Dekes Schimpfen und Eloises näselnde Anschuldigungen zu ignorieren. Eloise regte sich so auf, dass ihr die Perücke fast vom Kopf rutschte. Deke begann, mit Drohgebärden auf Amanda zuzugehen. Der Hühnerdreck an seinen Schuhen verursachte abstoßende Geräusche auf der Erde. „Seit Sie das letzte Mal versuchten, diese Mädchen zu entführen, ist es Ihnen richterlich untersagt, sich den Kindern zu nähern, Sie Miststück."

Sie schien ihn nicht zu hören und stieg unbeirrt in ihr Auto. Aber Deke und Eloise versperrten ihr den Weg. Amanda legte den ersten Gang ein, wendete auf unserem Rasen und fuhr an uns beiden vorbei und dann hinaus auf die Straße.

„*Das* war Amanda Holbrooke?", fragte ich.

„Das ist sie, ja", schimpfte Eloise erbost. „Das ist die Frau, die deinen Papa umgebracht hat."

Ich schaute auf die Barbie in meinen Händen. Sie war plötzlich nicht mehr so schön wie noch vor ein paar Minuten. Ich verstand nicht, warum die Frau, die meinen Papa umgebracht und mein Geld gestohlen hatte, mir eine solche Puppe schenkte. Ich wusste nur, dass ich sie nicht länger haben wollte.

Und doch ahnte ich, dass sie noch zu gebrauchen wäre. Lizzie und mir gelang es, die Puppen in unserem Zimmer zu verstecken, bis wir sie zu unserem Geheimbaum bringen könnten. Ich fand auch die Karte, die die Frau erwähnt hatte, faltete sie auseinander und las ihre schräge Handschrift.

Ich bin immer für euch da, wenn ihr mich braucht, stand darauf. Ihre Nummer stand in großen Ziffern unter ihrem Namen.

„Ich fand sie ganz nett", mumelte Lizzie und kämmte ihrer Barbie die Haare. Meine Puppe lag auf dem Bett, vernachlässigt und ungeliebt.

„Sie ist nicht nett, Lizzie, wenn sie unseren Papa umgebracht hat."

„Sie sah aber nicht aus wie eine Mörderin."

„So sehen sie nie aus."

„Wie soll sie das denn gemacht haben? Und warum hat sie es gemacht?"

„Ich weiß es nicht", gab ich zu. „Aber ich werde es herausfinden."

Als an diesem Abend Eloise und Deke sich endlich beruhigt hatten, wagte ich mich in das winzige Wohnzimmer und stellte die Frage, die sowohl Lizzie als auch mich quälte.

„Wie hat sie unseren Papa umgebracht?"

Eloise hatte selten Zeit für unsere Fragen, aber heute Abend schenkte sie uns ihre Aufmerksamkeit. Deke unterstützte sie und setzte sich in seinen Socken, die immer noch nach Hühnerdreck stanken, neben sie.

„Genau genommen hat sie eure Mama auch auf dem Gewissen. Unser liebe Tochter, sie ruhe in Frieden. Danach hat sie euren Papa umgebracht und hätte euch auch noch ermordet, wenn die Polizei sie nicht aufgehalten hätte."

Deke ergänzte: „Sie hatte versucht, euch in ein Flugzeug zu bringen und in ein anderes Land zu entführen, wo es den Leuten egal ist, ob jemand Kinder umbringt."

Ich konnte mir nicht vorstellen, dass eine Frau, die so roch wie sie, versuchen sollte, uns umzubringen. Vor Angst bekam ich eine Gänsehaut. Wie leicht hätten wir an diesem Nachmittag getötet werden können! „Warum wollte sie uns umbringen?"

„Setz dich, Lizzie", sagte Eloise zu mir. Ich bemerkte kaum, dass sie uns schon wieder verwechselte. Ich war zu verblüfft über den Tonfall in ihrer Stimme. Sie klang fast sanft. „Du auch, Kara", forderte sie Lizzie auf.

Lizzie kam näher und setzte sich neben mich auf die abgenutzte Ottomane.

„Ihr Mädchen seid alt genug und solltet endlich die ganze Wahrheit erfahren", begann Eloise. „Wisst ihr, euer Großvater war Paul Holbrooke. Er war ein steinreicher Mann. Er hatte mehrere Milliarden Dollar."

„Er wohnte praktisch in einem Schloss", fügte Deke hinzu.

„So ist es", nickte Eloise. „Und er hatte einen Sohn, der hieß Jack. Er war euer Papa."

Es klang wie ein Märchen. Ich hing an jedem ihrer Worte.

„Wie ihr seht, war euer Papa also reich. Und er heiratete eure Mama, unsere liebe Tochter Sherry. Aber ganz kurz nachdem sie euch bekam, starb sie bei einem Autounfall. Niemand konnte es je beweisen, aber ich wusste immer, dass diese Frau, diese Amanda, eure Mama totgefahren hat, damit sie sich in das Leben eures Papas einschleichen konnte. Sie wollte sein Geld, wisst ihr. Deshalb sorgte sie dafür, dass er sich in sie verliebte und sie heiratete."

Ich brauchte eine Weile, bis ich ihrer Geschichte folgen konnte. „Diese Amanda war mit meinem Papa verheiratet?"

„So ist es. Sie heiratete ihn, und, zack bumm, hieß es, dass euer Papa auch gestorben sei. Zusammen mit eurer reichen Oma und eurem reichen Opa."

„Flugzeugabsturz", ergänzte Deke. „Nur wir wissen, dass Amanda etwas gemacht hat, um das Flugzeug zum Absturz zu bringen. Entweder hat sie eine Bombe hineingelegt oder etwas an dem Motor gemacht ... wir wissen nicht, wie sie es genau angestellt hat. Wir wissen nur, dass sie tot sind, und dass diese Frau jetzt ihr ganzes Geld hat."

Ein seltsames Gefühl, ungerecht behandelt worden zu sein, rührte sich in mir, so als wäre mir etwas Wichtiges, etwas, das ich *brauchte*, geraubt worden.

„Wir kamen natürlich und holten euch zu uns, sobald wir konnten." Eloise tupfte an ihren Augen, aber ich sah nirgends Tränen. „Wir wussten, dass das Geld rechtmäßig euch zusteht und dass sie euch sofort umbringen würde, wenn sie euch in die Hände bekäme, um euch aus dem Weg zu räumen."

„Wir gingen sogar vor Gericht und haben versucht, euer Geld zu bekommen", sagte Deke. „Eigentlich sollten wir in einer Villa leben und eine Limousine fahren und einmal in der Woche nach Paris zum Einkaufen fliegen. Aber diese Frau hat es geschafft, sich das ganze Geld unter den Nagel zu reißen."

Lizzie ergriff meine Hand, und ich lehnte mich an sie. Wir hörten aufmerksam zu. Unsere Augen huschten zwischen Eloise und Deke hin und her.

„Wir haben zwar ein wenig Geld bekommen", erzählte Eloise. „Aber das war nur ein Tropfen auf den heißen Stein. Wir bekommen nur einmal im Jahr einen Scheck, und ich weiß kaum, wie wir über die Runden kommen sollen ..."

„Aber sie weiß ganz genau: Wenn ihr zwei groß seid, habt ihr das Recht, euer Geld von ihr zurückzufordern." Deke zeigte mehr Leidenschaft, als ich ihm je zugetraut hätte. „Sie weiß, dass ihr beide ihr den Hahn zudrehen könnt. Dann sind wir *alle* Milliardäre und machen uns ein schönes Leben, und sie sitzt auf der Straße."

„Deshalb wollte sie, dass ihr sterbt", erklärte Eloise. „Wenn ihr nie erwachsen werdet, könnt ihr sie ja nicht verklagen."

Lizzie drückte meine Hand. Ich wusste, dass sie nicht sicher war, ob sie den beiden glauben sollte. Diese Barbiepuppe hatte ihr Sand in die Augen gestreut. Sie konnte nicht mehr vernünftig denken. „Sie hat sich nicht so verhalten, als wollte sie uns umbringen", sagte Lizzie. „Sie schien ganz nett zu sein."

„Willst du mich eine Lügnerin nennen, Mädchen?" Der kurze Anflug von Sanftheit in Eloises Stimme war verschwunden. „Du erwartest ja wohl nicht, dass sie Hörner und einen Pferdefuß hat, oder? Natürlich tut sie, als wäre sie nett. Aber sie hat deinem Papa auch nett getan. Und dann hat sie ihn umgebracht. Und wenn wir nicht gekommen wären, dann wärt ihr zwei wahrscheinlich einfach mit dem Auto überfahren worden."

Ich hatte genug überfahrene Katzen am Straßenrand liegen gesehen, um zu wissen, dass ich so nie enden wollte. Aber es fiel mir sehr schwer, dafür dankbar zu sein, dass Eloise und Deke uns gerettet hatten.

„Was hat sie zu euch gesagt?", wollte Eloise wissen.

„Nur ... Alles Gute zum Geburtstag", antwortete ich leise. „Dass wir groß geworden sind."

Ich schaute Lizzie an und sah, dass sie Tränen in den Augen hatte. Sie hielt die Augen weit offen, damit sie nicht über ihre Wangen rollten. „Sie sagte, wir sehen schön aus."

Ich hätte wissen können, dass Lizzie sich daran aufhängen würde. Komplimente machten sie immer schwach. Wenn irgendein gefährlicher Mörder käme und ihr sagte, er wolle sie erdrosseln, aber sie sehe hübsch aus, würde sie ihm wahrscheinlich auch noch bereitwillig den Hals hinhalten.

„Noch etwas?" Deke beugte sich vor. Er war richtig neugierig.

„Sie sagte uns, dass sie uns liebt." Ich hörte den Trotz in Lizzies Stimme und drückte ihre Hand, um sie zum Schweigen zu bringen. Aber sie sprach weiter. „Sie war überhaupt nicht gemein."

„Das sind sie am Anfang nie." Eloise bewegte ihr Gesicht ganz nahe an Lizzies heran. Ihre Augen verzogen sich zu schmalen Schlitzen. „Hör mir jetzt einmal gut zu, junge Dame. Versprich mir, dass du, falls du sie jemals wiedersiehst, sofort davonläufst. Hörst du mich? Du kommst und holst Deke oder mich. Oder du rufst die Polizei an und lässt sie einsperren. Wenn du das nicht tust, bringt sie uns womöglich alle um."

Ich versuchte immer noch, mir vorzustellen, dass wir alle reich sein würden. „Ihr meint also, wenn wir erwachsen sind, werden wir reich sein?"

„Nicht, wenn sie euch vorher in die Krallen bekommt", warnte Deke.

„Aber wenn wir uns von ihr fern halten, könnten wir viel Geld bekommen und in einem Schloss leben?"

„So ähnlich." Eloise bewegte ihren fleischigen Rumpf in ihrem Sessel. „Wenn ihr achtzehn seid, könnt ihr euch einen Anwalt nehmen und sie bis aufs letzte Hemd verklagen. Ihr könnt sagen, dass sie euch euer Erbe gestohlen hat, und ja, dann werdet ihr reich sein und könnt mir und Deke eine Villa kaufen und Hundert-Dollar-Scheine ausgeben, als wären es Cents."

„Werden wir berühmt sein?", fragte Lizzie.

„Natürlich werdet ihr berühmt sein", erwiderte Deke. „Die Milliarden-Dollar-Babys! Ja, ihr werdet ganz bestimmt berühmt."

Als ich mich in dieser Nacht ins Bett legte, wünschte ich, ich hätte nie die Barbiepuppe von dieser Frau angenommen. Ich wünschte, ich hätte ihr ins Gesicht gespuckt, als sie mich auf die

Wange küsste ... ich wünschte, ich hätte diesen Duft nie in die Nase bekommen. Ich nahm ihre Karte mit der Telefonnummer, zerriss sie in kleine Stücke und spülte sie die Toilette hinab. Lizzie erlaubte mir jedoch nicht, mit ihrer Karte das Gleiche zu machen. Sie lernte sogar die Nummer auswendig und behielt die Karte, damit sie daran schnuppern konnte, weil sie nach Amandas Parfüm roch.

Ich lag lange im Bett und dachte über die Mutter und den Vater und den Opa und die Oma nach, die sie mir gestohlen hatte, und über das ganze Geld, das wir haben könnten. Und ich dachte, falls ich sie je wiedersehen sollte, würde ich ihr mit voller Wucht gegen das Schienbein treten und dann schnell davonlaufen.

Ich schaute zu Lizzie hinüber, bevor ich einschlief. Sie lag neben mir zusammengerollt unter einem schmuddeligen Laken und hielt Eliza in einem Arm und diese nagelneue, aufgedonnerte Barbie in ihrem anderen Arm.

23

Ich hätte nie erwartet, dass Lizzie sich diese Telefonnummer so lange merken würde. Ich selbst hatte sie schlichtweg vergessen. Aber sie musste sie sich immer wieder vorgesagt haben, als ob diese Nummer ein Zauberspruch wäre, der unsere Märchenfee herbeiholen könnte.

Als wir dreizehn waren, hatten Lizzie und ich schließlich Gelegenheit, sie zu benutzen.

Wir hatten nicht geahnt, wie der Abend verlaufen würde, als Steve Crawley und Teddy Malone, zwei sechzehnjährige Jungen von der High School, uns baten, mit ihnen zum Volksfest zu gehen. Lizzie und ich waren frühreif und sahen eher wie Fünfzehnjährige aus. Die Jungen schienen unsere langen, lockigen roten Haare zu mögen, und wir zogen viele Blicke auf uns, wenn wir irgendwohin gingen. Fast über Nacht wurden wir nicht mehr wie kleine Mädchen behandelt, sondern erregten Aufmerksamkeit, wenn wir mal wieder zur Raststätte gingen, um uns eine Cola zu holen.

Mir gefiel das sehr gut. Lizzie sagte, ich wäre wohl verrückt nach Jungen. Aber ich entgegnete ihr nur, dass ich für mein Alter eben reif sei. Die meisten Männer, die in ihren schweren Lastern durch die Stadt rauschten, fand ich abstoßend. Ich hätte ihnen nicht einmal eine Antwort gegeben, wenn sie mich nach der Uhrzeit gefragt hätten.

Aber Steve und Teddy schienen mir harmlos zu sein. Es machte Spaß, mit ihnen zusammen zu sein. Wir waren zuvor noch nie mit Jungs mit dem Auto weg gewesen. Als sie mit einem Geldschein wedelten, den sie sich mit Rasenmähen verdient hatten, und versprachen, sie würden für uns ein paar Stofftiere gewinnen und sich mit uns einen schönen Abend machen, konnten wir ihnen doch keine Abfuhr erteilen.

Wir wählten einen Abend, an dem wir wussten, dass Deke und Eloise im Kasino wären. Nicht, weil sie uns nicht hätten gehen lassen, sondern nur, weil wir nicht wollten, dass sie nach dem Geld schnüffelten, und irgendeine Möglichkeit fänden, Steve und Teddy das Geld aus der Tasche zu ziehen.

Wir legten die knappe Fahrstunde nach Jackson gut gelaunt zurück. Die letzten Kilometer fuhren wir im Schritttempo und suchten einen Parkplatz in der Nähe des Festplatzes. Teddy war kein guter Fahrer. Wir kamen in einige brenzlige Situationen und hätten an der Stelle, an der sich die Bundesstraße 20 und die Bundesstraße 55 kreuzen, beinahe einen Unfall gebaut.

Sobald wir Teddys rostigen alten Wagen am Straßenrand abgestellt hatten, gingen wir um den Zaun herum zum Eingang. Der Geruch nach gegrillten Maiskolben, gebrannten Mandeln und Zuckerwatte lag über dem Gelände. Ganz anders als die Gerüche, die wir in Barton tagtäglich einatmeten. Die Sonne war bereits untergegangen. Wir staunten über die Beleuchtung des Riesenrades, das über der Stadt thronte. Wir hörten die kreischenden Schreie aus der Achterbahn und die lauten, metallenen Geräusche der einzelnen Fahrbuden.

Ich dachte, ich müsste vor Aufregung platzen.

Ich schaute Lizzie an, um zu sehen, ob sie wieder wie eine Ballerina tänzelte und winkte. Aber sie hatte einen ganz normalen Gang und starrte mit offenem Mund die einzelnen Attraktionen an, als hätten wir eine völlig neue Welt betreten.

„Als Erstes möchte ich Riesenrad fahren", erklärte sie. Sie drehte sich um und ging rückwärts. Ihr Gesicht strahlte. „Und danach Autoscooter. Und ich will einen großen Kuschelbären und einen Goldfisch."

„Ich kaufe dir keinen Goldfisch", brummte Teddy. „Ich bin nicht hier, um einen Goldfisch zu kaufen."

„Du brauchst ihn nicht zu *kaufen*, Schlaumeier", grinste sie. „Du gewinnst ihn."

„Ja, aber man muss ungefähr hundert Mäuse löhnen, um so etwas zu gewinnen. Und wie willst du ihn dann nach Hause bringen?"

Lizzie sah enttäuscht aus, aber ich gab Teddy im Stillen Recht.

Es bestand keine Chance, einen Goldfisch heil nach Hause zu bringen, und selbst wenn wir es irgendwie schaffen sollten, was wollte sie dann mit ihm machen?

„Ich will Zuckerwatte", unterbrach ich ihre Diskussion. „Riech nur, Lizzie. Hast du so etwas Gutes schon einmal gerochen?"

„Wir verfressen doch nicht mein ganzes Geld." Steve Crawley versuchte, den Arm um mich zu legen, aber ich schob ihn weg. Ich wollte nicht zu grob zu ihm sein, da er die Fahrt und alles andere für mich bezahlte, aber ich hatte keine Lust, mich von ihm anfassen zu lassen.

Jetzt verzog er das Gesicht zu einer beleidigten Miene. Anscheinend lief nicht alles so, wie er es sich erhofft hatte. „Hey, du benimmst dich doch hoffentlich nicht wie eine Siebtklässlerin."

Trotzig schob ich das Kinn vor. „Wenn du dir so große Sorgen machst, in welcher Klasse ich bin, warum hast mich dann überhaupt eingeladen, heute mitzukommen?"

„Weil du besser aussiehst als irgendein Mädchen in meiner Klasse."

Er sagte ständig solche Dinge zu mir. Deshalb zogen wir ja auch immer wieder mit ihm herum. Außerdem gab er mir das Gefühl, ein wenig besser als diese Mädchen zu sein, die mit gerümpfter Nase auf uns herabblickten, weil wir jung waren und weniger Geld als sie hatten. Aber ich wusste, dass ihre Väter alle Bauern waren oder auf der Hühnerfarm oder in der Papierfabrik arbeiteten und dass die meisten von ihnen genauso schlimm stanken wie Deke, wenn sie jeden Tag von der Arbeit nach Hause kamen.

Wir erreichten den Eingang. Die Jungen zählten ihr Geld für den Eintritt hin. Ich musste mich beherrschen, um nicht loszulaufen und aufgeregt zu hüpfen.

Sie besänftigten uns, indem sie uns zuerst eine Fahrt mit dem Riesenrad bezahlten. Ich fuhr mit Steve, und Lizzie mit Teddy. Als das große Rad stehen blieb und wir ganz oben saßen, machte Steve einen erneuten Versuch mir näher zu kommen. Ich stieß ihn mit dem Ellbogen in die Rippen. Dann tat es mir Leid, denn ich musste hoch oben in der Luft neben ihm sitzen bleiben, bis das Rad wieder nach unten fuhr.

Ich schaute nach hinten und sah, dass Teddy Lizzie küsste. Sie hatte die Arme vor der Brust verschränkt, aber sie wehrte sich nicht gegen ihn. Und sie sagte, *ich* wäre verrückt nach Jungen!

„Warum bist du denn so feindselig?“ Steve starrte mich finster an. „Ich sitze hier und gebe meine ganzen Ersparnisse für dich aus, und du brichst mir fast die Rippen.“

„Ach, sei doch nicht so kindisch. Das habe ich doch nicht ernst gemeint.“

„Ich weiß nicht, ob ich noch mehr Geld für jemanden ausgeben will, der so abweisend ist.“

Ich überlegte, ob ich noch länger mit jemandem zusammen sein wollte, der mir ständig vorhielt, wie viel Geld er für mich ausgab, und damit herumfuchtelte wie mit einem großen Stock, mit dem er mich schlagen würde, falls ich mich nicht richtig benähme.

„Weißt du, Lizzie und ich können unser eigenes Geld ausgeben. Wir *brauchen* dich nicht.“ Ich drehte mich um. Lizzie klammerte sich an das Geländer und schaute nach unten auf die große Menschenmenge. Ich sah, dass Teddy den Arm um sie gelegt hatte und auf sie einredete. Am liebsten hätte ich ihn laut angeschrien, er solle die Finger von ihr nehmen und sie in Ruhe lassen.

Aber das musste Lizzie selbst sagen.

Schließlich setzte sich das Riesenrad wieder in Bewegung. Mir wurde ein wenig übel, als es sich nach unten drehte und dann wieder nach oben. Der köstliche süße Duft stieg mir wieder in die Nase und wehte durch die Haare.

Ich beobachtete eine Gruppe, die zum Fahrkartenschalter ging und sich mehrere Fahrkarten kaufte. Ein Mann in einem roten Hemd zog eine Brieftasche heraus und steckte den Rest des Geldes dann wieder in seine Hosentasche. Ich überlegte, wie einfach es doch sein müsste, in diesem Gedränge jemandem die Brieftasche zu klauen. Es käme auf einen Versuch an. Vielleicht fanden wir ja einen Packen Zwanziger darin. Dann müssten Lizzie und ich uns nicht mehr mit Steve und Teddy abgeben.

Als wir aus dem Riesenrad stiegen, war ich ein wenig wackelig auf den Beinen. Lizzies Kleidung und ihre Haare waren zerzaust, und sie war unübersehbar gereizt.

Ich packte sie am Arm und schob ihre Haare von ihrem Ohr zurück, damit sie mich flüstern hören konnte. „Was hältst du davon, wenn wir diesen Jungs den Laufpass geben und uns die Brieftasche von einem anderen klauen? Dann können wir tun, was wir wollen."

Lizzie schaute mich an, als bräuchte ich eine Zwangsjacke. „Wie wollen wir denn dann nach Hause kommen?"

„Vielleicht können wir uns ja wieder mit ihnen versöhnen, bevor sie nach Hause fahren. Oder wir suchen uns jemand anderen, der uns nach Hause bringt."

„Ich will nicht, dass Steve und Teddy sauer werden und wir zu Fuß nach Hause laufen müssen", gab Lizzie zu bedenken. „Aber wir könnten uns trotzdem eine Brieftasche klauen. Dann würden sie wenigstens nicht dauernd jammern, dass sie so viel Geld für uns ausgeben müssen."

Die beiden Jungs redeten auf uns ein, dass wir mit ihnen zu den leeren Ställen hinübergehen sollten, wo die Tiere für die Landwirtschaftsausstellung untergebracht wurden. Dort war es dunkel. Ich wusste, was sie dort wollten. Sie ließen nicht locker und drängten uns mitzugehen.

„Geht ihr beide schon einmal voraus und wartet dort auf uns", schlug ich Teddy und Steve vor. „Lizzie und ich müssen vorher noch eine Toilette finden. Wir kommen dann nach."

Sie schauten uns zweifelnd an, als glaubten sie nicht ganz, dass wir kommen würden.

„Wie sollten wir denn nach Hause kommen, wenn wir euch nicht hätten?", fragte ich Teddy. „Wofür hältst du uns? Für Idioten?"

Sie gaben sich damit zufrieden. Nachdem sie weggegangen waren, suchten wir uns einen Mann mit einem dicken Portemonnaie in seiner Hosentasche aus. Wir vereinbarten, dass Lizzie den Mann von vorn anrempeln und ihn ablenken sollte, während ich mir die Brieftasche schnappte und davonlief.

Wir folgten ihm an eine Stelle, an der es das meiste Gedränge gab, und schauten zu, wie er versuchte, sich durch die Massen zu schieben.

Dann wagten wir unseren Vorstoß.

Lizzie überholte ihn und blieb dann abrupt vor ihm stehen. Er stolperte beinahe über sie. Ich bemächtigte mich seiner Brieftasche, aber sie ließ sich nicht so locker aus der Hosentasche ziehen, wie ich gedacht hatte.

Seine Hand fuhr nach hinten, und er versuchte, sich umzudrehen. Noch bevor er mich aufhalten konnte, hatte ich das Geld.

Er erwischte mich am Handgelenk. Ich schrie laut auf. Lizzie begann zu laufen. Ich konnte mich von ihm losreißen, aber er brüllte hinter uns her: „Haltet sie auf! Sie hat mir meine Brieftasche geklaut!"

Wir liefen gemeinsam weiter und versuchten, ihn in der Menge abzuhängen, aber er war uns dicht auf den Fersen und lief wie ein Verrückter. Schließlich holte er uns ein und packte uns beide unsanft an den Haaren.

Ehe wir uns versahen, war alles vorbei. Wir standen zwei Polizisten gegenüber, die uns festnahmen. Mit geübtem Griff legten sie uns Handschellen an. Alle Gegenwehr half nichts.

„Ich habe nichts getan!", schrie ich. „Er hat uns verfolgt, obwohl wir ihm überhaupt nichts getan haben!"

Aber der Polizist griff in meine Tasche, in die ich die Brieftasche des Mannes gesteckt hatte. Er zog sie heraus. Das Beweismittel, das mich anklagte wie eine rauchende Pistole. Es war aus.

„Die da gehört auch zu ihr!" Der Mann deutete auf Lizzie. „Sie hat mich angerempelt und versucht, mich abzulenken. Die beiden stecken unter einer Decke."

„Wir haben doch nichts getan!", schrie ich wieder, aber es war vergeblich. Die zwei Polizisten führten uns zum Ausgang und verfrachteten uns in ihren Streifenwagen.

* * *

Ich war noch nie zuvor im Gefängnis gewesen und wusste nicht, was ich zu erwarten hatte. Da wir keine Ausweispapiere dabei hatten und uns weigerten, ihnen unsere Namen zu verraten, gingen die Polizisten davon aus, dass wir älter seien, und brachten uns zum Bezirksgefängnis, das nur wenige Straßen vom Volksfestplatz entfernt ist.

Sie führten uns durch eine schwere Stahltür, die krachend hinter uns ins Schloss fiel. Dann durchsuchten sie uns. Schließlich steckten sie uns beide in eine Arrestzelle aus gelben Zementblöcken mit Gittern über dem Glas.

„Na prima, Kara!" Lizzie schaute mich finster an, als hätte ich soeben ihr ganzes Leben ruiniert.

„Hey, wenn du ihn besser abgelenkt hättest, wie verabredet ..."

„Ich habe getan, was ich konnte. Ich wusste ja nicht, dass du mit ihm um seine Brieftasche raufen wolltest! Ich dachte, du würdest sie ihm einfach aus der Hosentasche ziehen."

Wütend stand ich auf und trat ans Fenster. Durch die Gitterstäbe hindurch konnte ich die Polizisten sehen. Sie gingen ihrer Arbeit nach und kümmerten sich nicht weiter um uns. „Was sollen wir denn jetzt tun? Eloise und Deke können wir nicht anrufen. Sie sind nicht zu Hause. Und es besteht keine Möglichkeit, Steve oder Teddy zu erreichen."

„Wir können *sie* anrufen."

Ich drehte mich um und schaute Lizzie an. Ich wusste genau, von wem sie sprach. Sie meinte Amanda. Die Frau, die unseren Tod wünschte.

„Bist du *verrückt?*"

Sie baute sich ganz nahe vor mir auf und schaute mich aufmüpfig an. „Sie sagte, wir sollen sie anrufen, wenn wir sie brauchen. Ich kenne ihre Nummer auswendig."

„Was? Warum kennst du ihre Nummer auswendig?"

„Weil ich dachte, dass ich sie eines Tages vielleicht brauchen würde."

„Du hast also *geplant*, dass wir eines Tages wegen Taschendiebstahls im Knast landen würden?"

Anschuldigende, feurige Pfeile schossen mir aus Lizzies Augen entgegen. „Ich habe nie geplant, im Knast zu landen, *klar?* Aber jetzt bin ich hier. Dank meiner genialen Schwester. Hast du eine bessere Idee?“

„Ja. Wir können ihnen unseren Namen nennen und ihnen sagen, dass wir erst dreizehn sind. Dann ist ihnen klar, dass wir es nicht besser wussten ...“

„Und sie stecken uns ins Jugendheim“, unterbrach mich Lizzie. „Ich will nicht ins Jugendheim.“

„Willst du lieber im Knast bleiben?“

„Nein. Ich will *hinaus*. Wenn wir warten, bis Eloise und Deke nach Hause kommen, sind wir hier vielleicht schon verfault. Und die beiden werden sicher kein *Geld* bezahlen, um uns hier herauszuholen.“

„Und *sie* wird es zahlen?“

„Sie hat gesagt, dass wir sie anrufen sollen, wenn wir sie brauchen. Vielleicht kommt sie ja.“

„Ich traue ihr nicht“, brummte ich. „Hast du denn vergessen, was Eloise und Deke uns über sie erzählt haben?“

„Vielleicht haben sie uns angelogen.“

„Haben sie nicht. Das ist das einzige Mal, dass sie uns nicht angelogen haben.“

„Woher willst du das wissen?“

„Weil es logisch klingt!“ Ich verlor allmählich die Geduld mit Lizzie. Manchmal konnte sie so engstirnig sein. „Warum sonst sind wir bettelarm und müssen bei Deke und Eloise leben, wenn unser Großvater ein Milliardär war? Sie hat uns unser ganzes Geld weggenommen. Das ist die einzige Erklärung dafür. Sie hat unsere Eltern getötet und uns unser Geld gestohlen.“

„Ich rufe sie an.“ Lizzie klopfte an die Glasscheibe. „Du kannst es dir hier drinnen ja gemütlich machen, wenn du nicht mitkommen willst. Aber ich will von hier weg.“

„Wenn dir eine Möglichkeit einfällt, wie sie uns hier herausholt, ohne dass wir mit ihr allein sein müssen, meinetwegen. Aber ich werde ihr keine Gelegenheit geben, unsere Familie ganz auszulöschen.“

Als die Polizisten kamen, bat Lizzie darum, jemanden anrufen zu können. Ich schaute zu, wie sie die Nummer wählte. Mit blassem Gesicht wartete sie auf das Klingeln.

„Kann ich bitte ....“ Sie brach ab und räusperte sich. Ihre Stimme klang ganz rau und heiser. „Kann ich bitte Amanda Holbrooke sprechen?“

Ich wartete gespannt, was wohl passieren würde. Ich rechnete voll und ganz damit, dass Amanda einfach auflegen oder sich kaputtlachen würde, weil Lizzie tatsächlich diese Nummer anrief.

Anscheinend wurde sie nach ihrem Namen gefragt, denn Lizzie sagte mit schwacher Stimme: „Lizzie Holbrooke.“

Obwohl es mitten in der Nacht war und diese Nummer wahrscheinlich ihre Privatnummer war, sagte die andere Stimme am Telefon, sie solle einen Augenblick warten. Die Polizistin saß an ihrem Schreibtisch und tippte ein paar Daten in ihren Computer. Sie hatte ja nun unsere Namen, und fand schnell heraus, dass wir erst dreizehn waren. Sie hatte uns den Anruf erlaubt in der Hoffnung, uns jemandem übergeben zu können, der unsere Geldstrafe bezahlen würde. Damit würde sie sich die Mühe sparen zu überlegen, was sie nun mit uns anfangen sollte.

„Ja ...“, sagte Lizzie, und ich schaute wieder zu ihr auf. „Hallo. Äh ... weißt du noch, als du an unserem zehnten Geburtstag zu uns kamst? Und uns die Barbiepuppen geschenkt hast? Und du hast uns diese Telefonnummer gegeben? Ja, also ... wir stecken in Schwierigkeiten ... und ich habe mir gedacht ...“

Ihre Stimme brach ab. Ich wusste, dass diese Amanda ihr jetzt bestimmt die Meinung geigte. Wahrscheinlich schimpfte sie gehörig, weil Lizzie den Nerv besaß, sie so spät am Abend anzurufen und zu stören.

„Ja ... wir sind im Gefängnis ... es gab ein Missverständnis auf dem Volksfest, und ein Mann sagte, wir hätten seine Brieftasche gestohlen ... Bezirksgefängnis ... in der Innenstadt ... ja ... wir können Deke und Eloise nicht erreichen ... Ja, Kara, auch ...“

Es klang überhaupt nicht so, als würde Amanda lachen oder sie zurechtweisen. Lizzie wirkte ruhig. Als sie auflegte, schaute ich sie fragend an. „Und? Was hat sie gesagt?"

„Dass sie in einer Viertelstunde hier ist."

„Wirklich?"

„Wirklich. Siehst du? Sie ist nett."

„Nein, ist sie nicht", widersprach ich. „Sie hasst uns und will, dass wir sterben. Genauso wie unsere Eltern."

„Hier kann sie uns ja wohl schlecht umbringen, vor Gott und vor den Polizisten und vor allen Leuten."

„Und wie wollen wir wieder nach Hause kommen?"

„Wir lassen uns von ihr zum Volksfestplatz bringen. Dort suchen wir Steve und Teddy."

* * *

Amanda war tatsächlich eine Viertelstunde später beim Gefängnis. Genau, wie sie versprochen hatte. Sie regelte den ganzen Papierkram für uns und schaffte es, uns aus dem Gefängnis zu holen.

Sie sah viel sportlicher aus als damals, als wir sie auf unserer Veranda gesehen hatten. Sie trug Jeans und Tennisschuhe und einen rostfarbenen Pullover, der großartig zu meinen Haaren passen würde. Sie brach erneut in Tränen aus, als sie uns ansah.

„Ihr seid ja schon genauso groß wie ich!", rief sie mit gerührter Stimme aus. „Oh, ihr seid so schön."

Lizzie warf mir einen Blick zu, mit dem sie mir zu verstehen geben wollte, dass ich mit meiner Meinung über diese Frau völlig daneben liege.

Sie nahm uns mit in die Park Avenue und redete die ganze Zeit davon, wie gut wir aussähen und wie froh sie sei, dass wir sie angerufen hätten.

„Du kannst uns einfach wieder beim Volksfestplatz aussteigen lassen", schlug ich vor. „Wir können dort unsere Mitfahrgelegenheit suchen."

Amanda schaute mich an, als wüsste ich nicht, was ich da rede.

„Das kann ich nicht, Kara. Es ist nicht sicher für dreizehnjährige Mädchen, samstagnachts allein auf dem Volksfest herumzulaufen. Ich kann gar nicht glauben, dass eure Großeltern euch mit zwei Jungen im Auto allein hierher fahren ließen."

„Es ist nicht ganz so, dass sie uns hierher fahren *ließen*," sagte Lizzie. „Aber es hätte sie auch nicht gestört."

„Aber mich stört es. Ich kümmere mich um euch." Es lässt sich nicht leugnen: Sie klang überzeugend. Ich vermutete, dass sie das auf der ganzen Fahrt hierher eingeübt hatte. „Ich fahre euch nach Hause. Dann spreche ich mit euren Großeltern und sage ihnen, was ich von der Aufsicht halte, die sie euch zuteil werden lassen."

„Hey, wir sind dreizehn. Okay?" Für wen hielt sie sich eigentlich, dass sie über uns bestimmen wollte, als wären wir kleine Mädchen, die einen Babysitter brauchen?

„Sie sollten sich besser um euch kümmern. Ihr hättet auf der Fahrt hierher bei einem Autounfall sterben können, wenn ihr mit zwei Jungen im Auto sitzt, die kaum Auto fahren können ... und wenn ihr die ganze Nacht unterwegs seid ..."

„Ich würde nichts zu Deke oder Eloise sagen, wenn ich du wäre", sagte Lizzie. „Deke könnte sein Gewehr holen."

Sie schwieg lange, während wir auf die Bundesstraße 49 bogen. „Wie behandeln sie euch? Tun sie euch weh?"

„Sie sind in Ordnung", gab ich zur Antwort.

„Aber Deke ... tut er ... irgendetwas ... das sich nicht gehört?"

Lizzie warf mir einen fragenden Blick zu, der verriet, dass sie diese Frage genauso wenig verstand wie ich. „Was meinst du mit *etwas, das sich nicht gehört?*"

Amanda schluckte und sah unglücklich aus. Aber die Frage musste ihr sehr wichtig sein, denn sie ließ nicht locker. „Ich meine ... behandeln sie euch anständig?"

„Ja, es geht schon", nickte Lizzie.

„Ich könnte euch zu mir nehmen, wenn ihr dort nicht sicher seid", sagte sie. „Das wäre zwar etwas kompliziert, weil es leider einen Gerichtsbeschluss gibt, der besagt, dass ich mich von euch fern halten muss. Aber wenn wir beweisen könnten, dass ihr gefährdet seid oder dass euer Großvater euch in irgendeiner Weise missbraucht ..."

Ich dachte an die Kleiderschränke, aber wir waren schon eine ganze Weile nicht mehr in den Schrank gesperrt worden. Deke schaute uns manchmal mit einem lüsternen Blick an, den Männer von Zeit zu Zeit haben, und wurde ganz nett und freundlich und redete mit einer süßen Stimme mit uns, die wir früher nie bei ihm erlebt hatten. Wenn er nachts in unser Zimmer kam, uns die Beine streichelte und so redete, drehte sich mir immer der Magen um. Aber damit konnte ich fertig werden.

Außerdem wollte ich Amanda Holbrooke bestimmt nicht in die Hand spielen. Ich dachte an das Geld und daran, dass wir es, wenn wir achtzehn wurden, zurückfordern könnten, und dass wir dann reich sein würden und sie ohne einen Cent auf der Straße sitzen würde.

Das Haus war dunkel, als wir mit Amanda in Barton ankamen. Da wir ihr nichts von irgendeinem Missbrauch erzählten, musste sie uns gehen lassen.

Lizzie blieb noch kurz im Auto sitzen. „Danke, dass du uns geholfen hast."

„Das tue ich doch gern." Amanda lächelte sie an. „Lizzie, ich meine es ernst. Ruft mich an, wenn ihr in Schwierigkeiten steckt. Jederzeit. Ich bin immer für euch da. Das meine ich so, wie ich es sage. Kara, hörst du mich? Tag und Nacht."

Ich fragte mich wieder, wie sie uns auseinander halten konnte. Ich war bereits auf halbem Weg zum Haus. Dieser große schwarze Köter, den ich hasste, kam bellend auf mich zu und sprang mit seinen schmutzigen Pfoten an mir hoch. Ich stieß ihn weg und ging zur Haustür.

Bevor ich eintrat, drehte ich mich noch einmal um und sah, dass Amanda Lizzie umarmte und ihr einen Kuss auf die Wange gab.

Ein kurzer, verrückter Anflug von Eifersucht stieg in mir auf. Ich verschwand schnell im Haus und versuchte, diese Eifersucht von mir abzuschütteln. Lizzie kam wenige Augenblicke später ins Haus.

„Siehst du? Sie ist nicht so, wie Eloise und Deke sagen."

„Sie ist *ganz genau* so, wie sie sagen!", erklärte ich. „Sie will nur, dass wir alle Vorsichtsmaßnahmen über Bord werfen."

„Wenn sie unseren Tod wollte, hätte sie uns auf dem Weg hierher leicht umbringen können."

„Nein, das hätte sie nicht können. Die Bullen hatten uns erst kurz vorher an sie übergeben. Wenn wir dann plötzlich tot wären, wüssten sie ja genau, dass sie es war. Sie wartet nur auf den richtigen Augenblick." Ich setzte mich aufs Bett und war wütend über den Verlauf dieses Abends. „Ich kann es nicht erwarten, dass wir endlich erwachsen werden und sie vor Gericht bringen."

Aber Lizzie schwieg und machte sich leise fürs Bett fertig.

24

Ich bekam Amanda erst wieder zu Gesicht, als wir fünfzehn waren. Auch wenn ich jetzt weiß, dass sie jemanden hatte, der uns oft beobachtete, Fotos von uns machte und uns aus der Ferne beschützte.

Lizzie und ich versuchten, unser Leben in vollen Zügen zu genießen, und bemerkten nichts von Amandas Fürsorge. Inzwischen hatten wir beide in der Raststätte einen Job angenommen, wo wir an einem einzigen Abend mehr Trinkgeld bekamen, als wir bei dem Volksfest hätten stehlen können. Ich war die Erste, die die Schule verließ, damit ich mehr arbeiten und mehr Geld verdienen konnte. Kurze Zeit später hängte Lizzie die Schule ebenfalls an den Nagel. Allein schon die Vorstellung, den ganzen Tag in der Schule sitzen und diesen barschen Lehrerinnen zuhören zu müssen, wurde uns unerträglich. Ich hatte es nicht gern, wenn die Leute auf mich herabblickten, sobald ich etwas falsch machte, und ließ mir auch nicht gern sagen, was ich zu tun hatte. Regeln und ich, das passte einfach nicht zusammen.

Deke und Eloise war es gleichgültig, ob wir die Schule verließen oder nicht. Wir waren gerade wieder sehr knapp bei Kasse, weil Deke bereits im März die gesamten Unterhaltszahlungen für dieses Jahr bei einem Würfelspiel im *Capri*-Kasino verloren hatte. Im September, als wir die Schule schmeißen wollten, brauchten sie jeden Dollar, den wir nach Hause brachten, um die Miete und die Stromrechnung bezahlen zu können. Wir lernten schnell, dass wir mit unserem Trinkgeld nicht prahlen durften. Wenn wir mit Geld ins Bett gingen, wachten wir morgens hundertprozentig ohne Geld auf. Deke stahl es und sagte, er habe es nicht genommen, oder Eloise knöpfte es uns geradeheraus ab und erklärte, wir schuldeten es ihr für all die Jahre, die sie sich um uns gekümmert habe.

So gewöhnten wir uns an, auf dem Heimweg von der Arbeit an unserem Geheimbaum vorbeizugehen und mindestens die Hälfte unseres Trinkgeldes dort zu verstecken, um es später wieder hervorholen zu können. Es war nicht so, dass wir für etwas Konkretes gespart hätten. Das Geld war meistens am Ende des Monats ausgegeben, da wir uns damit Kleidung, Kosmetiksachen oder gelegentlich eine Flasche Whiskey kauften, die unsere Freunde sich nicht leisten konnten.

In dieser Zeit entwickelte sich Deke zu einem ernsten Problem. Morgens, wenn er und Eloise nach einer Nacht im *Capri*-Kasino nach Hause zurückkehrten, kam er oft in unser Zimmer. Seine eklige Hand auf meiner Haut riss mich aus dem Schlaf. Ich roch seinen nach Alkohol stinkenden Atem und sah, wie seine Knopfaugen mich von oben bis unten musterten.

Ich schob seine Hand weg und sagte ihm, er solle mich in Ruhe lassen. Obwohl er so alt und ausgemergelt aussah, war er ziemlich kräftig, und der Alkohol machte ihn noch gemeiner, als er ohnehin schon war.

Eines Morgens, als ich ihn auf unserem Bett sitzen sah, wurde ich wütend: „Verschwinde aus unserem Zimmer, Deke!“ Ich zog mir die Decke bis ans Kinn.

Lizzie erwachte neben mir.

Dekes Hand legte sich auf meinen Arm. Ich packte seine widerliche Hand. „Wenn du mich noch einmal anrührst, schlage ich dir etwas über den Kopf.“

Er grinste. „Ich meine es doch nur gut mit dir. Das weißt du doch.“

Lizzie setzte sich im Bett auf und lehnte sich mit dem Rücken an die Wand. „Deke, wenn du nicht sofort dieses Zimmer verlässt, schreie ich nach Eloise.“

Keine von uns gab sich der Illusion hin, dass Eloise uns verteidigen würde, aber wir wussten, dass sie nicht freundlich darauf reagierte, wenn er andere Frauen anschaute.

„Hört endlich auf!“ Er erhob sich. Sein Grinsen war verschwunden. „Ich habe euch doch gesagt, dass ich es nur gut mit euch meine.“

„Du hast es noch *nie* gut mit uns gemeint“, sagte ich. „Das werden wir uns merken, wenn wir achtzehn sind und unser Geld bekommen.“

Das wirkte. Deke hielt seine Hände mit den Handflächen nach oben. „Ich gehe ja schon. Ihr habt mich ganz falsch verstanden. Ich habe es immer nur gut mit euch gemeint und mich um euch gekümmert."

Nach diesem Vorfall ließen wir uns von Steve Crawley einen abschließbaren Türknauf in unsere Tür einbauen und riegelten immer zu, wenn wir uns nachts schlafen legten. Damit konnten wir uns Deke vom Leib halten.

* * *

Zu dieser Zeit war Steve Crawley mehr oder weniger mein Freund geworden, obwohl ich hin und wieder auch mit dem einen oder anderen jungen Lastwagenfahrer, der durch die Stadt kam, ausging. Steve hatte die Schule ebenfalls geschmissen und eine Arbeit in der Papierfabrik angenommen. Er hielt sich für unwiderstehlich, weil er keinen Matsch und Hühnerdreck an den Schuhen hatte. Trotzdem stank er zum Himmel, wenn er von der Arbeit kam.

Unsere Lieblingsbeschäftigung war es, zu den Footballspielen der High School zu gehen und uns voll laufen zu lassen, einfach, um es den Lehrern dort zu zeigen. Sie hatten über uns keine Handhabe, da wir nicht Schüler dieser Schule waren. Die Feiern nach einem Auswärtsspiel boten immer eine perfekte Gelegenheit, ihnen ein Schnippchen zu schlagen. Alle waren da, freuten sich aufs Tanzen und auf die Mädchen mit ihren Federn und ihren bunten Kleidchen, die in Cabrios über das Feld fuhren und winkten, wie Lizzie es tat, wenn sie die Gleise entlangstolzierte.

Ich fragte mich, ob Lizzie traurig war, weil sie nie die Gelegenheit bekam, dort dabei zu sein, auf dieses Feld hinauszugehen und zu winken und zu hören, wie ihr Name über den Lautsprecher angesagt wurde. Wir waren beide genauso hübsch wie die Mädchen dieser Schule, und sie hätte es bestimmt geschafft.

Aber falls Lizzie wirklich so empfand, dann gab sie es nicht zu. Sie sagte, eher würde sie sterben, als so etwas zu tun. Sie sei froh, dass wir uns nicht in solchen neckischen Rüschen herausputzen und zu dem Tanz, der danach folgte, gehen müssten.

Als wir ins Stadion kamen, hatten wir bereits ein Fünftel der Wodkaflasche geleert – Lizzie und Steve und ein Kerl namens Mick ... und natürlich ich. Wir amüsierten uns großartig, verspotteten die Parade und stolzierten mit übertriebenen Gesten herum, winkten der Menge zu und lachten uns halb kaputt.

Plötzlich sahen wir sie. Amanda Holbrooke. Sie saß auf der Tribüne und beobachtete uns mit ihrem typischen Blick.

Ich packte Lizzie am Arm und forderte sie auf, unauffällig in Amandas Richtung zu schauen. Sie schwankte ein wenig von dem vielen Wodka, blickte aber zur Tribüne hinauf und sah die Frau, die uns nicht aus den Augen ließ.

„Was will sie hier?“, fragte ich.

„Ich weiß es nicht“, antwortete Lizzie. „Aber es ist unheimlich, wenn sie so dasitzt und uns nur beobachtet.“

„Komm, gehen wir.“ Ich machte mir Sorgen, dass sie zu uns kommen würde. Dann wären wir geliefert. „Crawley und einige der Jungs haben ein Hotelzimmer in der Nähe des Tanzsaals gemietet. Sie haben jede Menge zu trinken besorgt. Wir können die ganze Nacht durchfeiern.“

Lizzie warf noch einmal einen Blick zur Tribüne hinauf. „Ich denke ...“

Ich hasste es, wenn Lizzies Gedanken in die Ferne schweiften und sie ganz nachdenklich wurde und so vage Antworten gab. An jedem anderen Tag hätte sie es nicht erwarten können, in das Hotelzimmer und an die nächste Flasche Wodka zu kommen. Nicht einmal die Jungs hätten ihr den Tag verderben können, denn wir hatten gut gelernt, was nötig war, um einem Mann zu gefallen. Wir waren eben nicht prüde!

Viele Männer nutzten uns aus. Manchmal beschlossen wir einfach, sie ebenfalls auszunutzen. So war das nun einmal im Leben.

Wir brachen also ins Hotel neben dem Tanzsaal auf und feierten zum Klang der Bassgitarren von der Liveband im Ballsaal, die man bis hierher hörte. Den Schülern, die Durst bekamen und denen langweilig wurde, boten wir an, zu kommen und einen Schluck zu trinken – gegen Bezahlung, versteht sich.

Als der Tanz vorbei war, hatten wir genug Geld, um etwas Verrücktes anzustellen. Crawley nahm uns in seinem Auto mit nach Vicksburg ins *Capri*-Kasino. Wir wussten, dass Deke und Eloise dort wären, aber das störte uns nicht. Wir waren nicht alt genug, um ins Kasino hineingelassen zu werden, aber Crawley hatte sich eine Möglichkeit ausgedacht, wie er uns gefälschte Personalausweise beschaffen könnte.

Wir teilten das Geld untereinander auf und konnten es nicht erwarten, unsere Wetten abzuschließen. Lizzie und ich am Roulettetisch, Crawley und die anderen, die mitgekommen waren, am Würfeltisch. Wir gewannen ein wenig, dann verloren wir ein wenig. Ich ahnte, welchen Reiz dieses Spiel auf Deke und Eloise ausübte.

Wir wollten gerade den letzten Rest unseres Geldes als Einsatz hinlegen, als ich sie wieder erblickte. Amanda stand auf der anderen Seite des Raumes im Türrahmen. Sie trug eine Baseballkappe und eine Sonnenbrille und beobachtete uns mit ihrer typisch neugierigen Art. Offenbar wollte sie von uns nicht gesehen werden. Oder sie wollte nicht das Risiko eingehen, dass Deke oder Eloise sie erwischten.

Das Licht spiegelte sich auf ihrem Gesicht, und ich war sicher, dass es nass war. Hatte sie geweint?

Unsretwegen? Weinte sie, weil wir immer noch da waren und ihr unweigerlich ihr Vermögen wegnehmen würden, sobald wir das reife Alter von achtzehn erreichten?

Verwirrt drehte ich ihr den Rücken zu und versuchte zu vergessen, dass sie da war. Ich konzentrierte mich wieder auf das Spiel und verlor schließlich mein letztes Geld.

Als ich über die Schulter einen Blick hinter mich warf, war sie verschwunden.

25

Nicht lang nach diesem Vorfall stellte ich fest, dass ich schwanger war. Ich war nun wirklich nicht dumm und wusste, dass man aufpassen muss, aber irgendwie war es doch passiert. Es geschah in einer Nacht, als ich ein wenig betrunken war und nicht so sehr darauf achtete, auf Nummer Sicher zu gehen. Ehe ich wusste, wie mir geschah, hing ich jeden Morgen über der Kloschüssel und war die ganze Zeit müde und schlapp.

Bei Lizzie war es auch ein paar Mal nur knapp ausgegangen. Einmal dachte sie sogar, sie sei hundertprozentig schwanger. Als ich jetzt in dieser Situation war, wusste sie deshalb genau, was zu tun war. Sie hatte bereits eine Abtreibungsklinik in Jackson ausfindig gemacht und erklärte sich bereit, mich zu begleiten, wenn wir jemanden fänden, der uns zur Klinik führe.

Es ist nicht so, dass ich keine kleinen Babys mag. Ich mag sie. Ich hatte sogar den Traum, eines Tages ein oder zwei eigene Babys zu bekommen. Aber ich wollte damit warten, bis ich mindestens achtzehn war und von Amanda Holbrooke mein Geld zurückgefordert hatte und die Millionen oder Milliarden hatte, die mir zustanden. Dann, so malte ich mir aus, könnte ich einen richtig tollen Mann heiraten und meine Babys mit allem überschütten, auf das ich als Kind hatte verzichten müssen. Ich hatte die Vorstellung, an einen Ort zu ziehen, wo die Luft sauber und frisch roch, vielleicht irgendwo in den Bergen.

Ich gehöre nicht zu den Leuten, die leugnen, dass bei der Abtreibung ein Kind getötet wird. Ich habe genug Verstand, um zu wissen, dass Menschen Babys bekommen und nicht Gewebeklumpen. Dass das, was dieser Absaugschlauch aus meinem Bauch holt, der Anfang eines echten, lebenden Menschen ist.

Es war also keine leichte Entscheidung für mich. Ich kannte Frauen, die das vor mir getan hatten, Frauen, die, als sie feststellten, schwanger zu sein, so bald wie möglich nach Jackson hinabfuhren und die Sache hinter sich brachten, um noch am selben Abend wieder tanzen zu gehen. Aber so ein Typ war ich nicht.

Wir überredeten Crawley, uns zur Klinik zu fahren. Lizzie saß neben ihm in der Mitte auf der vorderen Sitzbank und hielt meine Hand. Sie fühlte mit mir, denn sie wusste, dass es keine leichte Sache für mich war. Ich hatte Missy, meine Puppe, herumgetragen, bis ich zu alt für sie war, aber ich schlief immer noch jede Nacht mit ihr. Man übt nicht sein ganzes Leben lang, sich um ein Baby zu kümmern, ohne dann darüber zu trauern, das erste Kind, das man selbst bekommen könnte, zu töten.

Während der einstündigen Fahrt lehnte ich den Kopf ans Fenster und fragte mich, was für eine Mutter ich wohl gewesen wäre, wie ich meine Tochter wohl erzogen hätte. Ich weiß nicht, warum ich dachte, es sei ein Mädchen. Wahrscheinlich weil meine Puppen alle Mädchen gewesen waren, und ich geübt hatte, sie anzukleiden und kleine Schleifen in ihre Haare zu binden. Ich konnte mir nicht wirklich vorstellen, einen Sohn zu haben.

Wie dem auch sei, ich fragte mich, was für eine Mutter ich wohl wäre. Ich war selbst ein Waisenkind, das nie die Liebe einer Mutter erfahren hatte – wenigstens konnte ich mich nicht daran erinnern. Wäre ich eine Mutter wie Eloise? Würde ich mein Kind anbrüllen, es solle aufhören zu weinen, und es dann einfach in den Kleiderschrank werfen, bis es ruhig wird? Oder würden meine mütterlichen Instinkte sich melden und mir diese Liebe schenken, mein Kind zu stillen und es in den Armen zu halten, wenn es weint?

Alles wird wieder gut, Liebes.

Es war nicht fair, dass ich ohne Mutter hatte aufwachsen müssen, und jetzt würde ich auch keine Mutter *sein*, wenigstens nicht für dieses Kind.

Ich schämte mich, als mir die Tränen über das Gesicht liefen. Ich hatte das Gefühl, da war bereits ein Mensch, den ich sehen und fühlen und riechen konnte. Aber aufgrund einiger chaotischer Umstände ließ ich ihn mir aus dem Leib reißen.

Crawley musste mich schluchzen gehört haben, denn er brummte: „Sag mal, du weinst doch nicht etwa? Es wird nicht wehtun, Kara!“

„Woher willst du das wissen?“, fauchte Lizzie ihn an. „Hast du so etwas schon einmal gemacht?“

„Natürlich nicht, aber ich weiß ...“

„Dann halt die Klappe, ja?“ Sie war normalerweise nicht so grob, aber sie machte sich große Sorgen um mich. „Und lass sie in Ruhe. Du hast bereits genug Schaden angerichtet.“

„Hey, ich fahre sie schließlich hin. Ist das denn nichts?“

„Das ist ja wohl das Mindeste, was du tun kannst“, brummte Lizzie.

„Nur weil du denkst, ich sei der Vater! Sag es ihr, Kara! Du weißt gar nicht genau, wer der Vater des Kindes ist. Habe ich nicht Recht?“

„Halt den Mund, Crawley.“ Meine Stimme war schwach und abweisend. „Fahr einfach.“

Es machte mich krank, dass er Recht hatte. Ich rechnete aus, dass wahrscheinlich er es gewesen war, aber um diese Zeit hatte ich noch mit einem anderen Mann geschlafen. Crawley wusste davon. Ich konnte also nicht mit Bestimmtheit sagen, wer der Vater war. Aber eigentlich spielte es auch keine Rolle. In ein paar Stunden wäre ohnehin alles vorbei.

Ich fragte mich, ob es dem Baby wehtun würde, wenn sie es taten ... was auch immer sie taten. Ich fragte mich, ob es um sich schlagen und weinen würde. Was machten sie mit ihm, wenn sie es aus mir herausgeholt hatten? Gab es irgendwo einen kleinen Friedhof für diese Babys? Oder packte man sie einfach in einen Müllbeutel und warf sie in den Müll?

Ich wusste, dass ich jetzt keine solchen Gedanken haben sollte. Sie machten mir meinen Entschluss nur noch schwerer.

Als wir zum Parkplatz der Klinik kamen, sah ich gegenüber von dem Gebäude eine Gruppe von Leuten hinter einem Zaun stehen. Sie hielten Bilder von abgetriebenen Babys hoch.

Ich musste den Kopf abwenden.

Wir stiegen aus dem Auto. Ich nehme an, Lizzie konnte sehen, wie viel Überwindung mich jeder Schritt kostete. Sie legte den Arm um mich. „Komm, Kara. Alles wird gut werden."

Crawley stieg aus und schaute uns über das Dach seines Autos hinweg an. „Äh ... ich glaube, ich fahre ein wenig in der Stadt spazieren. Wie lang, glaubt ihr, wird es dauern?"

Lizzie warf ihm einen vernichtenden Blick zu. „Feigling."

„Ich? Was habe ich denn getan?"

„Du solltest dieser Angelegenheit wie ein Mann ins Auge sehen und mit hineinkommen und auf sie warten, du Mistkerl! Wenn sie fertig ist, ist sie bestimmt nicht in der Verfassung, lange auf dich zu warten, damit wir wieder nach Hause fahren können."

„Dann bleibe ich eben hier im Auto sitzen", schlug er vor. „Aber mir ist echt nicht danach, mit hineinzugehen."

Ich weiß nicht, warum ich nicht mit ihm diskutierte. Ich glaube, im Grunde wollte ich gar nicht, dass er mich begleitete. Ich wollte diesen Schritt mit einem gewissen Maß an Würde hinter mich bringen. Und ich sah keine Möglichkeit, wie er mir dabei hätte helfen können.

Wir gingen den Weg zur Klinik hinauf. Diese Leute hinter dem Zaun fingen an, mir alles Mögliche zuzurufen.

„Mädchen, tu das nicht! Bring dein Baby nicht um!"

„Der Herr liebt das Kind, das du unter dem Herzen trägst. Es gibt andere Möglichkeiten."

„Du tust dir damit nur selbst weh! Du wirst darüber nie hinwegkommen!"

Lizzie schritt wie eine Schutzmauer zwischen mir und ihnen dahin und schob mich eilig in das Innere des Gebäudes. Sie meldete mich an und reichte mir die Papiere, die ich unterschreiben musste. Meine Hände zitterten so stark, dass ich kaum schreiben konnte.

Als wir die Papiere abgegeben und das Bargeld bezahlt hatten, das ich von meinem ersparten Trinkgeld mitgebracht hatte, nahm sie wieder neben mir Platz. „Was denkst du gerade?", fragte sie.

„Ich habe gerade an das viele Geld gedacht, das wir bekommen, wenn wir achtzehn werden und Amanda Holbrooke verklagen. Glaubst du, dass das hier unserem Fall schaden könnte?"

„Wie meinst du das?"

„Wenn sie herausfinden, dass ich eine Abtreibung machen ließ. Vielleicht denken sie dann, dass ich das Geld nicht verdiene. Vielleicht halten sie mich für einen furchtbaren Menschen."

Lizzie streichelte meine Hand. „Die Abtreibung wird überhaupt nicht zur Sprache kommen", beruhigte sie mich. „Sie hat nichts mit unserem Erbe zu tun."

„Aber würde es uns einen Nachteil bringen, falls es herauskäme? Würden die Geschworenen entscheiden, dass ich ein hoffnungsloser Fall bin? Eine Asoziale aus Barton, Mississippi, die mit jedem Kerl ins Bett geht? Würden sie sagen, dass ich nichts wert bin und das ganze Geld nur zum Fenster hinauswerfen würde?"

„Ich weiß nicht einmal, ob es dort Geschworene gibt", erwiderte sie. „Meinst du, dass es welche geben wird?"

„Ich weiß nicht. Aber wenn ein Richter die Entscheidung trifft, was denkt *er* von mir? Steht irgendwo in meinen Akten, was ich getan habe?"

„Nein, bestimmt nicht. Das ist ganz privat. Sie können doch nicht herumlaufen und jedem deine Akten zeigen."

Ich dachte eine Minute über ihre Worte nach. „Vielleicht hätten sie Recht. Vielleicht verdiene ich dieses Geld wirklich nicht. Vielleicht soll ich wirklich mein ganzes Leben lang bettelarm bleiben. Vielleicht bin ich auch ... einfach nur Dreck."

Lizzies Augen füllten sich mit Tränen. „Das ist nicht wahr. Das Geld, das wir bekommen, steht uns zu. Daran wird auch eine Abtreibung nichts ändern."

„Aber ich habe den Eindruck, es ist alles falsch, Lizzie. Ich habe das Gefühl, ich muss ewig in der Hölle schmoren, wenn ich diese Abtreibung durchziehe." Lizzie sagte nichts mehr. Ich wusste, dass sie tief in ihrem Inneren verstand, warum ich so dachte. „Was rede ich da eigentlich?", fragte ich flüsternd. „Ich werde wahrscheinlich sowieso in der ewigen Hölle schmoren."

Lizzie seufzte traurig. „Warum sagst du so etwas?"

„Weil ich mir jemanden wie mich an einem besseren Platz nicht vorstellen kann."

Die Tür ging auf, und die Schwester rief mich hinein. Ich stand auf, atmete tief ein und versuchte, tapfer zu sein. Ich schaute mich noch einmal nach Lizzie um. Sie sah blass und ein wenig krank aus. Es tat mir Leid, sie so allein hier stehen zu lassen. Aber ich wollte auch nicht, dass sie mit mir hineinging, selbst wenn man sie gelassen hätte. Einige Dinge muss man einfach allein durchstehen.

* * *

Kurze Zeit später kam ich wieder heraus, aber Lizzie war nicht im Wartezimmer. „Sie ist auf der Toilette", erklärte mir die Sekretärin am Empfang. „Ich glaube, sie fühlt sich nicht gut."

Als Lizzie kam, sah ihr Gesicht grau aus. Ich wusste, dass sie sich übergeben hatte. Das war diese Zwillingsgeschichte zwischen uns. Wenn eine von uns litt, fühlte die andere den Schmerz ebenfalls.

Lizzie begleitete mich zurück zum Auto. Ich konnte nicht mehr weinen. Ich fühlte mich leer und taub, als hätten diese Ärzte einen Fehler begangen und nicht mein Baby, sondern mein Herz aus meinem Leib geschnitten.

„Liebes, bitte komm hier herüber und sprich mit uns!"

„Gott liebt dich. Er kann dir vergeben, was du getan hast!"

Ich wollte nicht zu ihnen hinübergehen und mir von ihnen sagen lassen, dass ich Abschaum sei, dass ich auf die Knie gehen und Buße tun müsse. Ich wollte nichts von Gott oder von Vergebung oder sonst irgendetwas hören. Ich wollte einfach nur so schnell wie möglich weg.

Crawley schlief im Auto. Sein Mund stand offen, Speichel klebte ihm glänzend auf der Unterlippe. Mir wurde übel, als ich ihn ansah. Wie hatte ich mich nur je von ihm anfassen lassen können?

Lizzie öffnete die Tür und stieß ihn am Arm. „Aufwachen, Crawley. Es ist vorbei."

Er blinzelte verschlafen zu mir nach oben. „Ist sie in Ordnung?" Er war zu feige, mich direkt anzusprechen.

„Es geht ihr gut." Lizzie trat zurück, um mich als Erste einsteigen zu lassen, aber ich wollte nicht in seiner Nähe sein. Ich wollte in niemandes Nähe sein. Deshalb kletterte ich auf den Rücksitz und schob einen Mantel und zwei stinkende Hemden zur Seite, die seit mindestens einem halben Jahr dort lagen. Ich wischte die Fast-Food-Tüten, die zerdrückten Bierdosen und die CDs weg, die überall auf dem Sitz und dem Boden verteilt lagen.

Womöglich würde ich mir noch eine Infektion holen, wenn ich so kurz nach meinem *Eingriff*, wie der Arzt es genannt hatte, in diesem schmutzigen Auto saß.

Ich rollte die stinkende Jacke zu einem Kissen zusammen, legte mich auf den Sitz und stellte mich während der gesamten Heimfahrt schlafend.

Etwas hatte sich in mir verändert. Ich wusste, dass die Leute mit diesen Schildern Recht hatten. Ich würde wahrscheinlich nie darüber hinwegkommen.

26

Man sagte mir, dass innerhalb von zwei Tagen alles vorbei wäre, meine Bauchkrämpfe aufhören würden und ich die ganze Abtreibung schnell wieder vergessen hätte. In der Nacht nach der Abtreibung fühlte ich mich kalt und leer. Mich quälten Alpträume: Mein Baby lag in der Mülltonne hinter der Raststätte, in der ich arbeitete. Die Leute warfen ihre Essenreste und zerbrochene Glasscherben darauf.

Dann träumte ich von der Hölle. Sie kam mir vor wie ein Ort, den ich kannte, ein Ort, an dem ich nie Ruhe fand, an dem mir aus jedem Winkel Gefahr drohte, an dem es unangenehm heiß war und es bestialisch stank, an dem ich kaum Luft zum Atmen bekam ...

Ich träumte von Geschworenen, die in einem Gerichtssaal saßen und über das ungeheuerliche Ansinnen lachten, dass ich ein Erbe bekommen wollte. Ich, eine Asoziale, ein wertloses, verbrauchtes, rothaariges Flittchen ... das versuchte, Geld aus Amanda Holbrooke herauszupressen, die so anständig und aufrichtig zu sein *schien*.

„Ihr seid so schön. Schaut euch nur an! Ich liebe euch beide."

Ich kann nicht erklären, warum zwischen den Bildern von toten Babys, der Hölle und den lachenden Geschworenen plötzlich ihr Gesicht auftauchte. Immer dann, wenn ich überhaupt nicht damit rechnete, erschien es in meinem Traum.

„Ruft mich an, wenn ihr mich braucht. Ich bin immer für euch da."

Ich sah Bilder von ihrem traurigen Gesicht auf der Tribüne im Footballstadion, ihre Tränen, als sie uns an unserem zehnten Geburtstag Geschenke brachte, ihre freundlichen Augen und wie sie gerochen hatte, als sie uns aus dem Gefängnis holte.

Dann sah ich wieder diese Geschworenen mit ihrem beißenden Spott und Hohn. Hämisch grinsende Scharfrichter, die mir verkündeten, dass ich nichts verdiene, überhaupt nichts, nur ein Leben in Barton, wohin ich gehöre ...

Schweißgebadet und am ganzen Körper zitternd wachte ich auf. Zähneklappernd zog ich die Decke um mich. Mir war eiskalt, mein Bauch schmerzte. Ich war zu schwach, um aufzustehen und mir noch eine weitere Decke zu suchen. Ich hatte so starke Krämpfe, als hätte mir jemand Fußtritte in den Magen verpasst. Ich krümmte mich vor Schmerzen. „Lizzie", stöhnte ich mühsam. „Lizzie ..."

Neben mir rührte sich etwas. Eine Sekunde später drehte sich Lizzie zu mir um. „Kara, ist alles in Ordnung?"

„K-k-k-kalt." Ich brachte das Wort kaum über die Lippen.

Sie setzte sich auf und legte die Hand auf meine Stirn. „Kara, du hast Fieber! Du glühst ja wie ein Backofen!"

„D-d-decke ..."

Lizzie verschwand. Wieder hörte ich diese Geschworenen. Sie lachten und verhöhnten mich. Ich sah Crawley mit seinen Kumpels drüben in der Raststätte sitzen und Witze darüber reißen, wie ich mich heute benommen hatte. Ich sah, wie er allen erzählte, was ich getan hatte, und sich über mich lustig machte.

Jemand hob mich aus dem Bett hoch, trug mich hinaus in die kalte Nachtluft und legte mich auf den Rücksitz eines Autos. Ich zog die Knie noch enger an meine Brust und konnte nur daran denken, dass diese Krämpfe endlich aufhören sollten.

„Alles wird gut, Liebes."

Die flüsternde Stimme kreiste in meinem Kopf und ließ mich in einen leichten, oberflächlichen Schlaf sinken.

* * *

Als ich wieder erwachte, lag ich in einem Krankenhausbett. Das erste Gesicht, das ich sah, war Amandas. Sie stand über mir. Ihr Gesicht war tränennass und besorgt. Ihre Haare waren unfrisiert, als wäre sie gerade aus dem Bett aufgestanden und hätte noch keine Zeit gehabt, sich zu bürsten.

Zuerst erschrak ich. Dann erfüllte mich eine große, schmerzliche Scham. Aus irgendeinem Grund, den ich nicht genau erklären konnte, wollte ich nicht, dass sie wüsste, was ich mit meinem Baby getan hatte.

Lizzie trat neben sie und berührte meine Stirn. „Dein Fieber ist gefallen, Kara." Die Erleichterung war ihr trotz ihrer Müdigkeit ins Gesicht geschrieben. „Wie fühlst du dich?"

Ich versuchte, mich aufzusetzen, aber sie bedeuteten mir, liegen zu bleiben. „Was ist passiert?"

„Deine Operationswunde hat sich infiziert, und du hast starke Blutungen bekommen. Eloise und Deke waren nicht zu Hause. Deshalb holte ich Crawley und bat ihn, uns ins Krankenhaus zu bringen. Aber dann konnte ich nicht bezahlen."

Amanda berührte meine Hand. „Sie hat mich angerufen, Kara. Ich bin so froh, dass sie das getan hat. Du hättest sterben können, wenn sie dich nicht rechtzeitig versorgt hätten."

Ich seufzte. Es war so dumm von Lizzie, Amanda in diese Sache hineinzuziehen. „Ich hätte es schon irgendwie geschafft. Lizzie, wir hätten sie nicht gebraucht."

„Kara, sie wollten entweder eine Krankenversicherungskarte oder Bargeld. Ich hatte beides nicht."

„Krankenhäuser müssen Leute, die nicht genug Geld haben, trotzdem behandeln."

„Das kann schon sein. Aber ich wollte nicht wertvolle Zeit mit Papierkram verlieren. Ich wollte, dass dir so schnell wie möglich geholfen wurde."

Amandas Lippen zitterten traurig. „Kara, warum willst du mich denn nicht hier haben?"

„Ich will es einfach nicht. Ich brauche dich nicht. Ich weiß, dass wir dir in Wirklichkeit nichts bedeuten. Du willst nur verhindern, dass wir dich wegen deines kostbaren Geldes verklagen."

„Was?"

„Ich weiß alles über dich." Ich versuchte, mich wieder aufzusetzen. Ich hatte eine Infusionsnadel im Arm und einen Pulsfühler am Finger. Außerdem trug ich eines dieser furchtbaren Krankenhausnachthemden, die irgend so ein Genie erfunden hat, damit man auch noch das letzte bisschen Würde verliert, wenn man ohnehin schon am Boden ist.

Lizzie legte mir beruhigend die Hand auf die Schulter. „Amanda wollte nur sichergehen, dass es dir wieder gut geht. Sie kam sofort, als ich sie anrief, und kümmerte sich um alles. Ich habe Crawley ins *Insel Capri* geschickt, um Eloise und Deke zu holen. Sie sind immer noch nicht da."

„Überrascht dich das?" Ich fühlte mich, als wäre ich hundert Jahre alt ... Mich überraschte nichts mehr. Eloises und Dekes Egoismus schon gar nicht. Ich schob die Füße aus dem Bett und versuchte aufzustehen.

„Was hast du denn vor?"

„Auf die Toilette gehen. Dann werde ich mich anziehen und von hier verschwinden."

„Sie lassen dich noch nicht nach Hause", widersprach Lizzie. „Kara, ich nehme dich in diesem Zustand nicht mit nach Hause."

„Aber hier im *Feindes*lager bleibe ich nicht." Meine Füße berührten den kalten Boden. Meine Knie knickten unter mir fast zusammen. Ich begriff, wie schwach ich tatsächlich war, versuchte aber, es nicht zu zeigen.

„Das Feindeslager? Kara, das hier ist ein Krankenhaus!"

„*Sie* ist hier", stellte ich klar. „Sie bezahlt, und sie bestimmt, was geschieht ..." Ich riss mir das Pflaster vom Arm und zog die Infusionsnadel heraus. „Du hast wirklich Nerven! Einfach hierher zu kommen und das vor mir abzuziehen, wenn es mir ohnehin schon schlecht geht ..."

„Was vor dir abzuziehen?" Amanda führte mich zurück zum Bett. „Kara, ich will dir doch nicht wehtun. Ich will doch nur dein Bestes. Was in aller Welt haben sie dir nur über mich erzählt?"

„Dass du der schlimmste Alptraum bist. Dass du uns aus dem Weg räumen willst. Genauso wie du unseren Vater und unsere Mutter und unsere Großeltern aus dem Weg geräumt hast, damit du an ihr Geld herankommen konntest."

„Das sind unglaubliche *Lügen*!" Es war das erste Mal, dass ich sie wütend erlebte. „Davon ist absolut nichts wahr! Seit Jahren will ich nichts anderes, als mich um euch kümmern und dafür sorgen, dass es euch gut geht. Ich zähle die Tage, bis ihr achtzehn seid und endlich wieder zu mir ziehen könnt und ich euch alles geben kann, was euch gehört. Ich kümmere mich um HolCorp, die Firma eures Großvaters, und ich halte die Villa und alles, was eines Tages euch gehören wird, für euch in Ordnung ..."

Meine Hand begann an der Stelle zu bluten, an der ich die Nadel herausgezogen hatte. Ich drückte den Finger darauf und suchte meine Kleider. „Was hast du mit meinen Sachen gemacht, Lizzie? Wo sind meine Anziehsachen?"

Amanda begann zu weinen. Schließlich trat sie zur Tür. „Ich gehe. Du brauchst meinetwegen nicht von hier fortzulaufen, Kara. Ich werde mich dir nicht aufzwingen."

„Fein. Dann geh."

An der Tür blieb sie noch einmal stehen. Ihr Gesicht war schmerzverzerrt. Tränen glänzten auf ihren geröteten Wangen. „Lizzie, mach dir keine Sorgen wegen der Papiere oder wegen des Geldes. Ich habe alles geregelt."

„Ich kann selbst für mich bezahlen!", rief ich ihr trotzig nach. Aber ich wusste, dass es nicht stimmte. Selbst all das Geld, das ich im Geheimbaum gespart hatte, würde nicht reichen, um eine Krankenhausrechnung zu bezahlen.

„Das hättest du nicht tun sollen, Kara." Lizzies Stimme schwankte zwischen Zorn und Besorgnis. „Sie kam, als ich sie rief, genau wie sie es uns versprochen hat. Sie ist immer gekommen. Das, was Deke und Eloise uns über sie erzählt haben, ist einfach nicht wahr. Deke und Eloise sind nicht gekommen, aber *sie* ist gekommen."

„Bring mich nach Hause, Lizzie."

Ich hätte Lizzie gut genug kennen sollen, um zu wissen, dass ich mich lieber nicht mit ihr anlegen sollte. Sie verschränkte die Arme vor der Brust und baute sich regungslos vor mir auf. „Erst wenn der Arzt kommt und dich entlässt und dir die Antibiotika gibt, die du zu Hause brauchst. Solange das nicht der Fall ist, gehst du nirgendwohin."

Ich verschwand ins Badezimmer. Meine Kleidung lag sauber

zusammengelegt neben dem Waschbecken. Sie hatten mich in meinem Schlaf-T-Shirt und in einer weißen Leggings hierher gebracht. Ich schlüpfte hinein und fühlte mich ein wenig schwindelig. Ich verfluchte den Abtreibungsarzt, der mir das angetan hatte, und den Kerl, der mich geschwängert hatte, und Eloise und Deke, die mich aufgezogen hatten, und meinen Vater, der mich im Stich gelassen hatte, und Amanda Holbrooke ... die mich quälte.

Ich hasste alles und jeden. Es gab keinen Menschen auf der ganzen Welt, den ich in diesem Augenblick nicht hasste. Ich hasste sogar Lizzie.

Aber am allermeisten hasste ich mich selbst.

27

Bald verdrängte ich meinen Hass auf alles, das atmet, in den hintersten Winkel meines Herzens und beschloss, in dieser traurigen Welt zu überleben. Einfach das Beste daraus zu machen. Ich zählte die Tage, bis ich achtzehn wäre, mir einen Anwalt nehmen und Amanda Holbrookes Bankkonto leer räumen könnte.

Lizzie und ich arbeiteten viel und versuchten, das Geld zu sparen, das wir bräuchten, um den Anwalt zu bezahlen, wenn es so weit wäre. Nachts hingen wir mit Crawley und den anderen aus unserer Clique herum und fingen an, Drogen zu nehmen. Wenigstens brachten sie etwas Farbe in unser armseliges Leben.

Eines Nachts beschlossen Crawley und ein Kerl namens Pendergrast, mit ihren Jagdgewehren einen Spirituosenladen zu überfallen. Wegen des Nervenkitzels und weil sie Geld brauchten, um sich eine Harley zu kaufen, die der alte Judd Sargent, der Besitzer der Raststätte, zum Verkauf anbot.

Lizzie und ich sollten das Fluchtauto fahren. Wir hielten sie für völlig verrückt, zumal wir nicht einmal einen Führerschein hatten. Aber schließlich ließen wir uns doch von ihrer Begeisterung anstecken und dazu breitschlagen. Wir argumentierten, dass wir eigentlich nichts Unrechtes taten, da wir schließlich nicht selbst eine Waffe in die Hand nahmen und nicht einmal den Laden betraten, den sie überfallen wollten. Außerdem wussten wir, dass sie gewiss nicht auf jemanden *schießen* würden.

In letzter Minute wurden Caroline Harper und Milly Luckett, zwei andere Kellnerinnen aus der LKW-Raststätte, krank. Sie hatten sich eine Magen-Darm-Grippe eingefangen. Notgedrungen übernahmen Lizzie und ich ihre Schicht. Crawley und die Jungs mussten sich also andere Fahrer suchen.

Das war unser Glück! Denn sobald sie aus dem Laden kamen, wurden sie von der Polizei in Empfang genommen. Sie wurden alle verhaftet und ins Bezirksgefängnis in Yazoo gesperrt. Crawley und Pendergrast blieb nichts anderes übrig, als sich schuldig zu bekennen. Leugnen war zwecklos, denn ihre Gesichter waren auf den Überwachungsvideos im Laden deutlich zu erkennen. Jeder von ihnen bekam sieben Jahre.

Die anderen bekamen verschieden lange Strafen, je nachdem wie geschickt ihr Anwalt war.

Damit hatte sich unsere Clique in Luft aufgelöst. Lizzie und ich hatten plötzlich viel Zeit. Wir verbrachten sie damit, die Fernfahrer besser kennen zu lernen, die regelmäßig vorbeikamen. Wir malten uns aus, dass eines Tages einer von ihnen in einem glänzenden Truck, der alle anderen in den Schatten stellte, vorfahren, in die Raststätte schreiten und uns mitnehmen würde wie Richard Gere im Film Debra Winger. Er würde mich wie eine Braut, die über die Türschwelle getragen wird, auf die Arme nehmen – oder Lizzie, je nachdem, welche von uns die Geschichte erzählte – und uns hinaustragen, wo wir glücklich bis an unser Ende leben würden.

Dann, und erst dann, würden wir ihm erzählen, dass wir die Milliarden-Dollar-Babys sind, und er würde uns helfen, Amanda Holbrooke zu verklagen, bis wir das hätten, was rechtmäßig unser Eigentum war. Dann wären wir für immer glücklich, obwohl sich keine von uns vorstellen konnte, wie dieses Glück konkret aussehen sollte.

Dieser Traumprinz erschien nie in unserer Raststätte. Lizzie und ich mussten uns mit vielen anderen zufrieden geben. Je näher unser achtzehnter Geburtstag rückte, umso nervöser und unruhiger wurde ich. Eloise und Deke verbrachten viel Zeit damit, eine Strategie zu entwerfen und sie uns darzulegen: In der Woche, in der wir achtzehn würden, nähmen wir uns einen Anwalt. Wir strebten eine Klage an, aber wahrscheinlich käme es gar nicht zu einem Prozess. Amanda Holbrooke wollte diese negative Publicity bestimmt nicht. Wahrscheinlich strebte sie deshalb eine außergerichtliche Einigung an und stellte uns einen Scheck über ein paar Milliarden Dollar aus. Deke und Eloise zählten uns immer wieder auf, was sie alles für uns getan hätten, und dass wir das Geld mit ihnen teilen müssten. Außerdem waren sie gern bereit, uns zu diesem Prozess zu fahren und uns den Anwalt zu besorgen und so weiter.

Ich konnte mich nicht erinnern, dass einer von Eloises und Dekes Plänen je aufgegangen wäre. Außerdem hatte ich immer noch Mühe, meinen Hass auf diesen Mann zu unterdrücken, vor dem wir nachts unser Zimmer versperren mussten. Ich konnte mir auch nicht vorstellen, dass Eloise den nötigen Grips hatte, solch einen Plan durchzuziehen. Außerdem wollte ich ihr nicht einen Teil meines Geldes überlassen. Genauso wenig wie ich es mit Amanda teilen wollte. Paul Holbrooke war *mein* leiblicher Großvater gewesen. Amanda war nur durch die Heirat mit meinem Vater mit ihm verwandt, und Deke und Eloise hatten, soweit ich das beurteilen konnte, überhaupt keinen Anspruch auf ihn – oder auf sein Geld. Höchstens durch uns. Ich argumentierte, dass die Blutsverwandtschaft vor den Richtern und Geschworenen doch etwas bedeuten musste und Lizzie und ich schon genug gebüßt hatten. Wir verdienten unseren Anteil am Holbrookevermögen.

Genau diese Gedanken gingen mir durch den Kopf, als ich an meinem achtzehnten Geburtstag in der Raststätte eingetrocknete Eierflecken von der Theke wischte.

Plötzlich hörte ich ein schepperndes Klirren und Lizzie laut fluchen. Sie hatte einen Teller fallen gelassen. Die Scherben lagen zusammen mit den Eiern, den Kartoffeln und der Soße, die sie gerade einem Gast servieren wollte, auf dem grauen Betonboden.

Gereizt ging ich zu ihr hinüber und half ihr, den Müll wegzuwischen. „Wie ist denn das passiert?"

„Blake, dieser Arsch, hat mich gekniffen. Dabei ist mir der Teller aus der Hand gerutscht. Er hält sich für Mel Gibson und meint, ich laufe hier nur seinetwegen herum und kann es nicht erwarten, von ihm angemacht zu werden."

„Ignoriere den Kerl doch einfach."

„Ich werde ihn nicht ignorieren. Wenn er das noch einmal macht, breche ich ihm die Nase."

In diesem Augenblick wetterte Blake los. „Hier kann man ja verhungern, bis man endlich sein Frühstück bekommt!" Er war ein fetter, eingebildeter Kerl, der sich gern selbst reden hörte und die Mädchen nach Belieben herumkommandierte. „Ich will endlich mein Essen."

Lizzie warf einen Blick auf die Kartoffeln und Eier in ihrem Putztuch. Leise sagte sie zu mir: „Es wäre doch eine Schande, dieses gute Essen einfach wegzuwerfen. Er will sein Frühstück? Das kann er gern haben."

Ich konnte mir ein Grinsen nicht verkneifen. Mir gefiel es, wie Lizzie reagierte, wenn sie wütend war. „Ich bringe dir sofort dein Frühstück, Blake", flötete sie mit zuckersüßer Stimme. Schwungvoll begab sie sich in die Küche, kippte die Essenreste, die sie vom Boden aufgewischt hatte, auf einen Teller und bedeckte alles mit Rühreiern.

Ich holte den Putzlappen und folgte Lizzie aus der Küche. Sie setzte Blake den Teller vor, als wäre nichts gewesen. Gespannt wartete ich, was passieren würde, wenn er in diese leckere Mischung biss. Aber Blake bemerkte nicht sofort, dass sie ihm Abfall serviert hatte, denn am Fenster gab es plötzlich ein neugieriges Gedränge. Ich ging auch hinüber, um zu sehen, was es dort Interessantes zu sehen gäbe. Eine schwarze Limousine fuhr auf dem Parkplatz vor. Ein Chauffeur stieg aus und öffnete die Tür.

Lizzie entdeckte sie schneller als ich. „Das ist *sie!* Amanda Holbrooke."

Ich stöhnte. „Was will *sie* denn hier?"

Lizzies Augen leuchteten, als sie Amanda zuschaute, wie sie aus dem Wagen stieg. „Sie sieht aus wie ein Filmstar. Wie Fürstin Gracia Patricia oder so jemand. Mir gefällt es, wie sie sich kleidet."

„Du glaubst doch nicht, dass ich diesen Müll fresse?", brüllte Blake wütend durch den Raum. „Hier ist sogar eine Scherbe von dem zerbrochenen Teller in meinem Ei!"

Lizzie wirbelte herum. „Was hast du denn, Blake? Du hattest es so eilig, dein Frühstück zu bekommen ..."

Zornig schleuderte er den Teller über die Theke. Er landete ebenfalls klirrend auf dem Boden. Dieses Mal zerbrach der Teller jedoch nicht. Blakes Gesicht lief knallrot an. Sein Blutdruck war bestimmt so hoch, dass er jeden Augenblick einen Schlaganfall bekäme.

Lizzie bückte sich und begann erneut, den Boden sauber zu machen. Ich schnappte mir ein sauberes Geschirrtuch von einem Tablett und bückte mich, um ihr zu helfen. Trotzdem ließ ich die Eingangstür nicht aus den Augen, um nicht zu verpassen, wenn Amanda eintrat. Wahrscheinlich wusste sie, dass heute der Tag war, auf den wir alle so sehnsüchtig gewartet hatten. Der Tag, an dem wir achtzehn wurden, an dem wir alt genug waren, um sie zu verklagen und uns das ganze Geld von ihr zurückzuholen. Bestimmt hatte ihr diese Vorstellung nächtelang den Schlaf geraubt.

Ich war gespannt, was sie jetzt tun würde. Sie betrat den verrauchten Raum. Alle Köpfe drehten sich zu ihr um. Gespanntes Schweigen breitete sich aus. Nur die Schlagermusik, die aus den Lautsprechern dröhnte, lief weiter.

Die Sprechanlage unterbrach kurzzeitig die Musik. „Nummer einunddreißig, die Dusche ist frei“, krähte Belinda, unsere Kassiererin.

Ein großer, untersetzter Mann in einem schmutzigen schwarzen T-Shirt, das nur halb über seinen dicken Bauch ging, warf seine Zigarette auf den Boden, trat sie aus und stapfte zu den Waschräumen.

Lizzie war aufgestanden und hatte immer noch Blakes Teller in der Hand. Sie beobachtete Amanda mit dem gleichen Interesse wie ich.

Amanda sprach kurz mit Belinda. Die Sprechanlage knisterte erneut. „Lizzie, Kara, zur Kasse bitte.“

Lizzie warf mir einen viel sagenden Blick zu. „Sei bitte nett, Kara. Vielleicht will sie uns nur zum Geburtstag gratulieren.“

„Sie führt etwas im Schilde“, knurrte ich mit zusammengebissenen Zähnen. Aber ich folgte ihr trotzdem.

Amanda stand an der Kasse. Ganz elegant und völlig fehl am Platz in dieser Umgebung. Sie lächelte uns an, als wir auf sie zukamen. Dann legte sie Lizzie die Hände auf die Schultern und küsste sie auf die Wange. „Alles Gute zum Geburtstag, Liebes.“

Lizzie schaute mich an. Ich wurde steif, als Amanda die Hände auch auf meine Schultern legte. „Kara, du bist so schön wie immer. Ach, ihr seid beide ein herrlicher Anblick."

Ich verstand nie, wie sie Lizzie und mich auseinander halten konnte, aber sie verwechselte uns nie. Sie sprach uns immer ohne die geringste Unsicherheit mit unseren Namen an, obwohl selbst Eloise uns mindestens jedes zweite Mal verwechselte. Ich wusste, dass mein Gesicht ein bisschen runder war als Lizzies, und ich hatte ein Muttermal an der rechten Schläfe neben meinem Haaransatz. Aber das genügte den meisten Leuten, mit denen wir tagein tagaus zusammen waren, normalerweise nicht, um uns auseinander zu halten.

Amanda schien immer genau zu wissen, wen sie vor sich hatte.

„Euer Vater wäre so stolz auf euch." Ihr Mund zitterte ein wenig, als sie lächelte. „Bitte, würde es euch etwas ausmachen, wenn wir uns in mein Auto setzen, während wir miteinander reden? Ich habe Geburtstagsgeschenke für euch dabei und muss euch ein paar Dinge sagen."

Lizzies Augen wurden groß. „Natürlich nicht. Ich war noch nie in einer Limousine."

„*Ich* schon." Ich reckte das Kinn hoch. „Ich war eine Weile mit dem Chauffeur befreundet, der für das Kasino arbeitet. Eine so große Sache ist so ein Schlitten auch wieder nicht."

Aber ich folgte ihnen trotzdem durch die Tür, allein schon, um Blake aus dem Weg zu gehen, der stinksauer war, sein Glas leer getrunken hatte und immer noch Hunger hatte.

Neben der Autotür stand ein Chauffeur. Er wartete, bis wir eingestiegen waren. Das Wageninnere war wie ein Miniwohnzimmer. Viel schöner als das Wohnzimmer in unserem Trailer. Ich versuchte, unbeeindruckt auszusehen, aber Lizzies Augen strahlten, als sie sich umschaute und die Einrichtung und die vielen Annehmlichkeiten betrachtete.

Amanda beobachtete uns nur mit einem nervösen Lächeln. „Kann ich euch etwas zu trinken anbieten?"

„Etwas zu *trinken*?" Lizzie brachte den Mund fast nicht mehr zu. „Du hast hier auch noch eine Küche?"

Amanda beugte sich vor und öffnete einen kleinen Kühlschrank. „Ich habe Mineralwasser und alkoholfreie Getränke. Was möchtest du trinken, Lizzie?"

„Wasser bitte."

Ich bestellte eine Cola Light. Ich wusste, dass Lizzie versuchte, sie nicht auszunutzen, aber hey, ich hatte ja schließlich nicht darum gebeten, in eine Limousine steigen zu dürfen. Also konnte ich genauso gut das Beste herausholen.

Ich erwartete eine Cola in der Dose. Aber Amanda tischte ein Glas auf, füllte es mit Eis und schenkte das prickelnde Getränk ein. Sie reichte es mir.

Dann schaute sie mich lange an. Tränen glänzten in ihren Augen. „Heute ist endlich der Tag gekommen, auf den ich sehnsüchtig gewartet habe, seit ihr beide drei Jahre alt wart." Sie brach ab und schluckte schwer. „Ihr seid endlich achtzehn. Jetzt könnt ihr wohnen, wo ihr wollt, und könnt selbst über euer Leben entscheiden."

„Ja, und eine dieser Entscheidungen ist es, das einzufordern, was uns gehört", entgegnete ich angriffslustig. „Das, was du uns gestohlen hast."

Amanda sah nicht wütend aus. Sie schaute mich nur mit traurigen Augen an. „Ich weiß, dass das nicht leicht für euch ist. Ihr habt euer Leben lang sehr viele Lügen zu hören bekommen. Ich mache dir keinen Vorwurf, weil du mir nicht traust. Ich bin gekommen, um euch zu sagen, dass ihr keinen Anwalt beauftragen müsst und euch nicht länger von euren Großeltern manipulieren lassen müsst, die euch einreden, ihr müsstet mich verklagen. Ich will alles, was ich habe, mit euch teilen, ganz genauso, als hätte ich euch selbst geboren. Als ihr sehr klein wart, versprach ich eurem Vater, dass ich mich immer um euch kümmern würde. Ich habe es versucht. Ich habe versucht, euer ganzes Leben lang auf euch aufzupassen, da zu sein, wenn ihr mich brauchtet. Aber jetzt möchte ich, dass ihr zu mir zieht und als meine Töchter bei mir lebt, eure Schulausbildung abschließt, zum College geht, das Geschäft lernt ..."

Ich konnte sehen, dass Lizzie ihr alles abkaufte und glaubte, diese Frau käme tatsächlich hierher und nähme uns mit sich nach Hause und würde uns wie ihre eigenen Kinder behandeln. „Junge, Junge“, dachte ich, „sie muss uns als gefährliche Bedrohung ansehen“. Wir mussten wirklich gute Karten haben, wenn sie so weit ging, nur um uns daran zu hindern, sie zu verklagen.

„Niemand fährt einfach in einer Limousine in die Stadt und bietet einem das alles an, wenn er nicht etwas dafür haben will“, sagte ich. „Was willst du?“

„Ich will euch nur zu Hause haben. Da, wo ihr hingehört.“

„Zu Hause?“ Lizzies Miene wurde weich. „Wie meinst du das, zu Hause?“

„Ich habe ein schönes Haus in Jackson. Es ist die Villa, die euer Großvater Holbrooke bauen ließ. Ich habe euer Spielhaus aus unserem früheren Garten dorthin bringen lassen. Alles, was in eurem Zimmer war, habe ich auch aufgehoben. Außerdem habe ich alle Geschenke aufbewahrt, die ich im Laufe der Jahre für euch gekauft habe, alles, was ich für euch habe, euch aber nicht geben konnte. Alle Briefe, die ungeöffnet zurückkamen, weil Eloise und Deke sie euch nicht lesen lassen wollten.“

„Ich glaube dir nicht!“ Ich starrte sie an und versuchte, etwas Böses in ihrem Gesicht zu entdecken. „Eloise hat uns gewarnt, dass du irgend so etwas tun würdest. Sie sagte, du wärst zu allem fähig, nur um uns davon abzuhalten, dir in die Quere zu kommen. Sie sagte, du hast alle in unserer Familie wegen dieses Geldes getötet. Ich weiß nicht, wie du damit durchgekommen bist. Sie hat uns gewarnt, wir sollen uns vor dir in Acht nehmen, weil wir eine Bedrohung für dich darstellen.“

Amandas Gesicht veränderte sich. Ich konnte sehen, dass ihre Miene vor Ärger hart wurde. „Du glaubst dieser Frau, die die zehn Millionen Dollar verschleudert hat, die für dich und Lizzie bestimmt waren?“

Lizzies Kinnlade fiel nach unten. „Zehn Millionen Dollar? *Welche* zehn Millionen Dollar?“

„Deke und Eloise bekamen sie vom Gericht zugesprochen, als

sie mich verklagten, weil sie das ganze Vermögen haben wollten. Habt ihr davon nicht einmal etwas gewusst?"

Lizzie schaute mich an, aber meine Augen waren auf Amanda fixiert. „Wir wussten, dass jedes Jahr ein Scheck kam, aber wir wussten nicht, wie viel ..."

„Und warum, glaubst du, wollen sie, dass ihr mich jetzt verklagt? Sie wollen weiterhin von eurem Geld leben und euer Erbe verschleudern. Die Unterhaltszahlungen hören jetzt auf, und sie wollen natürlich nicht leer dastehen. Ohne euch beide haben sie nichts."

Ich muss zugeben, dass ihre Worte wahr *klangen*, und ich wusste ganz genau, dass Eloise und Deke zu dem fähig waren, was Amanda sagte ... aber ich war nicht sicher.

Amanda wischte sich die Augen und atmete tief ein. Sie griff in ein Fach und holte zwei eingepackte Kästchen heraus. „Wir sollten uns ein wenig beruhigen. Heute ist euer Geburtstag. Ich habe euch Geschenke mitgebracht."

Sie reichte jedem von uns ein kleines Kästchen. Sie waren in Silberpapier eingewickelt. Oben ringelten sich kleine Schleifen.

„Ich hoffe, ihr denkt jetzt nicht, dass ich mir eure Liebe erkaufen will." Ihre Stimme zitterte. „Ich will euch nur ein wenig von dem zeigen, was euch gehört. Alles, was mir gehört, gehört auch euch. Wenn ihr mit mir kommt, könnt ihr in meinem Haus wohnen. Ich kann euch eure Geschichte zeigen, euch daran erinnern, wie es war, als wir noch eine Familie waren und euer Papa noch lebte ..." Ihre Stimme brach ab. Für eine Minute hatte sie sogar mich am Wickel. „Ich habe euch so vermisst ...", flüsterte sie.

Wir starrten beide die Geschenke in unseren Händen nur an. Schließlich forderte sie uns auf: „Na los! Wollt ihr die Geschenke denn nicht auspacken?"

Lizzie riss ihres als Erste auf. Wir hatten in unserem Leben noch nicht viele Geschenke bekommen. Das letzte Geschenk, an das ich mich erinnerte, war die Puppe, die Amanda uns zum zehnten Geburtstag geschenkt hatte.

Lizzie stieß auf ein weißes Kästchen. „Komm schon, Kara. Ich will meines nicht auspacken, solange du deines nicht auch aufmachst. Wenn ich es eher auspacke, verderbe ich dir die Überraschung."

Langsam riss ich das Papier weg. Dann öffneten wir die Kästchen zur selben Zeit.

Lizzie keuchte. Ich starrte den Inhalt nur stumm an. Vor mir lag eine elegante Perlenkette, wie aus einem Museum. Eine solche Kette würde Julia Roberts zur Oscarverleihung tragen. Diese Kette konnte auf keinen Fall echt sein.

Oder doch ...?

„Diese Ketten gehörten eurer Großmutter Holbrooke", erklärte Amanda. „Der Mutter eures Vaters."

„Sie sieht furchtbar teuer aus", flüsterte Lizzie. „Kara ..."

Irgendwie brachte ich kein Wort über die Lippen.

„Die Ketten gehören euch", erklärte Amanda. „Sie sind ein Teil von eurem Erbe."

Mein Herz pochte und wollte sich nicht beruhigen. „Unser Erbe, ja? Ich dachte, das hättest du dir unter den Nagel gerissen."

„Das Gericht hat es mir zugesprochen", erklärte sie ernst. „Aber du hörst mir nicht zu, Kara. Ich habe es gerade gesagt: Was mein ist, das ist auch euer."

„Aber warum sollte es dir gehören?", fragte ich. „Wenn du zugibst, dass es mir gehören müsste, warum gibst du es mir dann nicht einfach?"

„Genau das biete ich dir doch an. Aber zu meinen Bedingungen. Ich werde euch nicht so viel Geld geben, damit ihr es einfach sinnlos verprasst. Ich möchte euch nach Hause holen, euch versorgen, euch einen guten Schulabschluss ermöglichen. Ich möchte, dass ihr eine richtige Ausbildung bekommt, und ich möchte, dass ihr lernt, verantwortlich mit dem umzugehen, was euch gehört. Aber am meisten möchte ich, dass wir eine Familie sind."

Mir gefiel dieses ganze Gerede von Schule und anständiger Ausbildung nicht. Es klang nach einem Haufen Regeln. Ich hatte die Nase voll von Regeln. „Da stimmt etwas nicht, Lizzie! Irgendwo lauert eine Schlange und wartet nur auf eine Gelegenheit, zuzuschlagen. Wir dürfen nicht darauf hereinfallen."

Doch ich konnte sehen, dass Lizzie dieser Frau bereits auf den Leim gegangen war. Treffer und versenkt! „Aber, Kara, genau davon haben wir doch immer geträumt! Wir könnten von hier fortkommen. Wir sind achtzehn. Wir können ein neues Leben beginnen!"

Plötzlich begriff ich: Wenn ich auch nur eine Minute länger in diesem Auto sitzen bliebe, würde sie mich auch einwickeln. Ich stellte das Kästchen auf den Sitz und legte die Hand auf den Türgriff. „Ich gehe."

Lizzie hielt hörbar den Atem an. „Kara, wir müssen wenigstens darüber reden!"

„Aber nicht hier." Ich stieg aus dem Auto.

Amanda ergriff meine Hand, um mich aufzuhalten. Sie packte mich nicht mit Gewalt, sondern berührte mich nur sanft. „Kara, ich will nicht, dass du gehst. Ich will dich nicht wieder verlieren. Ich habe so viele Jahre gewartet ..."

Ich drehte mich um und schaute sie einen Augenblick an. Wie gern hätte ich ihr geglaubt! Aber das Glauben fiel mir nicht leicht. „Du kannst nichts verlieren, das du nie besessen hast." Mit diesen Worten stürmte ich in die Raststätte zurück.

Blake konnte es nicht erwarten, seiner Wut endlich Luft zu machen. Da er mich für Lizzie hielt, ließ er bei mir wegen seines lausigen Frühstücks Dampf ab. Ich ließ ihn wortlos stehen, schob mich durch die Schwingtüren in die Küche und schloss mich auf der Toilette ein, bis ich mich wieder gefangen hätte.

Ich dachte daran, Eloise anzurufen und ihr zu sagen, dass sie einen Termin mit dem Anwalt vereinbaren sollte, dass ich eine Kostprobe von dem gesehen hätte, was mir gehört, und dass ich bereit sei, es einzufordern. Aber wahrscheinlich hatte sie das ohnehin schon getan. Seit Tagen sprach sie kaum von etwas anderem.

Nach einer Weile hörte ich ein Klopfen an der Tür. „Kara, ich bin es. Lass mich bitte hinein."

Seufzend öffnete ich die Tür. Lizzie huschte herein. Einen Augenblick lang lehnte sie sich schweigend an die Tür und umklammerte dieses weiße Kästchen. Ich rutschte auf das Waschbecken und betrachtete meine Fußspitzen.

„Amanda möchte, dass wir heute Abend mit ihr kommen. Sie hat mir dieses Handy gegeben.“ Lizzie zog das Telefon aus ihrer Tasche. „Sie hat ihre Nummer einprogrammiert und mir gesagt, dass wir sie anrufen sollen, wenn wir fertig sind. Wir sollen Eloise und Deke nichts davon erzählen, weil sie versuchen würden, uns aufzuhalten. Das würden sie auch bestimmt, Kara. Was sie sagt, stimmt. Sie benutzen uns nur. Wenn wir weggehen, haben sie keine Chance, etwas von dem Geld zu bekommen.“

Ich hätte weinen können. „Ich kann einfach nicht glauben, dass du ihr alles abkaufst, was sie dir erzählt.“

„Und ich kann nicht glauben, dass du es ihr nicht glaubst! Wie sehen denn unsere Alternativen aus? Wir können jeden Tag hier in der Raststätte weiterarbeiten und unser armseliges Trinkgeld vor Eloise und Deke verstecken, weil sie uns weiterhin bestehlen werden, wie sie es schon immer getan haben. Bis heute wussten wir nur nicht, wie viel sie uns geklaut haben. Oder wir können Amanda anrufen und mit ihr in dieses Auto steigen und uns von ihr nach Hause bringen lassen, wo ein neues Leben auf uns wartet. Wir haben die große Chance, endlich nicht mehr ungebildete, arme Mädchen aus Barton zu sein, sondern richtige Damen zu werden, Kara. Wir haben jemanden, der uns liebt, und der das Beste für uns will.“

„Sie will nicht, was das Beste für mich ist! Wenn sie das wollte, würde sie mir einfach einen Scheck ausstellen. Ich habe nicht gesehen, dass sie irgendeinen Scheck ausgestellt hätte.“

„Warum sollte sie, wenn wir ohnehin alles haben sollen?“

„Klar, wenn wir schön brav sind und alles tun, was sie sagt. Ich bin immer noch nicht überzeugt, ob wir nicht irgendwo einem überraschenden Unfall zum Opfer fallen, genauso wie unsere Mutter und unser Vater und unsere Großeltern.“

„Ich glaube nicht, dass sie damit irgendetwas zu tun hatte.“

Lizzies Worte klangen in meinen Ohren nach Verrat.

„*Ich* glaube, dass sie etwas damit zu tun hatte.“

Wir starrten einander lange schweigend an. Lizzie sah traurig aus. „Ich schätze, alles läuft darauf hinaus, was wir glauben, nicht wahr?“

Zum ersten Mal in unserem Leben wurde mir mit schmerzlicher Klarheit bewusst, dass Lizzie und ich nicht dasselbe Herz hatten. Wir waren verschieden, zwei eigenständige Personen mit unterschiedlichen Vorstellungen. Sie wollte mich verlassen ... und sich unserem Feind anschließen. „Du wirst gehen, nicht wahr?"

„Ich habe es vor. Kara, wir haben nichts zu verlieren."

„Nichts außer unser Leben ... oder wenigstens unsere Freiheit. Eloise hat uns gewarnt. Sie sagte ..."

„Warum sollten wir *irgendetwas* von dem glauben, was Eloise sagt? Sie hat uns unser ganzes Leben lang nichts als Lügen erzählt! Wir sind ihr *egal.* Das waren wir schon immer. Sie hat uns so oft geschlagen und in den Schrank gesperrt, Kara! Deke hätte sich an uns vergriffen, wenn wir ihn gelassen hätten! Sie haben uns beide wie Müll behandelt. Du glaubst ihnen tatsächlich mehr als Amanda Holbrooke?"

„*Sie* sind die Einzigen, die ich kenne!"

Tränen traten Lizzie in die Augen, aber sie riss sie weit auf, damit sie sich nicht Bahn brachen. Sie schaute angestrengt auf einen Fleck auf dem Betonboden. Ich rutschte vom Waschbecken und drehte mich zum Spiegel um. Von dem, was ich sah, war ich nicht gerade begeistert, aber Lizzies Aussehen gefiel mir auch nicht besser.

Als sie wieder sprach, klang ihre Stimme resigniert. „Ich bin es müde zu kämpfen, Kara. Ich bin es müde zu wissen, dass es irgendwo mehr gibt, nur nicht für uns. Ich bin es müde, immer nur davon zu träumen, dass wir eines Tages von hier fortkommen könnten. Das ist unsere Chance jetzt."

Ich drehte mich um. Die Tränen, die ich gesehen hatte, rollten jetzt über ihr Gesicht. Ich konnte mich nicht erinnern, wann ich sie das letzte Mal hatte weinen sehen. „Lizzie, du fällst auf alles herein. Reiche Damen fahren nicht einfach in glänzenden Limousinen vor und schenken uns teure Halsketten und bieten uns an, uns mit in ihre Villa zu nehmen. Das passiert einfach nicht."

„Sie sagt, dieses Vermögen habe uns von Anfang an gehört. Unser Vater hat sie geheiratet. Er muss gesehen haben, dass sie ein guter Mensch ist. Sie erzählt, dass wir früher ‚Mama' zu ihr gesagt haben."

„Jetzt halt aber mal die Luft an!" Ich schlug mit der Hand hart auf das Waschbecken. „Lizzie, glaubst du nicht, dass wir uns daran erinnern würden?"

Lizzie wischte sich eine Träne aus dem Gesicht. „Manchmal ... glaube ich, erinnere ich mich daran."

„Aber du erinnerst dich nicht wirklich. Und ich auch nicht."

„Ich gehe mit ihr, Kara."

Ich fühlte mich genauso wie an dem Tag, an dem ich mein Kind hatte abtreiben lassen. Als mir alles so wehgetan hatte, als wäre ich mit Stiefeln in den Magen getreten worden. „Das kannst du nicht", flüsterte ich.

„Doch, ich kann." Lizzie trat auf mich zu. Ihre Miene war flehend. „Ich gehe mit ihr, ob du mitkommst oder nicht."

Ich gab keine Antwort. Nach einer Weile drehte sie sich zur Tür um und öffnete sie. Sie kämpfte mit den Tränen und lehnte die Stirn an den Türrahmen. „Kara, bitte zwing mich nicht, dich zu verlassen."

Ich ging auf sie zu und wartete, bis sie den Kopf hob und mich anschaute. „Bitte geh nicht. Du hast die Wahl, Lizzie. Du kannst bleiben."

„Du hast auch die Wahl, Kara. Du kannst mitkommen."

Ich fing an zu weinen. Mir war klar, dass ich jetzt nicht in diese verrauchte Raststätte zurückgehen und arbeiten könnte, als wäre alles in bester Ordnung. Deshalb flüchtete ich durch den Hinterausgang aus der Küche und lief in den Wald. Unter meinen Füßen knackten die Zweige und raschelten die Blätter.

Ich kann nicht erklären, warum ich mich so elend fühlte. Es war, als hätte mich jemand mit einem Fleischermesser in der Mitte durchgeschnitten. Lizzie und ich waren Zwillinge. Es war immer so gewesen, als wären wir eins. Ich war nie ohne sie gewesen. Niemals.

Aber war es nicht der normale Lauf der Zeit, dass Zwillinge sich irgendwann trennten? Die eine heiratet und zieht weg, hat eine eigene Familie, eigene Kinder ... Die eine beginnt ein neues Leben.

Und die andere bleibt zurück.

Ich erreichte den alten Trailer, blieb aber noch eine Weile stumm unter den Bäumen stehen und betrachtete ihn. Diese schmutzigen Wände bargen düstere Erinnerungen an dunkle Schränke und brutale Schläge, an wüste Beschimpfungen, Demütigungen, Missbrauch und Angst.

Ich gestehe, ich war verwirrt. Ein Teil von mir wollte es Lizzie gleichtun, in dieses Auto steigen und mit ihr und Amanda Holbrooke in ein neues, schöneres Leben hineinfahren.

Aber ich war so klug, mich von Amandas Versprechungen nicht täuschen zu lassen.

Als ich um den Trailer herum zur Haustür ging und das Wohnzimmer betrat, fühlte ich mich so schwach wie an dem Tag, an dem ich mit dieser Infusionsnadel im Arm erwachte.

Eloise und Deke saßen an ihrem klebrigen Tisch und waren tief in ein Gespräch verwickelt. Zwei von Dekes Jagdhunden schlabberten zwei Dosen Thunfisch leer, die Deke auf den Boden gestellt hatte. Der Raum roch nach Dekes Hühnermist, nach Thunfisch und nach Hunden.

Mein Magen zog sich vor Übelkeit zusammen. Ich meinte, mich jeden Augenblick übergeben zu müssen. Mühsam unterdrückte ich diesen Drang und ging schnell in mein Schlafzimmer, verriegelte die Tür und legte mich hin.

Lizzie muss bis zum Ende unserer Schicht gearbeitet haben, obwohl sie plante, noch an diesem Tag die Erbin eines Vermögens zu sein, denn sie kam erst nach fünfzehn Uhr nach Hause.

Als sie eintrat, hörte ich Deke rufen, ich solle auch zu ihnen kommen. „Wir müssen mit euch reden, Mädchen. Komm her."

Mich zu Deke und Eloise zu setzen war so ziemlich das Letzte, wonach mir im Moment der Sinn stand, aber ich erhob mich trotzdem. Ich ließ mir Zeit, meine Kellnerinnenkleidung auszuziehen. Ich zog eine Jeans und ein T-Shirt an und schlüpfte in meine Schuhe, da mir der Gedanke, barfüßig auf diesem Boden zu gehen, zuwider war.

Lizzie saß bereits am Tisch. Sie schaute mich bedeutungsvoll an.

Ich wich ihrem Blick aus und verschaffte mir auf einem Sessel, der mit Zeitungen beladen war, Platz.

„Heute ist euer achtzehnter Geburtstag", verkündete Eloise, als wüssten wir das nicht selbst. „Ist das nichts?"

Lizzies Augen wurden düster. „Ja. Das ist wirklich etwas."

„Wir freuen uns für euch." Ich fragte mich, warum Deke ausgerechnet heute seine Arbeitsstiefel im Haus anlassen musste. Mir war ganz danach, ihm zu sagen, er solle sie ausziehen und auf die Veranda stellen, wohin sie gehörten. „Und jetzt ist es an der Zeit, dass ihr das bekommt, was euch gehört."

Ich spitzte die Ohren. Das war der Teil, der mich interessierte.

„Wir haben einen Termin mit einem guten Anwalt oben in Yazoo City ausgemacht. Wir haben ihm von eurem Fall erzählt. Er denkt, dass es eine einfache Sache ist."

Lizzie schob die Hand in ihre Schürzentasche. Ich wusste, dass sie dieses Handy umklammerte. „Eines möchte ich gern wissen, Deke", begann sie. „Warum ist dir unser Erbe so wichtig?"

„Also gut, ich werde dich nicht anlügen. Ehrlich gesagt, denke ich, dass wir alle zusammen in dieser Sache stecken. Wir sind eine Familie, und Familien helfen einander. Wir haben euch aufgenommen, als ihr kleine Waisenkinder wart, und wir haben uns die ganzen Jahre gut um euch gekümmert. Jetzt ist es an der Zeit, dass ihr euch auch um uns kümmert."

Lizzies Augen funkelten mich an. *Siehst du?*

Ich beachtete sie nicht. „Wann ist der Termin?"

„Heute in zwei Wochen. Ihr braucht euch keine Sorgen zu machen. Wir begleiten euch."

Lizzies Wangen röteten sich. Ich hörte, dass sie anfing, aufgebracht mit dem Fuß auf den Boden zu klopfen. „Was wäre, wenn wir sie überhaupt nicht verklagen müssten? Wenn diese Amanda Holbrooke einfach anbietet, uns das Geld zu geben?"

Deke und Eloise schauten einander fragend an. Eine Sekunde später durchbohrte uns Eloise mit einem finsteren Blick. „Hat diese Frau sich bei euch gemeldet?"

Lizzies Gesicht begann zu glühen. „Ich habe nur gesagt, dass wir vielleicht nicht darum kämpfen müssen. Vielleicht müssen wir gar kein Geld für einen Anwalt ausgeben oder lange warten oder es mit euch teilen oder überhaupt irgendetwas tun. Vielleicht brauchen wir es uns nur zu nehmen."

Eloise fuhr in die Höhe. „Du weißt mehr, als du uns sagst. Sie *hat* mit euch gesprochen? Was hat sie getan? Euch in der Raststätte angerufen?"

Ich blickte auf meine Hände hinab. Wenn ich Eloise erzählte, was geschehen war, könnte sie Lizzie vielleicht wieder zu Vernunft bringen. Ich holte tief Luft und beschloss, es zu wagen. „Wir haben heute mit ihr gesprochen, Eloise. Sie hat uns eingeladen, bei ihr zu wohnen."

Eloise sprang auf. „Ihr könnt euch doch ihre Lügen nicht anhören! Sie lebt von eurem Geld auf großem Fuß. Sie weiß, dass ihr einen Anspruch auf das Vermögen habt. Keiner weiß, wozu sie imstande ist, um euch auszutricksen! Sie rechnet mit einem Prozess, denn sie weiß, dass ihr jetzt volljährig seid. Sie wäre sogar fähig, euch umzubringen, damit ihr nichts bekommt."

„Wenn wir einen Anspruch auf dieses Geld haben, Eloise, wie kommt es dann, dass wir hier aufwachsen mussten?" Lizzies Pläne schienen ihr neuen Mut zu geben. „Amanda sagte, ihr habt für unseren Unterhalt zehn Millionen Dollar bekommen. Wo ist das Geld? Habt ihr alles verspielt?"

Deke stand so abrupt auf, dass sein Stuhl krachend zu Boden fiel. „Wir haben dieses Geld nicht alles auf einmal bekommen! Der größte Teil davon ging an die Anwälte und an das Finanzamt. Der Rest wurde in jährlichen Raten gezahlt. Aber es war nicht genug! Ihr hättet das ganze Holbrookevermögen bekommen müssen, doch dieser idiotische Richter hat es ihr zugesprochen. Wahrscheinlich hatte sie ihn bestochen!"

Lizzie stand ebenfalls auf und schaute ihm unbeeindruckt ins Gesicht. „Wie kommst du dann auf die Idee, dass das Gericht uns jetzt das Geld zusprechen würde?"

„Weil ihr jetzt erwachsen seid. Ein guter Anwalt kann die richtigen Argumente für einen Prozess finden. Wir können uns den besten Anwalt leisten, weil er ein Stück von dem Kuchen bekommt. Dieses Mal lassen wir uns auf eine außergerichtliche Abfindung ein. Sie könnte groß ausfallen."

„Genau so will ich es", nickte ich trotzig. „Ich will es zu meinen Bedingungen. Ich bin es müde, von anderen Leute abhängig zu sein."

Lizzie stand wortlos auf, verschwand in unserem Zimmer und knallte die Tür hinter sich zu.

„Geh und bring dieses Mädchen wieder zur Vernunft." So wütend wie in diesem Augenblick hatte ich Deke in nüchternem Zustand noch nie gesehen. „Du musst verhindern, dass sie jetzt alles vermasselt. Wir haben zu lange auf diese Gelegenheit gewartet."

Ich hatte absolut keine Lust, jetzt sofort mit Lizzie zu reden. Ich verließ den Trailer und spazierte zu unserem Geheimbaum. Dort setzte ich mich nieder und dachte nach, bis es allmählich dunkel wurde.

Als ich zum Trailer zurückkehrte, waren Deke und Eloise verschwunden. Ich ging in unser Schlafzimmer und sah Lizzie auf unserem Bett liegen. Sie wandte mir den Rücken zu.

„Ich bleibe dabei. Ich gehe mit Amanda", erklärte sie.

„Dann bist du verrückt."

Sie drehte sich um und schaute mich an. „Ich glaube, *du* bist verrückt."

„Du bist nur faul. Das ist alles. Du willst einfach nicht tun, was nötig ist, damit wir alles bekommen. Deshalb lässt du dich darauf ein und gibst dich mit einem kleinen Trostpreis zu ihren Bedingungen zufrieden. Aber es wird nicht viel anders sein, als es hier bei Eloise und Deke ist. Du wirst wie ein Hund sein, der die Krümel aufleckt, die sie dir zuwirft, während sie unser ganzes Erbe für sich verbraucht."

Lizzie schüttelte den Kopf. „So wird es nicht sein."

„Wie kannst du glauben, dass es so einfach sein wird, wie sie sagte? Dass wir nichts anderes zu tun brauchen, als mit ihr in den Wagen zu steigen, und schon können wir ein neues Leben beginnen?"

„Vielleicht *ist* es tatsächlich so einfach."

„Ist es *nicht*, okay?" Ich begann, mich auszuziehen, denn ich wurde wirklich müde und wollte diesen Tag einfach hinter mich bringen. Vermutlich dachte ich auch, wenn ich Lizzie dazu bringen könnte, ins Bett zu gehen, würde sie dieses Telefon in ihrer Tasche und Amanda, die irgendwo mit laufendem Motor wartete, vergessen, und wir könnten einfach einschlafen. Vielleicht hätte sie morgen vergessen, dass wir eine andere Wahl gehabt hatten.

„Ich gehe jetzt schlafen."

Lizzie schaute mich an, während ich mein T-Shirt über den Kopf zog, es auf den Boden warf und in das weite T-Shirt schlüpfte, in dem ich immer schlief.

„Wenn du aufwachst, bin ich fort." Sie stand vom Bett auf, und ich rutschte hinein.

Ich legte mich auf die Seite und drehte das Gesicht zur Wand.

„Ich habe dich lieb, Kara."

Dieser Satz machte mich wütender als alles andere, was sie in diesem Moment hätte sagen können. Ich setzte mich auf und schaute sie finster an. „Warum tust du mir dann das an?"

„Ich tue *dir* etwas an? Wie kannst du mich um diese Chance bringen wollen? Wie kannst du wollen, dass ich hier in *diesem* Loch bleibe? Wie kannst *du* nur bleiben wollen?"

„Ich werde auf *meine* Weise aus diesem Loch herauskommen! Ich kann warten, bis das Geld mir gehört. Ich brauche keine Lügen und Versprechungen. Ich will nicht, dass mir ein großer Reichtum unter die Nase gehalten wird und sich dann nur als Luftschloss erweist. Ich kann aus eigener Kraft in mein Traumschloss kommen."

Lizzie begann zu weinen. Sie setzte sich neben mich und legte die Arme um mich. Ich wurde steif wie ein Brett, aber sie ließ mich nicht los. Die Härte und Starre in meinem Körper schmolz langsam dahin. Ich legte den Kopf auf ihre Schulter und weinte wie ein kleines Baby.

„Geh nicht, Lizzie. Ich kann es nicht ertragen, dich gehen zu sehen."

„Und ich kann es nicht ertragen, dich zu verlassen."

„Ich hatte mir immer ausgemalt, dass wir miteinander weggehen, dass wir gemeinsam in einen Zug steigen und in eine bessere Zukunft davonfahren."

Lizzies Griff um meine Schultern verstärkte sich. „Genau das können wir heute Nacht tun."

„Aber wäre es nicht besser, wenn wir das Geld bekämen und damit machen könnten, was wir wollen? Dorthin gehen, wohin wir wollen, und das tun, was wir wollen?"

„Wohin würden wir gehen, Kara? Amanda bietet uns das alles an. Ich glaube, sie hat unseren Vater geliebt. Und ich glaube, dass er wollte, dass sie uns aufzieht. Ich glaube, dass sie aus der Ferne all die Jahre auf uns aufgepasst und nur darauf gewartet hat, dass wir nach Hause kommen. Ich glaube, dass sie nur unser Bestes im Sinn hat. Dass ich meine einzige Zukunft bei ihr finden kann."

Ich entzog mich ihren Armen. Müde vom Streiten legte ich mich wieder hin und zog die Knie bis zur Brust hoch. Sie saß da und blickte auf mich hinab.

„Ich werde jetzt schlafen, Lizzie. So ein Geburtstag ist ganz schön anstrengend."

„Kara, sie sagte, wir sollen sie heute Nacht anrufen, bevor Eloise und Deke Wind davon bekommen. Wenn sie zum Kasino fahren, werden sie bestimmt erfahren, dass sie hier in der Stadt ist."

„Ich werde jetzt schlafen, Lizzie."

Sie blieb sitzen und schaute mich wortlos an. Als ich mich nicht mehr zu ihr umdrehte, stand sie auf. Ich wusste nicht, ob sie sich wieder neben mich setzen oder legen würde. Wenn sie sich niederlegte, würde sie vielleicht einschlafen und Amanda würde verschwinden.

Aber ich konnte mich nicht umdrehen und mich vergewissern. Ich konnte nur hoffen, dass sie immer noch da wäre, wenn ich aufwachte.

28

Kurze Zeit später hörte ich, wie Lizzie ein paar Sachen in eine Sporttasche packte. Ich rührte mich nicht und tat so, als schliefe ich. Als sie tatsächlich aus dem Zimmer huschte, konnte ich mich jedoch nicht länger verstellen. Ich stand auf und schlüpfte schnell in meine Jeans.

Ich hörte sie im Wohnzimmer in dieses Telefon sprechen, das Amanda ihr gegeben hatte. „Hallo, Amanda? Hier ist Lizzie. Ich habe mich entschieden zu kommen.“ Ihre Stimme klang traurig und leise. Sie weinte. „Aber Kara will nicht mitkommen. Ich weiß nicht, wie ich sie überreden soll.“

Es folgte eine Pause. Ich lauschte und hoffte, Amanda würde ihr jetzt erklären, das Angebot gelte nur im Paket. Dass sie entweder uns beide oder keine von uns bei sich haben wolle.

Immerhin ergäbe das einen Sinn, wenn es ihre Absicht war, uns aus dem Weg zu räumen. Ob es nun darum ging, uns beide unter ihrer Fuchtel zu haben, wo wir sie nicht verklagen und ihr das Geld wegnehmen könnten, oder ob sie vorhatte, uns zu töten, wie sie unsere Eltern getötet hatte. Ich wusste nicht, was sie im Schilde führte, aber wenn das ihre Absicht war, würde sie logischerweise uns beide wollen. Es würde nicht funktionieren, wenn nur eine von uns kam.

Aber anscheinend hatte sie Lizzie aufgefordert, ohne mich zu kommen, denn ich hörte Lizzie sagen: „Komm lieber nicht hierher. Eloise und Deke können jeden Augenblick nach Hause kommen. Keiner weiß, wozu sie fähig sind, wenn sie dich hier sehen. Nicht weit hinter der Raststätte ist eine Tankstelle. Sie ist um diese Zeit schon geschlossen und macht erst wieder um sieben Uhr morgen früh auf. Dort warte ich auf dich. Ich brauche höchstens fünfzehn Minuten dorthin.“

Sie wollte tatsächlich gehen.

Ich stand eine Minute wie gelähmt da und fühlte mich verraten und verkauft. Ich konnte nicht glauben, dass meine Lizzie, die bis zu dieser Stunde dasselbe Leben geführt hatte wie ich, die sich mit mir durch all den Dreck unserer Vergangenheit gewühlt hatte, die immer für mich da gewesen war ... mich jetzt verließ. Die Vorstellung, dass ich auf mich allein gestellt war und ohne sie durchs Leben kommen sollte, war unerträglich.

In diesem Augenblick hasste ich Amanda Holbrooke mehr, als ich je einen anderen Menschen gehasst hatte.

Ich hörte, dass Lizzie die Haustür öffnete und auf die Veranda huschte. Meine Brust zog sich wie in einem Schraubstock zusammen. Eine Panik ergriff mich. Ich konnte sie nicht gehen lassen, ohne noch einmal mit ihr zu sprechen. Leise trat ich in die Nacht hinaus. Von der Veranda aus konnte ich sie nicht sehen, aber wenn sie zur Tankstelle wollte, müsste sie unseren Weg durch den Wald nehmen. Ich ging um das Haus herum und erspähte den schwachen Schein ihrer Taschenlampe, der sich zwischen den Bäumen bewegte.

Wir hatten Vollmond. Ein blauer Schimmer lag auf allem. Der Herbstwind war ein wenig frostig und jagte mir eine Gänsehaut über den Rücken.

Ich lief ihr nach und begann zu weinen. Anscheinend hörte sie mich kommen, denn sie blieb stehen und drehte sich um. Ich sah die Tränenspuren auf ihrem Gesicht, die verschmierte Wimperntusche unter ihren Augen, ihre rote Nase, die bläulichen Lippen.

Wir standen unter den Bäumen und starrten einander wortlos an. Minuten verstrichen.

„Du gehst wirklich?", fragte ich schließlich.

„Ich muss", erwiderte sie.

Ich hatte sie angebettelt zu bleiben, hatte ihr alle meine Argumente und meine Meinung dargelegt. Logik und Vernunft würden sie nicht umstimmen. Nichts konnte das.

Ich wischte mir mit dem Ärmel über das Gesicht und verschmierte die Tränen. „Dann begleite ich dich zur Tankstelle. Wir können uns dort voneinander verabschieden."

„Ich werde dich vermissen." Lizzie warf sich mir in die Arme und klammerte sich an mich, als sähen wir uns zum letzten Mal.

Ich erwiderte ihre Umklammerung. Mein Gesicht war schmerzverzerrt. Ich begrub es in ihren Haaren. Schließlich konnte ich meine tiefe Verzweiflung nicht länger verbergen und heulte wie ein Schlosshund.

Nach einer Weile entzog sich Lizzie meiner Umarmung. „Ich fahre mit ihr und schaue, ob es dort besser ist als hier. Wenn es wahr ist, was Amanda sagt, dann gebe ich dir Bescheid und du kannst nachkommen."

Ich schüttelte den Kopf. „Ich werde nie mit ihr gehen. Sie hat mir meine Mutter und meinen Vater gestohlen, und jetzt nimmt sie mir auch noch dich weg. Ich hasse sie, und ich will nichts mit ihr zu tun haben. Niemals."

Lizzie setzte mit der Taschenlampe in der Hand ihren Weg fort. Ich folgte ihr. Meine Beine waren so schwer wie Stahlträger; mein Herz schmerzte, als wäre es mir aus dem Leib gerissen worden. Wir stapften durch den Wald und folgten dem gewundenen Weg, den wir so gut kannten, bis die verschlafene Tankstelle in Sichtweite kam. Die Limousine bog bereits von der Hauptstraße ab, und die Scheinwerfer beleuchteten das kleine Gebäude.

Ich blieb am Waldrand stehen. Lizzie reichte mir die Taschenlampe und umarmte mich ein letztes Mal. Dann stand ich allein da, während sie auf das helle Licht zuging. Die Limousine fuhr an den Straßenrand. Amanda stieg aus dem Auto und warf die Arme um Lizzie und wiegte sie hin und her und sah ganz wie eine Mutter aus, die ihr Kind viel zu lang nicht gesehen hat.

Sie sah weder gefährlich noch bedrohlich aus. Aber ich wusste, dass das die Schlimmsten sind.

„Wo ist Kara?", hörte ich sie Lizzie fragen.

Lizzie deutete zu der Stelle, wo ich stand, aber ich trat schnell hinter die Bäume und verschwand in der Dunkelheit.

Amanda holte das Kästchen mit der Perlenkette, die sie mir geschenkt hatte, und stellte sie auf den Gehweg. „Ich weiß, dass du da bist, Kara. Ich liebe dich und ich möchte dich auch gern bei mir haben. Ich lasse deine Halskette hier liegen. Sie ist dein Geburtstagsgeschenk. Sie gehört dir."

Sie drehte sich wieder zu Lizzie um. „Gib mir bitte das Handy." Lizzie zog das Handy aus der Tasche und reichte es Amanda. Sie legte es auf das Kästchen und ging weg.

„Kara", rief sie. „Benutze dieses Telefon, wenn du uns anrufen willst. Meine Nummer ist einprogrammiert. Rufe einfach an. Wir kommen dann sofort und holen dich. Egal wann, ob bei Tag oder bei Nacht."

Ich stand stumm da und schaffte es nicht, zu antworten. Kurz darauf musste ich zusehen, wie Lizzie in diese Limousine stieg. Amanda folgte ihr.

Ich warf mir die Hände vors Gesicht und weinte bitterlich, als die Limousine langsam davonfuhr und meine Schwester mitnahm.

Mehrere Minuten lang konnte ich nicht denken, konnte mich nicht bewegen, konnte überhaupt nichts tun. Ich stand einfach da und fühlte mich wie ein verwaistes Kind, das den Weg nach Hause nicht kennt. Ich weinte lange. Herzzerreißend laut. Wenn jemand in der Nähe vorbeigegangen wäre, hätte er gedacht, ein verwundetes Tier liege sterbend am Waldrand.

Der Tod wäre eine Erleichterung für mich gewesen.

Ich stieg über den Gehweg und hatte das Gefühl, leer und ausgeblutet zu sein. Ich war kraftlos ... es war, als wären mir Bleigewichte an die Glieder gebunden worden, und ich hatte nicht die Energie, meine Füße hochzuheben. Ich ging zu dem Schmuckkästchen und dem Telefon und nahm beides mit. Dann tauchte ich wieder im Dunkel des Waldes unter.

Statt nach Hause zu gehen, bog ich von diesem dunklen Weg auf den Pfad ab, der zu unserem Geheimbaum führte. Ich klemmte mir die Taschenlampe zwischen das Kinn und die Brust und schob die Blätter zur Seite, die unsere Schätze in dem Loch im Baum verbargen. Ich steckte das Kästchen mit der Kette und das Telefon hinein.

Ich weiß nicht, warum ich das tat. Ich hatte nicht die Absicht, je wieder daran zu denken. Wenn ich unterwegs an einem Abfalleimer vorbeigekommen wäre, hätte ich die Sachen vielleicht hineingeworfen. Jetzt stopfte ich alle Schätze wieder in den Geheimbaum und bedeckte sie mit Blättern.

Inzwischen hatte ich aufgehört zu weinen. Meine Nase war verstopft, meine Augen brannten und mein Kopf schmerzte. Ich kehrte zum Trailer zurück und ging hinein. Es war totenstill.

Ich ging an Dekes und Eloises Medizinschrank und fand die Tabletten, die Deke immer schluckte, wenn er einen Kater hatte. Ich nahm zwei davon. Dann kehrte ich in mein Zimmer zurück. Ich schleuderte meine Jeans von mir und legte mich auf unser Bett. Fröstelnd zog ich die Decken bis zum Kinn. Plötzlich fühlte ich etwas, das unter der Decke gegen mein Bein drückte. Ich holte es hervor. Es war Eliza, Lizzies Puppe.

Sie hatte sie vergessen. Darüber war sie bestimmt traurig.

Ich wünschte, ich könnte hinter diesem Auto herrennen und ihr die Puppe geben, aber es war zu spät. In meiner Traurigkeit und Hilflosigkeit drückte ich die Puppe fest an mich, so wie Lizzie es getan hatte, als sie klein war und wir miteinander unsere Puppen bemutterten. Nach einer Weile wirkten die Medikamente, betäubten meinen Schmerz und ließen mich in einen leichten Schlaf fallen. Ich träumte davon, dass ich durch den Wald lief, laut nach Lizzie rief und versuchte, sie zu retten.

Aber sie antwortete nicht. Sie war bereits zu weit weg.

29

Ungefähr eine Woche, nachdem Lizzie mich verlassen hatte, brachte Judd Sargent, mein Chef in der Raststätte, mir einen Brief von ihr. Ich war überrascht, dass sie ihn mir hierher geschickt hatte, und wollte den Brief nicht vor den neugierig gaffenden Kerlen in der Raststätte lesen. Deshalb steckte ich ihn in meine Schürzentasche und wartete, bis meine Schicht zu Ende war. Dann ging ich zu unserem Geheimbaum und öffnete den Brief.

Er war auf rosa Briefpapier mit hübschen kleinen Schnörkeln an den Rändern geschrieben. Oben war der Name *Lizzie Holbrooke* in Gold eingraviert. Er verbreitete einen leichten, süßen Geruch. Nicht so, als hätte sie ihn in Parfüm getaucht oder so etwas. Es war einfach so, als läge dieser Duft in der Luft, die sie atmete.

Ich fragte mich, ob meine Briefe, die ich an sie zurückschickte, wohl nach der Hühnerfarm rochen.

Ich machte es mir auf dem Stamm unseres Geheimbaumes bequem und begann zu lesen.

Liebe Kara,
ich muss dir an die Raststätte schreiben, denn ich glaube nicht, dass du den Brief bekommen würdest, wenn ich ihn dir nach Hause schicke. Amanda erzählte mir, dass sie uns jahrelang Briefe und Geschenke schickte, aber wir haben nie etwas davon bekommen. Die Puppen – Eliza und Missy – waren von ihr. Ich verstehe nicht ganz, warum Deke und Eloise sie uns gelassen haben. Der Rest der Sachen, die sie uns schickte, wurde entweder weggeworfen oder verkauft.
Deshalb kam ich auf die Idee, es über die Raststätte zu versuchen, denn Judd dürfte keinen Grund haben, dir deine Post vorzuenthalten.
Kara, du müsstest dieses Haus hier sehen! Alles, was sie gesagt hat, ist wahr. Sie lebt in einem Haus, das fast ein Palast ist. Mein Zimmer ist eingerichtet wie aus einem Modemagazin. Überall hängen Bilder, auf denen wir noch ganz klein sind. Außerdem hat sie viele

Sachen, die unserem Papa gehörten, und ein Fotoalbum. Wir sind damals ganz oft fotografiert worden. Sie müssen jede unserer Bewegungen festgehalten haben. Stell dir nur einmal vor, wie sehr sie uns geliebt haben müssen.

Im Garten steht ein kleines Spielhaus, das sie hierher holen ließ, als sie die Villa unseres Großvaters erbte. Sie sagt, dass Papa es für uns gebaut hat. Heute saßen wir darin und blätterten in den Fotoalben. Es ist wie ein ganz anderes Leben, an das ich mich nicht erinnern kann. Aber es ist alles da, in bunten Farben. Du und ich und Papa und Amanda. Und alles ist echt. Wir sehen aus wie die glücklichste Familie der Welt.

Ich schicke dir Bilder vom Spielhaus. Die Nahaufnahme von der Wand zeigt die Seite, die wir beide gestrichen haben. Kannst du dir zwei Dreijährige mit Farbpinseln in der Hand vorstellen? Auf dem Bild kannst du sehen, wie viel wir verkleckert haben. Papa hat es so gelassen, wie es war. Ihm blieb leider nichts anderes übrig, denn er starb nur wenige Tage, nachdem wir das Haus gestrichen hatten.

Es ist seltsam, dass Amanda all die Jahre auf uns gewartet hat. Sie hat uns nie vergessen. Sie hat immer damit gerechnet, dass wir eines Tages zurückkommen. In einem Zimmer hat sie Geschenke, die sie uns zu jedem Geburtstag und zu jedem Weihnachten gekauft hat ... die Geschenke, die sie nicht abschickte. Meine Geschenke habe ich heute ausgepackt. Ich sage dir, es war herrlich. Schöner als jedes Weihnachten! Ich war völlig überwältigt. Deine Geschenke stehen immer noch da – liebevoll eingepackt – und warten auf dich.

Für dich hat sie auch ein Zimmer eingerichtet. Es hat viel Ähnlichkeit mit meinem Zimmer und ist doch anders. Ich glaube, es wird dir gefallen, falls du je kommst.

Sie will, dass ich meine Mittlere Reife mache, deshalb hat sie einen Hauslehrer engagiert, der mir helfen soll, mich auf die Prüfungen vorzubereiten. Danach kann ich ans College gehen, sagt sie. Sie sagte, ich könnte auch Tennisstunden nehmen und Auto fahren lernen, und sie wird mich in der Firma einarbeiten. Nächste Woche soll ich anfangen, nachmittags dort zu arbeiten. Akten ablegen und solche Sachen. Sie will, dass ich in den kleinen Dingen in der Firma gut

werde, damit man mir eines Tages die großen Sachen anvertrauen kann. Ich bin etwas nervös, aber sie sagt, ich werde das schon schaffen.
Es ist nicht zu spät für dich, Kara. Du kannst immer noch kommen. Sie wartet jeden Tag auf dich und hofft, dass du anrufst. Du brauchst nur eine einzige Taste auf dem Handy zu drücken.
Wenn du bald kommst, bist du schon bei der großen Begrüßungsfeier da, die Amanda in ein paar Wochen für mich gibt. Natürlich wäre es dann eine Begrüßungsfeier für uns beide. Wir waren einkaufen und haben Cocktailkleider für mich ausgesucht. Ich fühle mich wie Aschenputtel in ihrem goldenen Kleid. Du müsstest diese Kleider sehen! Außerdem kommt jeden Tag eine Frau und arbeitet mit mir daran, dass ich mir bessere Umgangsformen angewöhne. Ich will bei der Feier weder mich noch Amanda in Verlegenheit bringen. Deshalb strenge ich mich wirklich sehr an.
Ich weiß, das wird nicht leicht sein. Es wird viel Arbeit kosten, meine Ausbildung nachzuholen, denn unser Unterricht und unsere Erziehung in Barton waren ja wirklich nicht berühmt. Aber ich bin bereit, mich anzustrengen. Ich möchte ihr gefallen und will, dass sie stolz auf mich sein kann. Ich will alles machen, was sie für mich geplant hat, denn ich weiß, dass es zu meinem Besten ist.
Trotzdem ist es irgendwie seltsam, eine Erbin zu sein. Sie sagt, unser Name mache uns zur Zielscheibe für alle möglichen Angriffe. Sie hat einen Leibwächter angestellt, der mich überallhin begleitet. Gleichzeitig ist er mein Chauffeur. Kannst du dir vorstellen, wie deine Schwester in einer Limousine mit einem eigenen Chauffeur und Bodyguard durch die Gegend fährt?
Amanda treten jedes Mal Tränen in die Augen, wenn sie von dir spricht. Mir geht es nicht anders. Wir können beide nicht verstehen, warum du dich entscheiden konntest, dort zu bleiben, jeden Tag zu kämpfen, nichts zu haben, so schwer zu arbeiten und dabei von Eloise und Deke wie der letzte Dreck behandelt zu werden. Das ist nicht das Leben, das dir gut tut, Kara. Du könntest hier alles mit mir haben. Es bricht mir das Herz, dass du es ablehnst.
Warum willst du dich mit irgendeiner verrückten Klage vor Gericht abmühen, wenn dir sowieso alles gehört?

Bitte komm und schau dir wenigstens an, was du verpasst. Dann wirst du begreifen, dass dein Argwohn völlig unnötig ist. Wir warten auf dich, Kara.

Ich liebe dich,
Lizzie

Ich muss gestehen, dass ich eifersüchtig war, als ich diesen Brief das erste Mal las. Ich saß an den Baumstamm gelehnt und las die Worte immer wieder und versuchte, mir die Dinge vorzustellen, die sie beschrieb. War ich eine furchtbare Idiotin und schnitt mir mit meiner Entscheidung, in Barton zu bleiben, nur ins eigene Fleisch?

Aber was Lizzie schrieb, klang einfach zu gut, um wahr zu sein. Ich wusste aus Erfahrung, dass so etwas nie gut ausging. Es war, als ob man einen Brief mit der Post bekommt, in dem steht, dass man einen großen Gewinn gemacht hat – „Kara Holbrooke ist die Gewinnerin von zwanzig Millionen Dollar" – und wenn man das Kleingedruckte liest, erfährt man: „Falls ihr Name bei unserer Auslosung gezogen wird, bei der die Gewinnchancen vierhundert Millionen zu eins stehen." Ich vermutete, dass Amanda immer noch versuchte, Lizzie zu ködern ... oder *mich*. Dass sie es eine Weile gut aussehen lassen musste, damit ich käme. Aber irgendwann würde sie erbarmungslos zuschlagen.

Dann dachte ich an all die Sachen, die Lizzie tun musste, und ich war schon weniger eifersüchtig. Lehrer und Hauslehrer und Prüfungen und Regeln? Nein, darauf konnte ich gern verzichten. Man konnte über Eloise und Deke sagen, was man wollte, aber so viele Regeln hatte es bei ihnen nie gegeben. Ich tat im Grunde schon so lange, was ich wollte. Ich war nicht bereit, mir jetzt bei jedem Schritt sagen zu lassen: „Tu dies" und „Tu jenes nicht".

Außerdem waren es bis zu meinem Termin mit dem Anwalt nur noch ein paar Tage, und ich setzte große Hoffnungen darauf. Obwohl Eloise und Deke stinksauer auf Lizzie waren, weil sie einfach abgehauen war, strengten sie sich jetzt sehr an, um nett zu mir zu sein. Sie waren wegen dieses Termins genauso aufgeregt wie ich.

Ich faltete den Brief zusammen, steckte ihn in die Tasche und redete mir ein, dass es mir ohne Lizzie bestens ging. Fast tat *sie* mir Leid. Ich wollte gar nicht daran denken, wie niedergeschlagen sie ist, wenn sie herausfindet, dass ich die ganze Zeit Recht gehabt habe.

Wenn das geschah, kam sie zurück. Es war nur eine Frage der Zeit.

30

Man könnte sagen, ich hätte mich aus Trauer um Lizzie in Rudy Singer verknallt, aber die Wahrheit ist: Ich hätte mich so oder so in ihn verknallt. Er fiel mir auf, sobald er das erste Mal in die Raststätte kam. Das war nur wenige Tage nach dem ersten Brief von Lizzie. Er sah besser aus als alle anderen Männer aus Barton. Er sagte, er habe vor kurzem eine Stelle im Kasino in Vicksburg angetreten, habe sich jedoch entschieden, in Barton zu wohnen, weil seine Großmutter gestorben sei und ihm hier ein Haus vererbt habe.

Es war nicht so, dass ich auf jeden neuen Kerl flog, der auf der Bildfläche erschien. Neue Männer tauchten ständig in der Raststätte auf, da wir eine bekannte Haltestelle für jeden Lastwagenfahrer auf der Bundesstraße 49 waren. Oft waren sie verheiratet, was sie jedoch nicht hinderte, mir mit eindeutigen Angeboten nachzustellen. Es waren auch nicht nur die verheirateten Lastwagenfahrer, die mich anbaggerten. Selbst die verheirateten Männer aus Barton versuchten gelegentlich, mit mir ins Hinterzimmer zu verschwinden.

Manchmal ging ich mit, einfach weil ich ihre Aufmerksamkeit genoss. Außerdem kam es ganz darauf an, wann sie es versuchten. Wenn ich gerade in Stimmung war zu flirten, konnte man nicht voraussagen, was ich tun würde.

An diesem Tag hatte ich allerdings von allen die Nase voll. Aber als Rudy hereinmarschierte und wie George Clooney amüsiert grinste, verschlug es mir den Atem.

Milly Luckett erging es genauso, aber sie war verheiratet und hatte Übergewicht. Deshalb verklickerte ich ihr schnell, dass sie mir aus dem Weg gehen solle. Dieser Mann gehörte mir.

Ihm schien diese Abmachung zu gefallen, auch wenn er nichts davon wusste, denn seine Blicke verfolgten mich ab der ersten Minute.

Er bestellte ein Bier und einen Cheeseburger. Jedes Mal, wenn ich an ihm vorbeiging, berührte er etwas von mir. Einmal nahm er eine meiner Locken und zog leicht daran, als ich vorbeihuschte. Ein anderes Mal schnappte er sich die Schleife meiner Schürze und zog sie auf. Oder er nahm einfach meine Hand, wenn er noch Ketchup oder eine zweite Serviette brauchte.

Zugegeben, er hatte seine Finger überall. Aber das störte mich nicht.

„Wo kann man denn hingehen, wenn man in dieser Stadt ausgehen will?“, fragte er mich bei einer dieser Gelegenheiten.

Ich warf meine Haare über die Schultern zurück und lächelte. „Hierher, in diese Raststätte. Viel mehr gibt es nicht.“

Er verdrehte die Augen, als könnte er mein Pech kaum glauben. „Wie ist es mit Restaurants? Wohin kann ein hungriger Mann eine attraktive Frau zum Essen ausführen?“

Ich wiederholte mich nur ungern, aber ich konnte nur die Achseln zucken und sagte erneut: „Diese Raststätte hier ist so ziemlich das Einzige, was es gibt. Wenn du etwas anderes suchst, musst du nach Yazoo City oder nach Vicksburg fahren. In der Nähe der Kasinos ist viel los. Oder du fährst gleich bis nach Jackson.“

Seine Augen waren auffallend hellblau. Ich dachte, bei diesem Aussehen müsste er ein Filmstar oder so etwas sein. „Wohin laden eure Freunde euch denn ein, wenn sie mit euch ausgehen?“

„Ausgehen?“ Ich kicherte zynisch. „Die Männer hier gehen mit einem Mädchen nicht aus. Sie laden uns ein, ihnen zuzuschauen, wie sie sich an einem Vergaser in ihrer Werkstatt die Hände schmierig machen. Oder wir dürfen auf einem Dreckhügel sitzen und zusehen, wie sie sich mit ihrem Allradantrieb von oben bis unten mit Schmutz bespritzen.“

„Dann wird es aber Zeit, dass du deinen Horizont erweiterst.“

„Gerne. Was schlägst du vor?“

Er legte die Hand auf meine Hüfte und zog mich näher an sich heran. „Wann hast du Feierabend?“

Ich grinste, auch wenn ich ihm nicht zeigen wollte, wie aufgeregt ich war.

„Ich habe um Mitternacht Feierabend“, antwortete ich. „Das heißt, wenn nicht zu viel los ist. Ist dir das zu spät?“

„Für eine kleine, hübsche Rothaarige ist es nie zu spät."

Ich warf wieder die Haare über die Schultern. Ich weiß nicht, warum ich das immer wieder machte. Ich war nicht der Typ, der ständig mit seinen Haaren beschäftigt ist, aber irgendwie machte mich dieser Mann nervös. „Einverstanden. Du kannst mich um Mitternacht hier abholen. Dann zeige ich dir die Stadt."

„Ich würde auch gern diese Hügel sehen, von denen du erzählt hast, wo die Männer mit ihrem Allradantrieb angeben."

„Das werden sie aber heute Nacht bestimmt nicht mehr machen", sagte ich.

„Natürlich nicht", grinste er. „Aber das klingt nach einem schönen ruhigen Ort, wo man sich gemütlich hinsetzen und miteinander reden kann."

Alles klar! Ich hatte genug Erfahrung, um zu wissen, dass er nicht mit mir *reden* wollte. Ich trat hinter die Theke und beugte mich zu ihm vor, bis mein Gesicht ganz nahe an seinem war. „Auf diesen Hügeln ist man wirklich allein. Aber ich glaube nicht, dass ich mit einem Mann dorthin gehen will, den ich gerade erst kennen gelernt habe." Ich hatte in einer Zeitschrift gelesen, dass es den Männern gefällt, wenn Frauen sich zierten.

„Wie du willst. Dann fahren wir nach Vicksburg und gehen im Amerikstar essen. Wie klingt das?"

„Du willst wirklich Geld für mich ausgeben? Mich nicht selbst zahlen lassen oder so etwas?"

„Willst du mich beleidigen? Was für ein Mann würde eine hübsche Frau wie dich selbst zahlen lassen?"

„Fast jeder in dieser Stadt", antwortete ich. „Die meisten wollen sogar, dass ich für *sie* auch noch bezahle."

Er schaute mir ernst in die Augen, und ich dachte, wir müssten aussehen wie diese Poster von Clark Gable und Vivien Leigh. „Ich hole dich ab, und ich lade dich ein."

Ich konnte es kaum erwarten, bis ich endlich Feierabend hatte. Alles in mir jubelte vor Vorfreude, wie eine Dame behandelt zu werden. Lizzie hatte es doch nicht besser getroffen als ich! Zum ersten Mal, seit sie fort war, fühlte ich mich gut.

31

Zwei Tage später schrieb ich Lizzie einen Brief.

Liebe Lizzie,
ich weiß, dass für dich momentan alles gut aussieht, aber glaube mir: Amanda führt etwas im Schilde. Leute fahren nicht in großen Limousinen in die Stadt und wedeln jemandem mit einer Million Dollar vor der Nase herum. Außerdem klingt es für mich wie ein Gefängnis: Ständig lernen, diesen Unterricht aushalten, all die Regeln befolgen müssen. Du weißt, wie sehr ich Regeln hasse. Wenn ich das Geld bekomme, teile ich es mit dir. Dann brauchen wir auf niemanden mehr zu hören und können in unseren eigenen Limousinen spazieren fahren und unser Geld zählen, wie wir wollen.
Ich habe hier alle Freiheit, die ich will. Ich denke also, ich werde bleiben.
Ich habe einen neuen Mann kennen gelernt. Er heißt Rudy Singer. Er ist groß und sieht gut aus. Er arbeitet im Kasino, er kleidet sich vornehm und ist sehr nett. Rudy schlägt die anderen Männer hier in der Stadt um Längen. Er hat einen unvergleichlichen Charme, bei dem mir die Knie weich werden. Es ist gut, dass du nicht hier bist, denn du würdest ihn bestimmt auch haben wollen. Er scheint mich wirklich zu mögen. Du solltest sehen, wie er mich ansieht.
Er ist anders als die Männer, die ich bis jetzt kennen gelernt habe, Lizzie. Er respektiert mich, was sonst keiner tut. Es interessiert ihn, was aus mir wird. Er gibt mir immer Ratschläge, was ich tun sollte und wohin ich gehen sollte. Das gefällt mir. Das ist nicht so wie die Regeln, unter denen du stehst. Eher wie gute Vorschläge. Und es tut gut, jemanden zu haben, dem ich so wichtig bin. Vielleicht ist er der Richtige, Lizzie. Ich darf gar nicht daran denken, dass du das alles verpasst.
Pass gut auf dich auf, denn ich denke, es kann jeden Augenblick losgehen, und du wirst aufwachen und feststellen, dass Amanda doch keine so märchenhafte Stiefmutter ist. Dass Amanda in Wirklichkeit

die böse Hexe ist, die nur darauf wartet, endlich zuzuschlagen. Ich mache mir Sorgen um dich.
Wenn du irgendwann wieder zu Vernunft kommst, kannst du kommen und mich und meinen gut aussehenden Mann besuchen und die kleinen Babys, die wir miteinander haben werden. Wir werden es uns mit meinem vielen Geld gut gehen lassen und wahrscheinlich nach New York ziehen und in einem vornehmen Haus in der Stadt wohnen. Vielleicht bekomme ich eine Stelle als Model für Cosmopolitan oder so etwas. Er sieht so aus, als mache es ihm nichts aus, wenn ein Mädchen auch Karriere macht. Er kauft mir Schmuck und Kleider und zückt seine Kreditkarte, als wäre es gar nichts. Einen solchen Mann muss man einfach bewundern. Ich glaube, er ist der Richtige, Lizzie. Halte mir die Daumen.
Ich vermisse dich und wünschte, du würdest nach Hause kommen. Es ist nicht zu spät.

Ich habe dich lieb,
Kara.

Mein erster Termin beim Anwalt war ein totaler Reinfall. Er betrachtete die Situation und sagte, er glaube nicht, dass ich eine Chance hätte. Ich vermutete, das sagte er nur, weil kein Vorschuss für ihn drin war. Außerdem sahen Eloise und Deke nicht unbedingt wie Klienten aus, die ein Mann wie er gern vertreten will.

Aber Eloise vergeudete keine Zeit und vereinbarte eilig einen Termin mit einem anderen Anwalt in Vicksburg – demselben Anwalt, der sie vor fünfzehn Jahren bei ihrem Prozess gegen Amanda vertreten hatte. Sie versicherten mir, dass er der Richtige sei und dass er mit dem Fall so gut vertraut sei, dass er sofort loslegen könne.

„Warum war er dann nicht eure erste Wahl?“, fragte ich.

„Er war nicht ganz leicht zu finden.“ Deke zuckte die Achseln. „Seine Kanzlei hat zugemacht, und er hat jetzt seine eigene Kanzlei eröffnet.“ Ich erwartete, dass er in einem eleganten Büro mit Klimaanlage und Sekretärinnen und großen Bücherregalen arbeiten würde. Stattdessen hatte er sein Büro in einer kleinen Einkaufspassage zwischen *Sallys Kosmetikladen* und *River-City-Spirituosen*.

Ich folgte Eloise und Deke in das stickige Büro, das nach Zigarettenrauch und Schweiß roch. An dem mit Akten übersäten Schreibtisch im Vorzimmer saß niemand, aber im hinteren Raum konnte ich ein Telefon läuten und eine Männerstimme sprechen hören.

„Ist jemand da?", rief Deke, als wäre er gerade in das Haus eines guten alten Freundes getreten. Eine Weile später tauchte ein Mann aus dem hinteren Raum auf. Er trug einen braun karierten Blazer und eine zerknitterte Khakihose. Seine Haare sahen aus, als wäre er gerade aus einem Windkanal gekommen. In der einen Hand hielt er eine Brille und in der anderen eine Zigarette.

„Eloise, Deke!" Er schritt über den Teppich und schüttelte ihnen die Hand. „Schön, euch zu sehen. Entschuldigt, dass ich euch warten ließ. Meine Sekretärinnen haben mich sitzen lassen." Er wandte sich mit einem Lächeln an mich. „Sie müssen Kara Holbrooke sein."

„Ja." Er reichte mir die Hand. Das gab mir das Gefühl, wichtig zu sein. Die meisten Erwachsenen übersahen mich einfach oder wollten nur mit mir flirten.

„Hier drinnen ist es eklig heiß", entschuldigte er sich. „Ich habe ein paar Probleme mit der Klimaanlage. Kommt mit nach hinten. Dort können wir uns besser unterhalten." Er führte uns durch einen Flur, der mit Kisten und Akten voll gestopft war, dann in sein überfülltes Büro, das ein wenig größer war als das Vorzimmer. Er kramte einen Augenblick herum und versuchte, seine Sachen umzuräumen, um uns ein paar Stühle freizuschaufeln. Ich setzte mich auf den Stuhl, der am nächsten bei seinem Schreibtisch stand. Deke ließ sich auf den freien Stuhl neben mir plumpsen und legte die Füße auf den Schreibtisch, als wäre er hier zu Hause. Ich hoffte, dieser Anwalt hielt mich nicht auch für so ungehobelt. Ich setzte mich gerade hin, hielt die Hände auf dem Schoß und versuchte, ein wenig würdevoller auszusehen.

Enos Wright nahm auf dem Stuhl hinter dem Schreibtisch Platz. Dann beugte er sich vor und faltete die Hände unter dem Kinn. „Ich hätte nie gedacht, das ich euch jemals wiedersehen würde."

Deke stellte seine Füße jetzt doch auf den Boden und setzte sich richtig hin. Er blickte sich neugierig in dem Büro um und rieb sich die Augen. „Mit dir scheint es seit damals bergab gegangen zu sein."

Enos richtete sich auf seinem Stuhl gerade auf. „Mit dir auch, für einen Mann mit zehn Millionen Dollar."

Ich wollte schon sagen, dass diese zehn Millionen im Kasino gelandet waren, aber Enos erklärte bereits seine Situation.

„Ich hatte ein paar finanzielle Rückschläge." Er wippte auf seinem Stuhl vor und zurück. „Manchmal müssen wir unseren Lebensstandard einfach anpassen, um eine schwere Phase zu überstehen."

„Verstehe", sagte Deke.

Enos wandte mir seine Aufmerksamkeit zu. „Ihr wollt also noch einmal einen Prozess wegen des Holbrookevermögens anstreben?"

Mein Stuhl war ungefähr so bequem wie ein Granitblock. Ich überkreuzte deshalb mehrmals die Beine und nahm sie wieder auseinander. Der Schweiß lief mir unter meiner Kleidung über die Haut. „Nun, ja. Ich meine, wenn das Geld meinem Großvater gehörte und dann an meinen Vater ging, sollte es doch jetzt rechtmäßig an mich gehen."

„Aber Ihnen ist bewusst, dass dieser Fall vor vielen Jahren vor dem Nachlassgericht entschieden wurde und dass Amanda Holbrooke den Großteil des Vermögens zugesprochen bekam?"

„Das ist mir klar. Aber Eloise und Deke meinen, wir können jetzt, da ich achtzehn bin, den Fall neu aufrollen."

„Na ja, egal, ob wir das können oder nicht", überlegte er laut, „wir könnten dieser Dame wenigstens ein bisschen Angst einjagen. Sie so weit aufscheuchen, dass sie die Sache vielleicht außergerichtlich regeln will." Er warf einen Blick auf seine Akte und blätterte ein wenig darin. „Wo ist denn Ihre Schwester?"

Ich räusperte mich. „Äh ... sie wird sich an der Sache nicht beteiligen."

„Warum nicht?"

„Weil sie weggezogen ist und jetzt bei Amanda Holbrooke lebt."

Sein Stuhl knarrte, als sein Kopf hochfuhr und er mich interessiert anschaute. „Wie in aller Welt ist es denn *dazu* gekommen?"

Mir stand der Sinn absolut nicht danach, die ganze Sache noch einmal von vorne aufzurollen, aber anscheinend blieb mir nichts anderes übrig. „Amanda kam nach Barton und überredete meine Schwester, zu ihr zu ziehen, als eine Art Erbin. Aber davon ist nichts schriftlich festgehalten, verstehen Sie. Ich denke, sie versucht einfach, sich einen Prozess vom Halse zu halten. Ich bin nicht so dumm, darauf hereinzufallen."

„Gut für Sie." Enos lehnte sich wieder zurück. „Ich muss jedoch sagen, dass wir wesentlich bessere Chancen hätten, wenn Ihre Schwester Amanda Holbrooke ebenfalls verklagen würde. Aber wir können es auch ohne sie durchziehen."

Obwohl ich die feste Absicht hatte, diesen Prozess durchzuziehen, rechnete ich irgendwie gleichzeitig damit, dass alles scheitern würde, weil meine Träume eigentlich nie wahr wurden. Nervös atmete ich aus. „Wie viel, denken Sie, kann ich bekommen?"

Er legte den Kopf auf die Seite, dachte einen Augenblick nach und blätterte erneut in der Akte. „Wie viel erhoffen Sie sich?"

Ich grinste. „Alles."

Er warf den Kopf zurück und brüllte vor Lachen. „Das ist ein guter Witz." Er schaute Deke und Eloise belustigt an. „Dieses Mädchen hat Humor."

Ich wurde steif. „Was ist daran so lustig?"

„Sie bekommen nicht alles", erklärte er sachlich. „Vielleicht einen kleinen Teil des Vermögens. Fünfzig oder sechzig Millionen Dollar könnten drin sein."

So viel dazu, dass wir Amanda auf die Straße setzen könnten! Und das nach allem, was sie mir gestohlen hatte. Aber fünfzig Millionen waren auch nicht zu verachten.

„Damals, als Ihr Vater starb, wurde das Vermögen auf mehrere

Milliarden Dollar geschätzt. Inzwischen hat es sich verdoppelt, würde ich sagen. Fünfzig Millionen Dollar bezahlt Amanda Holbrooke sozusagen aus der Portokasse."

Eloise kicherte, und Deke lachte so schallend, dass er einen Hustenanfall bekam.

Ich verspürte den starken Wunsch aufzuspringen, aus dem Zimmer zu laufen und mir einen Anwalt zu suchen, der Deke und Eloise nie zu Gesicht bekommen hatte. „Was muss ich also tun?"

„Im Moment gar nichts. Überlassen Sie alles mir."

„Und wie viel wird das kosten?"

Er steckte die Zigarette wieder in seinen Mund und kritzelte etwas auf ein Blatt Papier. „Mein Honorar sind 40 Prozent, wenn der Fall abgeschlossen ist", antwortete er, ohne die Zigarette aus dem Mund zu nehmen. „Ich rechne nicht damit, dass Amanda Holbrooke vor Gericht gehen will. Das Geld könnte also bald kommen."

Ich wünschte, ich hätte die Schule zu Ende gemacht und könnte jetzt ausrechnen, wie viel Geld das war. Aber ich wusste, dass es weniger als die Hälfte war. Damit blieben mir immer noch über fünfundzwanzig Millionen Dollar. Aber da waren noch Eloise und Deke. Sie erwarteten auch einen Teil des Geldes. Und ich müsste Steuern bezahlen.

Das Geld zerrann mir zwischen den Fingern, und ich hatte es noch nicht einmal zu Gesicht bekommen.

Er klapperte auf seiner Computertastatur herum und paffte an seiner Zigarette. Einen Augenblick später erwachte der Drucker quietschend zum Leben. Ich sah zu, wie ein Blatt Papier herauskam. Enos nahm es und schob es mir über den Tisch hinweg zu.

„Wenn Sie jetzt bitte hier unterschreiben würden."

Ich warf einen kurzen Blick auf das Papier. „Was unterschreibe ich hier?"

„Hier steht nur, dass Sie mich als Ihren Anwalt beschäftigen und dass Sie bereit sind, mir 40 Prozent der Gewinnsumme zu zahlen und dass Sie mir tausend Dollar im Voraus zahlen. Sie können den Scheck gleich ausstellen ..."

„Tausend Dollar?“ Ich fuhr mit der Hand an die Stirn. „Ich habe keine tausend Dollar.“

Deke verlagerte sein Gewicht. „Jetzt warten Sie einmal! Das letzte Mal haben Sie vorher nichts von uns verlangt. Erst, als wir das Geld hatten.“

„Das letzte Mal befand ich mich in einer etwas besseren Situation als jetzt. Außerdem *dachte* ich, ich hätte einen sicheren Fall. Ihnen muss klar sein, dass dieses Vermögen nicht daliegt und nur darauf wartet, dass sich jeder daran bedient. Amanda Holbrooke ist fest in dieser Firma verankert und in dieser Villa, und dieses ganze Geld gehört ihr. Das macht diesen Fall unsicherer als damals.“

Ich beugte mich vor und versuchte, ihm zu folgen. „Aber ich dachte, Sie sagten, es wäre leicht. Ich dachte, Sie sagten soeben, wir würden uns außergerichtlich einigen und die Sache ginge schnell.“

„Ja, das wird auch so sein“, sagte er. „Aber bis dahin habe ich Ausgaben. Ich muss mein Büro unterhalten, eine Sekretärin zahlen, Briefe schreiben, Ferngespräche führen. Es gibt hunderttausend Ausgaben, von denen Sie keine Ahnung haben. Wenn ich nicht vorher schon etwas Geld habe, kann ich nichts für Sie tun.“

„Alles ist vorbei“, dachte ich. „Ich habe einen furchtbaren Fehler gemacht. Wäre ich nur mit Lizzie gegangen. Dann würde ich jetzt in einem eleganten Laura-Ashley-Zimmer in Amandas Villa sitzen oder ein Cocktailkleid kaufen gehen.“

Aber gleichzeitig müsste ich einen Haufen nutzlosen Kram lernen und in einem Büro in ihrer Firma arbeiten, wo ich wahrscheinlich nicht einmal Trinkgeld bekam, und nichts von ihrem Geld würde mir gehören.

Ich schaute Eloise und Deke an. Deke schlug sich mit der Hand aufs Knie. „Wir werden das Geld schon irgendwie auftreiben. Aber heute haben wir es nicht.“

Enos lehnte sich gereizt auf seinem Stuhl zurück, als hätten wir seine kostbare Zeit vergeudet. „Dann schlage ich Folgendes vor: Ich bringe den Papierkram ins Laufen und lasse euch zwei Wochen Zeit, um mit dem Geld zu kommen. Klingt das fair?“

Ich konnte mein Glück kaum fassen. Ich hatte schon gedacht, alles wäre vorbei. Aber jetzt würde es doch noch klappen. „Ja, das ist fair."

„Ja, sie kann das Geld schon irgendwie zusammenkratzen", sagte Deke.

Ich warf ihm einen finsteren Blick zu. *Sie* kann es zusammenkratzen? Wollte er nur von mir profitieren, ohne selbst auch etwas dazu beizusteuern?

„Wie soll sie das denn schaffen?", fragte Eloise zweifelnd.

„Ich weiß nicht." Er kratzte sich in der Armbeuge. „Aber uns wird schon etwas einfallen. Uns ist früher auch immer etwas eingefallen. Diese Sache ist zu wichtig, um sie zu vermasseln."

„Aber es gibt Anwälte, die es kostenlos machen würden." Eloise verschränkte die Arme vor der Brust und warf Enos einen hochnäsigen Blick zu. „Die erst am Schluss bezahlt werden wie letztes Mal."

Enos lächelte und begann, mit seinem Stuhl zu wippen. Er nahm die Zigarette aus dem Mund und schob seine Brille nach unten. „Gut, ich sehe, dass das ein Problem ist. Wenn ich meine Vorauszahlung halbiere, wären Sie dann damit einverstanden, Eloise?"

Sie dachte einen Augenblick nach, dann nickte sie stirnrunzelnd. „Ich denke schon."

Enos wandte sich an mich. „Könnten Sie diese Summe aufbringen?"

Es wurde von Minute zu Minute besser! Ich wusste, dass ich etwas Bargeld im Geheimbaum versteckt hatte. Ich war zwar nicht ganz sicher, wie viel es war, weil ich es früher nie ganz als mein Eigentum betrachtet hatte. Aber jetzt, da Lizzie fort war, könnte ich bestimmt ihr Geld auch haben. Wenn sie es gewollt hätte, hätte sie es schließlich mitgenommen. „Ich denke, das kann ich schaffen."

„Wie denn?", fragte Eloise neugierig.

Ich begann, den Vertrag zu unterschreiben. „Ich habe etwas gespart, Eloise. Ich wollte nicht, dass es irgendjemand verprasst. Es war mein Fluchtgeld."

Dekes Stimme war viel zu laut. „Flucht vor was?“

„Vor Barton“, erwiderte ich trocken. „Du hast doch wohl nicht geglaubt, dass ich mein ganzes Leben lang in diesem stinkenden Kaff bleiben will. Ich wollte wegziehen und woanders ein neues Leben beginnen. Aber jetzt, denke ich, kann ich das Geld für diese Sache verwenden. Und wenn ich die Abfindung bekomme, kann ich diesen Traum endlich verwirklichen.“

„Damit haben Sie vollkommen Recht.“ Enos grinste. „Bringen Sie mir also einfach den Scheck über fünfhundert Dollar vorbei, und ich bringe den Ball ins Rollen.“

Ich nickte. „Es wird ein paar Tage dauern, denn ich habe noch nicht ganz fünfhundert Dollar zusammen. Vielleicht kann ich den Rest bis zum Ende der Woche zusammenbringen.“

Er lächelte und legte beide Hände geräuschvoll auf die Tischplatte. „Dann sieht es so aus, als wäre ich Ihr Mann.“ Er stand auf und schüttelte mir erneut die Hand. Seine Hand war weich und schwammig wie von einer übergewichtigen Frau. Als wir sein Büro verließen, klopfte er Deke auf den Rücken. „Es ist mir eine Freude, wieder für euch etwas tun zu können. Dieses Mal, denke ich, werden wir alle besser abschneiden als beim letzten Mal. Miss Kara, Sie werden bald Millionärin sein. Was halten Sie davon?“

Wird auch allmählich Zeit. Das hielt ich davon.

„Stellt euch nur einmal mich als reiche Frau vor!“ Ich dachte bereits an die Dinge, die ich kaufen würde. Einen schicken roten Sportwagen, einen Nerzmantel, so viel Schmuck, wie man sich für Geld kaufen kann ...

„Was wollen Sie mit dem Geld machen?“, fragte er.

Ich blieb kurz stehen und hob den Blick zur Zimmerdecke, während ich über meine grenzenlosen Möglichkeiten nachdachte. „Ich werde nach New York ziehen und in einem eleganten Apartmenthaus wohnen. Und ich werde mir ein paar schicke Anziehsachen kaufen und jeden Abend fortgehen. Womöglich fliege ich sogar nach Europa, wenn ich mich traue, in ein Flugzeug zu steigen.“

„Das klingt gut“, lachte er. „Junge Dame, ich prophezeie Ihnen, dass Sie das alles bald tun können. Nein, Amanda Holbrooke hat noch keine Ruhe vor uns.“

Als ich an diesem Nachmittag wieder an die Arbeit in der Raststätte ging, konnte ich meine gute Nachricht kaum für mich behalten. Ich stolzierte hoch erhobenen Hauptes herum und fühlte mich, als würde ich diese grobschlächtigen, primitiven Kerle nur bedienen, weil ich das freiwillig wollte, und nicht, weil ich es musste. Aber ich durfte nicht zu stolz werden, denn ich war auf dem Weg zur Arbeit bei unserem Baum gewesen und hatte festgestellt, dass ich genau 350 Dollar besaß. Ich brauchte noch weitere 150 Dollar, bevor ich diesen Ball ins Rollen bringen konnte. Ich musste das Geld mit Trinkgeldern verdienen.

Es war schwer, zu den Gästen freundlich zu sein, um das nötige Trinkgeld zu bekommen, das ich brauchte, während ich immer noch vor Aufregung wegen der Millionen wie auf Wolken schwebte. Rudy kam ein wenig später und nahm seinen üblichen Platz an der Theke ein. „Er denkt also, sie wird dir außergerichtlich eine Abfindung zahlen?“, fragte er.

„Ja, so ist es. Er meint, sie wird mir auf der Stelle einen Scheck ausstellen, um zu verhindern, dass ich vor Gericht gehe, wo ich alles bekommen könnte.“

Rudy zog einen Kugelschreiber heraus und begann, auf seine Serviette zu schreiben. „Er will also fünfhundert Dollar und 40 Prozent? Das soll wohl ein Witz sein?“

Rudy hatte seine Arbeitskleidung aus dem Kasino an, die fast wie ein Smoking aussah. Ich konnte den Blick nicht von ihm abwenden. „Was stimmt denn daran nicht?“

„Schatz, du brauchst einem Anwalt, der dich in einem solchen Prozess vertritt, nicht fünfhundert Mäuse zahlen. Du solltest dafür überhaupt keine Ausgaben haben.“

„Er ist mir schon entgegengekommen und hat die Summe halbiert. Zuerst wollte er tausend haben.“

„Du hast ihm also schon fünfhundert *bezahlt*?“

„Nein, noch nicht. Ich habe nicht so viel Geld. Aber ich hoffe, dass ich diese Woche viel Trinkgeld bekomme. Und wenn am Freitag Zahltag ist, habe ich hoffentlich genug."

Rudy schüttelte den Kopf. „Wer ist dieser Anwalt überhaupt?"

„Enos Wright. Er hat seine Kanzlei drüben in der High-Point-Einkaufspassage in Vicksburg. Er war wirklich nett."

„Wirklich nett? Er ist wahrscheinlich nichts weiter als ein armseliger Paragraphenreiter." Rudy stand auf und ergriff meine beiden Hände. „Schatz, schau mich an."

Es verschlug mir jedes Mal die Sprache, wenn er meine Hände nahm und mich aufforderte, ihm in die Augen zu schauen. Sie waren so blau, dass ich mich manchmal fragte, ob er blaue Kontaktlinsen trug. Aber wahrscheinlich gehörte er einfach zu den glücklichen Menschen, die mit kobaltblauen Augen geboren waren.

„Es gibt Besseres für dich als einen solchen Anwalt", sagte er.

Es gefiel mir wirklich, dass er sich so um mich sorgte. Deshalb lächelte ich und legte den Kopf schief. „Wie? Mehr Geld habe ich nicht."

„Du *brauchst* kein Geld, um vor Gericht zu gehen. Ein anständiger Anwalt, der damit rechnet, dass er diesen Fall gewinnt, braucht vorher kein Geld. Wenn Wrights Kanzlei so schlecht läuft, dass er ohne dein Geld seine Ausgaben nicht bezahlen kann, ist er bestimmt nicht der richtige Mann. Wie viel will er für dich herausholen?"

„Er sagte, er würde fünfzig bis sechzig Millionen Dollar für mich herausschlagen."

Rudy legte beide Hände auf mein Gesicht und hob es hoch, dass es ganz nah vor seinem Gesicht war. „Baby, du musst noch viel lernen."

„Wie kann ich es denn lernen, Rudy? Ich kann nur das tun, was Eloise und Deke mir sagen. Wenn du eine bessere Idee hast ..."

„Ich habe viele bessere Ideen. Mädchen, du könntest dieses ganze Vermögen bekommen. Du kannst es dieser Frau, die es dir gestohlen hat und die dir deine Schwester gestohlen hat und sie die ganze Zeit belügt, einfach aus den Händen reißen. Du könntest mehrere Milliarden Dollar haben, Besitzerin eines großen Konzerns sein, Privatjets zur Verfügung haben und in dieser riesigen Villa leben."

Ich war wirklich beeindruckt, dass er sich so leidenschaftlich in meine Situation versetzte. „Warum hat mir dann Enos Wright nicht gesagt, dass ich alles haben könnte?"

„Weil er diese Sache auf dem schnellsten und leichtesten Weg über die Bühne bringen will. Wenn du alles haben willst, wird es ein wenig länger dauern, aber, Baby, es lohnt sich."

„Was soll ich denn deiner Meinung nach tun, Rudy? Sag es mir, und ich tue es."

„Ich denke, du solltest diesen Enos Wright anrufen und ihm sagen, dass er die Sache vergessen kann. Morgen fahre ich dich zu einem Freund von mir, der auch Anwalt ist. Dieser Anwalt ist wirklich spitze und hat eine gut laufende Kanzlei. Wenn irgendjemand diesen Fall gewinnen kann, dann er."

„Wirklich? Woher kennst du ihn?"

„Er hat mir vor einiger Zeit einmal aus der Klemme geholfen."

„Aus was für einer Klemme?"

Er schaute sich um, als wollte er nicht, dass ihn jemand hörte. „Nichts Großes. Mach dir deswegen keine Gedanken. Vertraue mir einfach. Auf mich kannst du dich verlassen."

Ich überlegte, wie gut es wäre, die ganze Sache ohne Eloise und Deke durchzuziehen. Wenn sie nichts damit zu tun hätten, bräuchte ich ihnen auch nichts von dem Geld zu geben. Immerhin war es *mein* Geld, und sie hatten bereits zehn Millionen meines Geldes sinnlos verschleudert.

„Einverstanden", nickte ich. „Mach einen Termin mit ihm aus. Ich will mit diesem Anwalt sprechen."

„Ich fahre dich hin. Aber um Himmels willen erzähle deinen Großeltern, diesen alten Parasiten, nichts davon. Diese zwei mickrigen Typen, die ich jede Nacht im Kasino sehe, haben keinen Anspruch auf dein Geld. Egal, was sie dir erzählen, du musst diese Sache allein durchziehen."

„Einverstanden, wenn du meinst, dass ich das kann."

„Ich *weiß*, dass du das kannst, Süße. Verlass dich nur ganz auf mich. Jetzt muss ich zur Arbeit. Ich rufe den Anwalt vom Kasino aus an und gebe dir Bescheid, wann er Zeit für dich hat."

Er küsste mich vor allen Leuten. Dann schritt er davon. Ich hatte wirklich das Gefühl, jemand zu sein. Ein *reicher* Jemand mit einem gut aussehenden Freund.

Wenn nur Lizzie mich jetzt sehen könnte.

32

Zwei Tage später fuhr Rudy mich nach Jackson, wo sich Bill Daniels' Anwaltskanzlei befand. Während der Fahrt versuchte ich, ein wenig mehr über Rudys Beziehung zu ihm herauszufinden.

„Erzähle mir ein wenig über diesen Mann", bat ich. „Bist du mit ihm zur Schule gegangen oder so etwas?"

Rudy lachte. „Nein, ganz bestimmt nicht."

„Aus was für einer Klemme hat er dir denn herausgeholfen?"

„Ich hatte ein paar Strafzettel, weil ich zu schnell gefahren war. Er war damals Pflichtverteidiger. Jetzt ist er Prozessanwalt. Du weißt doch, was das ist, oder?"

Ich hatte jede Episode der Gerichtsserie *L. A. Law* gesehen. „Ja, ich weiß, was das ist. So dumm bin ich auch wieder nicht."

Er hob den Arm und fuhr zärtlich mit der Hand über meinen Nacken und streichelte mich. Die andere Hand hatte er am Lenkrad. „Ich weiß, dass du nicht dumm bist, Baby. Du bist wahrscheinlich eine der klügsten Frauen in ganz Barton."

Das hatte noch nie jemand zu mir gesagt. Die meisten betrachteten mich einfach als Versagerin, die am Rand der Gesellschaft stand. „Magst du mich deshalb?" Ich warf kokettierend meine Haare zurück. „Weil ich so klug bin?"

Er grinste anzüglich. „Nein. Ich will dich nicht anlügen. Dein Aussehen hat mir den Kopf verdreht. Der Verstand ist nur der Zuckerguss auf dem Kuchen."

Dagegen hatte ich nichts einzuwenden.

Als wir in der Tiefgarage des Deposit Guarantee Building ankamen, war ich in richtig guter Laune und freute mich darauf, diese Sache endlich zum Laufen zu bringen.

Wir bahnten uns unseren Weg zum Aufzug aus der Tiefgarage, kamen dann auf die Straße und überquerten eine stark befahrene Straße in der Innenstadt von Jackson. Anschließend fuhren wir mit dem Aufzug nach unten, wo wir wiederum vor mehreren Aufzügen standen. Ich fragte mich, wie in aller Welt die Leute hier

Geschäfte machen konnten, wenn es so schwer war, zu ihnen zu gelangen.

Auf jeden Fall war es viel beeindruckender als die Hinterhofkanzlei, in der Enos Wright arbeitete.

Rudy führte mich zum richtigen Bürogebäude. Wir betraten einen großen Wartebereich mit einer Empfangsdame, die sehr beschäftigt war. Sie lächelte uns freundlich an, als wir eintraten. „Kann ich Ihnen helfen?"

Rudy trat an den Schreibtisch. „Würden Sie Bill Daniels bitte sagen, dass wir hier sind. Kara Holbrooke und Rudy Singer."

„Ja, Sir, natürlich." Sie nahm das Telefon und kam Rudys Bitte nach. „Sie können hier Platz nehmen."

Ich setzte mich auf das Sofa, das aussah wie aus dem Schaufenster eines Luxusgeschäfts. Rudy nahm neben mir Platz. Er legte meine Hand in seine und streichelte sie. „Du brauchst nicht nervös zu sein. Das hier wird keine Probleme geben."

„Ich bin nicht nervös", log ich.

Er lächelte. „Deine Hände zittern." Er war sensibel und spürte, wie mir zumute war. Das gefiel mir. Die meisten Männer – Crawley zum Beispiel – hätten mir das Gefühl gegeben, ich sei dumm, sobald ich auch nur ein wenig zitterte. Crawley hätte das wahrscheinlich der Empfangsdame erzählt und mich damit zu Tode blamiert. Aber Rudy schloss einfach seine Hände um meine, um mich zu beruhigen.

„Alles wird gut werden." Sein Flüstern klang warm an meinem Ohr. „Warte nur ab. Du wirst schon sehen. Und ... hast du deinen Großeltern gesagt, dass sie von dir nicht länger schmarotzen können?"

Am Abend zuvor hätte ich das beinahe getan, als sie mich drängten, ich solle endlich Enos dieses Geld bringen. Mir fiel auf, dass sie nicht versuchten, es selbst aufzubringen. Aber ich beschloss, ihnen nichts zu sagen, solange ich nicht wusste, wie die Sache ausging. „Noch nicht. Ich hielt es für besser, es eine Weile für mich zu behalten."

„Das ist auch gut. Hauptsache, du fängst nicht an, ihnen Schecks auszustellen."

Eine Tür ging auf, und ein Mann in einem maßgeschneiderten Anzug und mit einer eleganten Krawatte trat heraus und gab Rudy die Hand. „Hallo, Rudy, wie geht's?" Er war höflich, aber ich hörte trotzdem eine Distanz in seiner Stimme und bemerkte die Anspannung in seinem Gesicht. Fast hätte man meinen können, er möge Rudy nicht besonders.

„Bill, darf ich Ihnen Kara Holbrooke vorstellen?"

Bill Daniels bedachte mich mit einem langen, abschätzenden Blick. Dann reichte er mir die Hand. „Wie alt sind Sie, Kara?"

„Achtzehn."

Er nickte. „Kommen Sie bitte mit in mein Büro."

Rudy legte seine Hand auf meinen Nacken und versicherte mir, dass diese Sache gut ausgehen würde. Wir betraten das elegant eingerichtete Büro. Es sah fast so aus wie das Büro des amerikanischen Präsidenten. Wenigstens stellte ich mir das Oval Office so vor: Die Holzverkleidung war aus Kirschbaum und genau auf den Schreibtisch und die anderen Tische abgestimmt. Mehrere Lampen waren an verschiedenen Stellen im Raum verteilt. Es gab eine Sitznische mit zwei weichen Sesseln und einem Ledersofa. Ich hätte hier sehr bequem wohnen können, dachte ich. Woher hatte er nur dieses Sofa?

Bill deutete zu dieser Sitzecke und bot mir das Sofa an. Rudy setzte sich unaufgefordert neben mich.

„Also ... Rudy ..." Er nahm uns gegenüber Platz. „Wenn ich dich richtig verstanden habe, wolltest du, dass ich mit Kara spreche, weil sie Amanda Holbrooke verklagen will. Ist das richtig?"

„Genau", nickte Rudy.

Bill rieb sich die Stirn und beugte sich auf seinem Sessel leicht vor. „Kara, bei der Vorbereitung auf unser Gespräch habe ich einige Nachforschungen angestellt. Dieser Fall wurde vor ungefähr fünfzehn Jahren abgeschlossen. Die einzige Möglichkeit, ihn heute wieder aufzurollen, bestünde darin, eine andere Klage vorzubringen, die nichts mit dem Vermögen zu tun hat. So wie ich es sehe, könnten Sie, wenn Ihnen durch Amanda Holbrooke irgendein Schaden zugefügt wurde, einen Zivilprozess anstreben und eine Abfindung herausholen."

Ich richtete mich steif auf und versuchte, seinen Worten zu folgen. „Was meinen Sie mit Schaden?"

„Hat sie Ihnen irgendetwas getan, weswegen Sie sie verklagen könnten? Irgendetwas, womit wir sie vor Gericht bringen könnten?"

„Sie hat mein Geld gestohlen."

Er beugte sich vor. „Sehen Sie, genau das ist der springende Punkt. Sie hat Ihr Geld *nicht* gestohlen. Es wurde ihr vom Nachlassgericht zugesprochen. Sie wurde im Testament Ihres Vaters als seine Alleinerbin eingesetzt, und das Gericht hat dem Willen Ihres Vaters entsprochen."

„Diese Mädchen haben nicht mehr bekommen als zehn Millionen Dollar", mischte sich Rudy ein. „Und davon haben sie keinen einzigen Cent gesehen."

„Das verstehe ich", nickte Bill. „Aber darum geht es nicht. Sehen Sie, Kara, das Gericht hat Ihnen zehn Millionen Dollar zugeteilt. Praktisch gesehen könnten Sie Ihre Großeltern verklagen, weil sie das Geld verschleudert haben, aber das, was mit diesem Geld geschah, war nicht Amanda Holbrookes Schuld."

Er hatte offensichtlich keine Ahnung von Eloise und Deke. „Ich kann sie nicht verklagen! Sie *haben nichts.*"

„Das ist mir bewusst. Ich versuche nur, Ihnen zu erklären, dass Sie gegen Ihre Großeltern etwas in der Hand hätten. Aber gegen Amanda Holbrooke haben Sie nichts in der Hand."

Ich konnte nicht glauben, was ich da hörte. Hilflos schaute ich Rudy an. „Ich dachte, du sagtest, er sei auf unserer Seite."

Bill hob die Hand. „Es geht nicht darum, auf wessen Seite ich stehe. Rudy, ich wünschte, du hättest ihr erklärt, dass es meine Aufgabe ist, herauszufinden, ob wir vor Gericht eine Chance haben, zu gewinnen. So wie die Sachlage nun einmal ist, sehe ich keine Möglichkeit zu gewinnen. Ich muss es ablehnen, diesen Fall zu übernehmen."

„Sie müssen ... was?" Rudy sprang auf und schaute den Mann finster an. „Wie meinen Sie das? Sie müssen ablehnen?"

Bill erhob sich und schaute ihm unbeirrt ins Gesicht. „Ich meine es so, wie ich es sage, Rudy. Ich werde diesen Fall nicht übernehmen. Dieser Fall hat keine Chance, vor Gericht durchzukommen."

Ich hatte das Gefühl, mir würde der Boden unter den Füßen weggezogen. Die ganze Zeit hatte ich befürchtet, dass es so kommen würde. Ich dachte an Enos Wright, der mir gesagt hatte, dass ich keine Chance hätte, alles zu bekommen. Aber er dachte wenigstens, dass ich Anspruch auf einen Teil hätte. „Rudy ..."

„Mach dir keine Sorgen, Baby." Rudy sah aus, als würde er dem Anwalt jeden Augenblick die Zähne ausschlagen. „Nur weil dieser Versager den Fall nicht übernehmen will, heißt das noch lange nicht, dass es keinen anderen Anwalt gibt, der das nicht gern machen würde."

Ich stand auf. Rudy legte mir die Hand auf den Rücken und schob mich zur Tür.

„Nur noch eines, Rudy."

Rudy drehte sich um und schaute Bill wütend an. *„Was?"*

„Pass gut auf! Ein einziger falscher Schritt, und du bist schneller wieder im Gefängnis, als du glaubst. Ich weiß nicht, aus welchen Motiven du Kara helfen willst, aber ich warne dich: Sei vorsichtig!"

Ich schaute Rudy entsetzt an. „Wieder im Gefängnis? Rudy ...?"

Rudys Augen funkelten zornig. „Hey, ich mache nichts Illegales. Ich gehe wie vorgeschrieben jede Woche einmal zu meinem Bewährungshelfer. Niemand kann mir einen Strick daraus drehen, dass ich einer Freundin helfen will."

„Sagen wir einfach: Ich traue deinen Motiven nicht", erwiderte Bill.

Ich war sicher, Rudy würde diesem Mann jeden Augenblick die Faust ins Gesicht schlagen. „Wie können Sie es *wagen*?"

Bill Daniels sah nicht im Geringsten eingeschüchtert aus. Wahrscheinlich hatte er irgendwo ganz in der Nähe einen Sicherheitsmann. „Kara, hat er Ihnen erzählt, dass er im Gefängnis war, weil er eine Frau getötet hat?"

Rudy fluchte laut und machte einen wütenden Satz auf Bill zu. Der Anwalt zuckte nicht einmal mit der Wimper.

Ich spürte, wie mir das Blut aus dem Gesicht wich. Das Zimmer begann sich um mich zu drehen.

„Du willst doch deine Bewährung nicht aufs Spiel setzen, Rudy, oder?" Bill sprach die Worte mit zusammengebissenen Zähnen aus. „Verschwinde, oder ich lasse dich hinauswerfen."

Schließlich trat Rudy zurück. Ich sah, dass er innerlich kochte. Ich starrte ihn mit offenem Mund an und versuchte, an seinem Gesicht abzulesen, ob das, was dieser Mann sagte, der Wahrheit entsprach.

Es entsprach der Wahrheit.

Rudy ergriff weniger sanft meinen Arm und führte mich zur Tür und durch den Flur zum Ausgang. Die Empfangsdame rief uns nach: „Einen schönen Tag noch!"

Rudy knurrte leise vor sich hin: „Dieser erbärmliche Mistkerl ..."

„Warum hast du mich angelogen?" Meine Kehle war wie zugeschnürt. Ich brachte fast kein Wort über die Lippen.

„Weil ich nicht wollte, dass du mich für einen brutalen Kerl hältst."

„Und? Bist du einer? Er sagte, du hast jemanden *getötet*!"

„Es war Totschlag, okay? Ich habe niemandem eine Waffe an den Kopf gehalten. Es war ein Unfall, und ich habe meine Strafe im Knast abgesessen."

Ich starrte ihn an. Ich weiß nicht, warum es mich so aufregte, dass er im Gefängnis gewesen war. Einige meiner besten Freunde saßen im Knast. Crawley war wegen seines Einbruchs im Spirituosenladen immer noch inhaftiert. Und mit ihm einige andere Leute, mit denen ich oft zusammen war.

Der Aufzug kam. „Seit wann bist du wieder draußen?"

Er seufzte. „Seit einem Monat."

Ich öffnete den Mund und wollte am liebsten losschreien, aber ich brauchte eine ganze Minute, um überhaupt einen Ton herauszubringen. „Warum hast du mir das nicht gesagt? Und ich dachte, du wärst ein wirklich netter Kerl, der wie ein Märchenprinz in die Stadt kam. Dabei warst du gerade frisch aus dem Knast gekommen!"

„Ich habe dich nie angelogen, Kara. Das Thema kam einfach noch nicht zur Sprache."

„Du *hast* gelogen. Du sagtest, du hättest in Las Vegas gearbeitet und deine Großmutter hätte dir ein Haus vererbt und deshalb wärst du hierher gekommen."

„Der Teil mit meiner Großmutter stimmte."

Ich schätze, er erwartete, dass ich den Teil, der nicht stimmte, einfach vergäße. Die Aufzugtüren gingen auf. Ich stürmte hinein und versuchte, mich zu erinnern, in welche Richtung wir gehen mussten. Mein Kopf pochte vor Kopfschmerzen. Ich war rasend wütend auf mich selbst, weil ich auf Rudys Charme hereingefallen war. Ich hätte mich an Deke und Eloise halten sollen. Von ihnen *wusste* ich, dass sie hinterhältig waren. Bei ihnen gab es wenigstens keine unangenehmen Überraschungen.

Er folgte mir. Die Muskeln um seinen Mund arbeiteten aufgeregt, als wäre *er* angelogen worden. Wir erreichten sein Auto. Wütend ließ ich mich auf den Beifahrersitz fallen und knallte die Tür zu. Ich konnte es nicht erwarten, nach Hause zu kommen.

Er setzte sich hinter das Lenkrad und ließ den Motor an. Dann atmete er tief ein und schaute zu mir herüber. „Also gut, ich erzähle dir alles, was du hören willst. Ich wusste nicht, dass dieser Mistkerl dir diese Geschichte unter die Nase reiben würde. Er hat ja fast so getan, als müsste er dich vor mir beschützen. Als wollte ich aus dieser Sache irgendetwas für mich herausschlagen."

„Wie lang hast du gesessen, Rudy?"

„Zehn Jahre."

„Zehn Jahre." Benommen wiederholte ich seine Worte. „Bist du auf Bewährung früher freigekommen, oder hast du deine ganze Zeit abgesessen?"

„Bewährung."

Ich lehnte mich ans Fenster. Wie hatte ich nur auf einen Kerl hereinfallen können, der frisch aus dem Gefängnis kam? Es wäre eine andere Sache, wenn ich diese Informationen vorher gehabt hätte ... Ich wäre wahrscheinlich trotzdem mit ihm ausgegangen. Aber ich hätte gewusst, worauf ich mich einließ. Nichts hasste ich mehr auf der Welt, als angelogen zu werden. „Durch was für einen *Unfall* hast du einen Menschen umgebracht?"

„Es war ein Verkehrsunfall, bei dem Alkohol im Spiel war."

Allmählich wurde das Bild klarer. „Lass mich raten. Du warst der Betrunkene?"

„Ja, aber es war nicht allein meine Schuld. Sie lief vor mir über die Straße, als ich Grün hatte. Ich hatte etwas getrunken, aber wenn sie besser aufgepasst hätte, hätte ich sie nicht überfahren."

Ich lehnte den Kopf auf die Kopfstütze zurück und überlegte, was Lizzie wohl dazu sagen würde. Ich wollte nicht, dass sie es erfuhr, denn ich hatte Rudy so großartig beschrieben. „Ich gehe also mit einem Mörder aus."

„Hey, nenn mich nicht so! Das habe ich nicht verdient." Er ließ den Wagen an und bog aus der dunklen Tiefgarage auf die Straße.

Das Sonnenlicht schmerzte in meinen Augen. Ich kniff sie zusammen und starrte wortlos aus dem Fenster.

„Er irrt sich, weißt du", sagte er. „Du hast eine Chance, zu gewinnen. Er hat einfach etwas gegen mich und wollte nichts tun, um mir zu helfen. Früher war er nicht so. Damals, als er noch Pflichtverteidiger war, war er anders. Aber jetzt sitzt er in dieser vornehmen Kanzlei auf dem hohen Ross und hält sich für ein großes Tier. Es würde mich nicht überraschen, wenn er Amanda kennt. Vielleicht versucht er nur, dir die Sache auszureden, weil er sie schützen will."

Ich schaute ihn von der Seite an. Was er soeben gesagt hatte, klang logisch. HolCorp hatte seinen Sitz schließlich hier in Jackson. Vielleicht hatte dieser Bill Daniels irgendwelche Verbindungen zu Amanda. Vielleicht hatte er es darauf abgesehen, von *ihr* ein Stück vom Kuchen zu bekommen, und hielt das für ein besseres Geschäft.

Bei diesem Gedanken fühlte ich mich wieder ein wenig besser.

„Ich gebe nicht auf", sagte Rudy. „Gehen wir essen? Danach werde ich ein wenig telefonieren und einen anderen Anwalt finden, zu dem wir gehen können."

Ich antwortete nicht sofort. Zu viele Dinge gingen mir durch den Kopf.

„Was sagst du dazu, Baby?" Rudy nahm eine meiner Haarsträhnen und wickelte sie um seinen Finger. „Komm schon. Du wirst mir doch wegen meiner Vergangenheit nicht den Laufpass geben, oder? Ich dachte, ein Mädchen wie du kann so etwas großzügig übersehen. Wichtig ist doch nur, wer ich jetzt bin."

Er hatte nicht ganz Unrecht. Wenn ich ehrlich war, musste ich zugeben, dass ich auch schon einmal im Gefängnis gewesen war. Damals, als Amanda mich herausgeholt hatte. Wer war ich also, dass ich ihn verurteilen durfte?

Außerdem war es nicht schlecht, einen Mann wie Rudy an meiner Seite zu haben, einfach weil er gerissen war und sich nichts vormachen ließ. Ich würde einen Mann wie ihn vielleicht brauchen, wenn ich mein Geld bekam und nicht wusste, was ich damit anfangen sollte.

Wo, zum Beispiel, legte man so viel Geld an? Gab man alles auf ein einziges Bankkonto, oder verteilte man es auf mehrere verschiedene Konten? Ich hatte von Schweizer Bankkonten gehört, aber ich wusste nicht genau, warum die Leute ihr Geld in der Schweiz anlegten. Vielleicht waren diese Banken die Einzigen, die groß genug waren, um so viel Geld zu verwalten.

Ich hatte nicht die geringste Ahnung von Geldanlagen und Steuern.

Aber ich war sicher, dass Rudy sich bei diesen Fragen genau auskannte.

„Also gut, Rudy. Gehen wir essen."

„So mag ich mein Mädchen." Er hob meine Hand hoch und küsste sie.

Trotz allem sah er von allen Männern, die je über die Türschwelle der Raststätte in Barton getreten waren, immer noch mit Abstand am besten aus. Ich könnte jetzt mit ihm Schluss machen, aber letzten Endes würde ich doch irgendwann wieder zu ihm gehen, wenn ich einsam wäre. Außerdem war er der Einzige in Barton, der wusste, wie man eine Dame behandelt.

Als wir vor Dennery's Restaurant direkt an der Bundesstraße aus dem Auto stiegen, war ich schon nicht mehr ganz so wütend.

Es hatte keinen Sinn, nachtragend zu sein, wenn er so viel Geld für mich ausgab.

33

Während ich meine Nachspeise aß, erledigte Rudy in der Telefonzelle einige Anrufe. Schließlich kam er zurück.

„Pech für Bill Daniels, würde ich sagen“, verkündete er laut, als er sich wieder an den Tisch setzte. „Ich habe einen anderen Anwalt gefunden, einen besseren. Er ist wirklich daran interessiert, deinen Fall zu übernehmen.“

„Wirklich? Wo ist er?“

„Hier in Jackson. Wir können noch heute zu ihm kommen, sobald wir Zeit haben. Er erwartet uns.“ Rudy grinste siegessicher und beugte sich über den Tisch. „Er geriet fast aus dem Häuschen, als ich ihm erzählte, dass Kara Holbrooke mit ihm sprechen und ihn bitten wolle, eine Klage um das Holbrookevermögen für sie zu führen. Er sieht bereits Dollarzeichen.“

Ich schob meinen Teller weg. „Ich bin fertig mit dem Essen. Gehen wir.“

* * *

Mir gefiel der neue Anwalt, Stan Mason, auch wenn seine Kanzlei nicht so elegant und gut gelegen war wie Bill Daniels' Kanzlei. Trotzdem war sie um Welten besser als Enos Wrights Büro. Der Anwalt setzte sich an den Schreibtisch und ging mit mir den Fall durch. Er versuchte, Schritt für Schritt nachzuvollziehen, was bis jetzt in dieser Sache geschehen war. Schließlich schüttelte er den Kopf.

„Nun, das wird eine langwierige Sache werden. Aber wir können es versuchen. Dass sie Ihre Schwester bei sich aufgenommen hat, lässt vermuten, dass sie bereit ist, die Angelegenheit zu Ihren Gunsten zu regeln. Aber es lässt sich nicht vorhersagen, wie hoch eine Abfindung aussehen könnte. Vielleicht ein paar Millionen Dollar.“

Rudy schüttelte den Kopf. „Nein, auf keinen Fall. Sie lässt sich nicht mit ein paar Millionen Dollar abspeisen."

Ich fürchtete, Stan habe die Situation nicht richtig verstanden. „Ein anderer Anwalt, mit dem ich sprach, meinte, dass ich wahrscheinlich fünfzig oder sechzig Millionen herausschlagen könnte."

Mason runzelte die Stirn. „Das ist nicht sehr realistisch."

Ich wurde sehr müde. Nichts an diesem Tag war so gekommen, wie ich es erhofft hatte.

„Sie war noch ein kleines Baby, als ihr Vater starb", mischte sich Rudy ein. „Erst drei Jahre. Sie hat von den zehn Millionen, die ihre Großeltern bekamen, um sie großzuziehen, nie einen Cent zu Gesicht bekommen. Meine Güte, sie musste in einem Trailer leben! Sie wurde nie angemessen vor Gericht vertreten. Ihr Erbe wurde ihr gestohlen. Und Sie sagen, das wäre kein Grund für einen Prozess?"

„Ich habe nicht gesagt, dass es keine Möglichkeiten gäbe. Aber ich bin nicht sicher, ob ich diesen Fall übernehmen will."

Am liebsten hätte ich laut geschrien. Ich wollte einfach von meinem Stuhl aufspringen und einen Schrei ausstoßen, der das ganze Büro zum Zittern gebracht hätte.

Rudy konnte sehen, wie ich mich fühlte, denn er streichelte besänftigend mein Knie. „Baby, lass mich doch eine Minute allein mit ihm sprechen, ja? Setz dich einfach ins Wartezimmer und überlasse diese Sache mir."

Ich hatte keine Ahnung, was er beabsichtigte. Es interessierte mich auch nicht besonders. Ich hatte die Nase gestrichen voll von diesen Verlierertypen, die mir alle sagten, wir hätten keine Chance, ohne überhaupt einen Versuch zu starten.

Ich kehrte ins Wartezimmer zurück und rechnete aus, wie viel Trinkgeld ich heute hätte bekommen können. Wenn ich mir den Tag nicht freigenommen hätte, hätte ich bis zum Ende der Woche meine fünfhundert Dollar zusammen und Enos Wright könnte die Anklageschrift aufsetzen. Ich hätte mich von Anfang an mit ihm zufrieden geben sollen. Er wusste, was er tat. Er hatte immerhin schon einmal zehn Millionen für uns herausgeholt. Es war nicht seine Schuld, dass Deke das Geld verspielt hatte.

Als Rudy aus dem Büro kam, war ich bereits zu dem Schluss gekommen, dass dieser Tag völlig verloren war. Es war einer jener Tage, an denen man überhaupt nicht aus dem Bett hätte aufstehen sollen und abends am liebsten etwas zusammenschlagen würde.

Aber Rudy überraschte mich erneut. „Er übernimmt den Fall. Komm wieder herein und unterschreibe die Papiere."

Ich stand auf und schaute ihn fragend an. „Warum hat er seine Meinung geändert? Was hast du ihm gesagt?"

„Ich habe ihm nur erklärt, wie sehr Amanda versucht hat, dich zu überreden, auch bei ihr zu wohnen, und wie viel ihr anscheinend an dir liegt. Dass sie dir wahrscheinlich einen Scheck mit einer hohen Abfindung ausstellen wird, ohne überhaupt mit der Wimper zu zucken. Außerdem habe ich ihm gesagt, dass wir ihm 40 Prozent geben."

Ich ignorierte das *Wir*. „Du sagtest, 40 Prozent seien viel zu hoch. Deshalb hast du Enos Wright als Halsabschneider beschimpft."

„Ich weiß, Baby, aber wenn du schon jemandem so viel zahlen musst, dann kann es genauso gut dieser Mann hier sein. Er hat einen besseren Ruf. Vertraue mir."

Ich ging also wieder hinein und unterzeichnete die Papiere. Damit war Stan Mason mein Anwalt. Erstaunlich, wie schnell sich das Blatt gewendet hatte.

Ich war vor Aufregung ganz kribbelig, als wir nach Hause fuhren. „Ich kann gar nicht glauben, dass du ihn dazu gebracht hast, seine Meinung zu ändern, Rudy. Wenn ich mir vorstelle, dass ich diesem Enos hätte fünfhundert Dollar zahlen sollen!"

Rudy fuhr sich mit den Fingern durch die Haare. „Stan musst du die Spesen auch im Voraus bezahlen. Habe ich das nicht erwähnt?"

Ich runzelte die Stirn. „Nein."

„Na ja. Er will tausend Dollar im Voraus."

„*Was?* Ich habe keine tausend Dollar!"

„Baby, das ist doch nur ein kleiner Einsatz. Du kriegst bei diesem Geschäft viele Millionen heraus. Er ist der richtige Mann und wird für dich viel Geld herausschlagen. Wenn wir jetzt zusammenhalten und uns etwas überlegen, fällt uns bestimmt eine Möglichkeit ein, wie wir das Geld aufbringen können."

Diese neue Information musste ich erst verarbeiten. Ich stand jetzt nicht besser da als mit Enos Wright. Enos war billiger, und er schien mehr Vertrauen in meinen Fall zu haben. Dieser Stan Mason hatte zugegeben, dass er erst einige Nachforschungen über Amanda Holbrookes Marktwert anstellen müsse, bevor er vorschlagen könne, wie hoch die Summe sein sollte, die wir einklagen wollten. Aber Deke und Eloise hatten damit nichts zu tun. Das war das Positive bei der Sache. Und der Mann schien zu wissen, was er tat.

„Die tausend Dollar sind nur für den Fall, dass du den Prozess verlierst. Er will sicherstellen, dass er bei der Sache nicht draufzahlt. Es kommt immer wieder vor, dass Leute einfach die Stadt verlassen und vergessen, dass da noch ein Anwalt ist, der auf sein Geld wartet. Wenn es keinen Gewinn gibt, können sie das Geld nirgends einfordern. Das ist der einzige Grund, warum er es vorher haben will. Glaube mir, es lohnt sich."

Ich war wirklich verwirrt. „Du sagtest, das sei nicht richtig. Du sagtest, Enos Wright sei ein Halsabschneider und versuche nur, mir das Geld aus der Tasche zu ziehen."

„Schau, diesem Anwalt kann Enos Wright nicht das Wasser reichen. Hat dieser Mason seine Kanzlei in einer billigen Einkaufspassage? Musste er selbst seine Sekretariatsarbeit erledigen? Nein. Er ist in einer wichtigen Anwaltskanzlei, die es gewohnt ist, ihre Fälle zu gewinnen."

„Aber wie soll ich so viel Geld zusammenbringen? Ich dachte, ich könnte bis zum Ende der Woche fünfhundert Dollar zusammenkratzen. Jetzt sprichst du von *noch einmal* fünfhundert Dollar."

Rudy überlegte einen Moment. „Hast du nicht etwas von einer

Halskette gesagt, die Amanda dir schenkte, als sie dich und Lizzie abholen wollte?“

Ich verdrehte die Augen. „Ja, sie hat mir eine dumme Perlenkette geschenkt.“

„Wie viel ist sie wert? Weißt du das?“

„Ich habe nicht die geringste Ahnung.“

„Vielleicht könntest du sie verpfänden. Nur vorübergehend. Du könntest sie später zurückkaufen. Wenn sie wertvoll genug ist, könntest du mit der Kette das nötige Geld zusammenbringen.“

Ich glaubte keine Minute, dass die Kette so viel wert sei. Sie lag nur in unserem Beutel im Geheimbaum, wo sie niemandem nützte.

Diese Kette sollte eine Kostprobe auf mein Erbe sein. Genau das waren Amandas Worte gewesen. Das könnte sich jetzt bewahrheiten, wenn ich durch die Kette das Startkapital bekam, um das einzuklagen, was mir gehörte.

„Einverstanden“, nickte ich. „Ich hole die Kette und versuche, sie noch heute Nachmittag zu versetzen.“

„Gutes Mädchen.“ Er streichelte mein Bein und begann, „Money“ von Pink Floyd zu singen. Ich war ebenfalls bald wieder guter Laune und freute mich auf meinen Reichtum. Fast konnte ich meine Jacht schon einlaufen sehen, als wir die Abbiegung nach Barton erreichten.

34

Auf dem Weg zur Arbeit ging ich an diesem Nachmittag zu unserem Geheimbaum und zog den Plastikbeutel mit Amandas Handy und der Halskette heraus. Ich öffnete den Beutel und fuhr mit den Fingern über die glatten Perlen. Ich hatte die Kette nie getragen, und ich konnte mich der Frage nicht erwehren, wie sie wohl an mir aussähe. Komisch, so sehr ich Amanda Holbrooke auch hasste, hätte ich diese Kette doch am liebsten behalten.

Aber ich hatte meine Entscheidung getroffen. Rudy hatte Recht. Der Anwalt, den ich an diesem Tag besucht hatte, war um Welten besser als Enos Wright, und es lohnte sich, das zusätzliche Geld zu investieren. Außerdem gefiel mir der Gedanke, die Sache ohne Deke und Eloise durchzuziehen, von Minute zu Minute besser.

Ich schloss das Kästchen, stopfte das Handy und meine anderen Schätze aus der Kindheit wieder in den Beutel und verstaute ihn sicher im Baum. Dann bahnte ich mir meinen Weg durch den Wald zur Pfandleihe in der Nähe der Einkaufsstraße.

Hinter den vergitterten Fenstern konnte man Waffen, Fernsehgeräte und eine alte Gitarre in den Händen einer abgeblätterten Schaufensterpuppe sehen.

Ich stand draußen auf dem Gehweg und kam mir vor, als wäre ich in der Mitte entzweigeschnitten und hätte nur noch ein halbes Hirn, eine halbe Lunge und ein halbes Herz. Ohne Lizzie war ich noch nie in diesem Teil der Stadt gewesen. Ich vermisste sie schrecklich und hätte alles dafür gegeben, wenn sie bei mir gewesen wäre. Trug sie gerade die Halskette, die Amanda ihr geschenkt hatte? Hatte sie das richtige Kleid für ihre Begrüßungsfeier gefunden, die Amanda für sie veranstaltete? Hatte sie schon erkannt, dass Amanda andere Motive hatte? Ich hoffte so sehr, dass sie nicht in Gefahr war.

So sauer ich auch auf sie war, weil sie mich verlassen hatte, wusste ich doch, dass ich in der Minute, in der ich mein Geld bekäme, versuchen würde, sie zurückzuholen. Ich würde das Geld mit ihr teilen. Das stand außer Frage. Ich konnte mir keine Zukunft ohne Lizzie vorstellen. Vielleicht hatte sie Amanda inzwischen durchschaut.

Ich betrat die Pfandleihe und sah, dass Jason Pinkerton vor dem Waffenschrank stand und mit einem Mann sprach. Jason war ein Riese von einem Mann, der in den Bars in der Stadt oft in Schlägereien verwickelt war. Er wog ungefähr hundertachtzig Kilo und hatte lange, struppige Haare und einen Bart, der dringend gestutzt werden musste. Seine Arme waren mit Tattoos übersät. Anscheinend waren Tattoos sein Hobby. Tattoos mit Mädchennamen, Tattoos mit Adlern und Schlangen und der amerikanischen Flagge, Tattoos mit Spinnen und Symbolen jeder Art. Man konnte an seinen Armen kaum einen Flecken unbemalte Haut sehen.

Er lebte mit der Frau zusammen, die den Tattooladen in Pocahontas besaß. Ich schätze also, dass sie ihm die Dinger umsonst verpasste. Wahrscheinlich hatte er beschlossen, sich so viele Tattoos, wie er nur konnte, machen zu lassen, solange er sie kostenlos bekommen konnte.

Ich stellte das Kästchen auf die Theke und schaute mich um. Er hatte mehrere Fernsehgeräte nebeneinander auf einem Regal aufgereiht, sowie einen DVD-Spieler und zwei Computer. Ich überlegte, wem sie wohl gehört hatten, oder ob sie jemand gestohlen hatte. Immerhin war dies ein beliebter Ort, an dem Einbrecher ihre Diebesbeute zu Bargeld machten. Jason stellte keine Fragen. Er wickelte einfach sein Geschäft ab.

Als der andere Mann weg war, kam Jason zu mir herüber. „Bist du Lizzie oder Kara?“

Das passierte mir ständig. „Kara. Lizzie ist weggezogen.“

„Ah, ja. Davon habe ich gehört. Sie ist zu dieser reichen Frau gezogen, oder? Warum bist du denn nicht mitgegangen?“

„Weil ich sie nicht brauche.“ Ich hob das Kinn, als wäre ich jemand. „Ich bin Paul Holbrookes Enkelin, weißt du, und ich habe einen Anspruch auf dieses Vermögen. Ich habe mir einen Anwalt genommen, der jetzt an meinem Fall arbeitet. Deshalb muss ich das hier verkaufen.“ Ich öffnete das Kästchen und zeigte ihm die Kette. „Sie ist echt. Das musst du mir glauben.“

Als er die Kette sah, hielt er kurz den Atem an. Er nahm sie mit seinen großen, tabakbraunen Fingern aus dem Kästchen. „Woher zum Kuckuck hast du diese Kette?“

„Sie gehörte meiner Großmutter. Nicht Eloise. Der Holbrooke-Großmutter. Sie ist wahrscheinlich ein Vermögen wert.“

Er trat einen Schritt zurück und schaute mich an, als sähe er mich zum ersten Mal. „Sieht echt aus“, brummte er und betastete die Perlen. „Wie viel willst du dafür?“

„Ich brauche mindestens fünfhundert Dollar.“

„Das lässt sich einrichten.“

Ich begriff schnell, dass es ein Fehler von mir gewesen war, den Preis festzulegen. „Wenn sie mehr wert ist, Jason, könntest du mir mehr geben.“

„So viel, würde ich sagen, ist sie ungefähr wert. Fünfhundert Mäuse.“ Seine Augen leuchteten, als hätte er das Geschäft seines Lebens gemacht.

Wahrscheinlich hatte er das auch.

Während ich auf das Geld wartete, konnte ich mich der Frage nicht erwehren, wie viel diese Kette wohl in Wirklichkeit wert sein musste, wenn Jason bereit war, so schnell zu zahlen. Ich nahm das Geld und stopfte es in meine Tasche. Jetzt hatte ich 950 Dollar, um diesen Anwalt zu bezahlen. Wenn ich heute wirklich gut wäre, könnte ich weitere 50 Dollar an Trinkgeldern bekommen.

Ich versuchte, die Kette zu vergessen und mich einfach auf meinen bevorstehenden Prozess zu konzentrieren. Ich ging zur Arbeit. Als ich bei der Raststätte eintraf, wartete Rudy bereits auf mich. „Hast du das Geld bekommen?“

„Ja. 500 Dollar. Dazu habe ich die 450 Dollar in bar, die ich gespart habe. Ich müsste in den nächsten Tagen mindestens 50 Dollar Trinkgeld bekommen. Dann habe ich tausend.“

Rudy lächelte, ergriff meine Hand und zog mich an sich heran. Ich vergaß, dass er im Gefängnis gesessen hatte, und wie wütend ich noch vor ein paar Stunden auf ihn gewesen war.

„Ich mache dir einen Vorschlag: Du gibst mir jetzt, was du hast. Ich lege den Rest drauf und bringe das Geld noch heute Nachmittag nach Jackson, damit der Anwalt loslegen kann."

Mir gefiel dieser Vorschlag. Ich war beeindruckt, dass er bereit war, 50 Dollar beizusteuern. Ich konnte es wirklich kaum erwarten, die Sache endlich in Gang zu bringen. Je früher der Anwalt die Anklageschrift aufsetzte, umso früher wäre ich reich. „Einverstanden." Ich holte das Geld aus der Tasche und drückte es ihm in die Hand.

„Weißt du was", lächelte er. „Ich komme und hole dich ab, wenn du heute Nacht mit der Arbeit fertig bist. Es gefällt mir nicht, dass du nachts ganz allein nach Hause gehst."

Bis jetzt hatte ihn das nicht sonderlich gestört, aber ich vermutete, dass er allmählich mehr Zuneigung zu mir empfand. „Einverstanden. Ich habe um Mitternacht Feierabend."

„Ich werde da sein", versprach er.

35

Rudy war in den nächsten Tagen traumhaft. Er richtete seinen Dienst im Kasino so ein, dass er mich jede Nacht von der Arbeit abholen und nach Hause bringen konnte. Ich verbrachte immer mehr Zeit in seinem Haus. Er benutzte sehr oft das Wort *Wir,* wenn er von dem Prozess und von meiner Zukunft sprach. Allmählich glaubte ich, dass die Sache vielleicht doch gut ausgehen könnte.

Ich fühlte mich in Bezug auf Rudy so gut, dass ich Lizzie erneut schrieb.

Liebe Lizzie,
ich muss dir einfach schreiben und dir erzählen, was für aufregende Dinge hier passieren. Erinnerst du dich an den Mann, von dem ich dir erzählte, Rudy? Ich glaube, ich bin dabei, mich in ihn zu verlieben. Lizzie, er behandelt mich, wie mich noch nie zuvor jemand behandelt hat. Er holt mich von der Arbeit ab, wenn ich Feierabend habe, und er kommt mehrmals am Tag vorbei und ist einfach in meiner Nähe. Ich muss ständig an ihn denken. Das macht mich ganz wahnsinnig.
Ich wünschte, du könntest ihn kennen lernen. Er ist groß und sieht gut aus, und er hat viel Selbstvertrauen. Er verdient einen Haufen Geld im Kasino. Du müsstest sehen, wie er sich anzieht. Ganz anders als die Kerle in unserer Stadt, die in schmierigen Jeans und zehn Jahre alten T-Shirts herumlaufen. Er stellt etwas dar, Lizzie. Wenn ich mit ihm zusammen bin, habe ich das Gefühl, auch jemand zu sein.
Du weißt inzwischen wahrscheinlich, dass ich die Klage gegen Amanda ins Laufen gebracht habe. Sie hat die Papiere vielleicht schon bekommen. Wahrscheinlich ist sie jetzt wütend. Aber, Lizzie, dieses Geld gehört uns, oder sollte es wenigstens. Wir waren die leiblichen Verwandten von Paul Holbrooke, nicht sie. Und ich weiß nicht, warum du immer noch nicht misstrauisch bist, was ihre Rolle

beim Tod unseres Vaters angeht. Wenn du es dir richtig überlegst, ergibt es einen Sinn. Sie wollte ihn töten, nur um an das Geld heranzukommen. Genau das hat sie auch geschafft, und jetzt wartet sie auf einen günstigen Zeitpunkt, wann sie bei dir zuschlagen kann. Komm zurück, Lizzie, und zieh diesen Prozess mit mir durch. Wir können reich werden und nach New York abhauen. Nur du und ich und Rudy. In New York könnten wir in einem Penthaus wohnen. Vielleicht sogar im selben Gebäude, in dem John Lennon wohnte. Stell dir nur einmal vor, Yoko Ono als unsere Nachbarin! Ich kann es kaum erwarten. Bitte denk darüber nach, Lizzie. Es würde viel mehr Spaß machen, wenn du dabei wärst. Außerdem vermisse ich dich ganz schrecklich. Ich kann gar nicht glauben, dass du es so lange dort aushältst.

Alles Liebe
Kara

Als ich das nächste Mal meinen Anwalt aufsuchte, teilte er mir mit, dass die Aussichten, von Amanda eine Abfindung zu bekommen, sehr gut stünden. Er glaubte, sie würde uns bald ein Angebot unterbreiten. Als Vorfeier führte Rudy mich in das eleganteste Restaurant im Kasino zum Essen aus. Er ließ die Kapelle Olivia Newton-John's Lied „I Honestly Love You“ (Ich liebe dich ehrlich) spielen, während er mich langsam über die Tanzfläche führte. Wie der Märchenprinz und Aschenputtel!

Zwischen dem dritten und dem vierten Gang unseres Menüs kniete er plötzlich vor mir nieder.

Ich dachte, er habe eine Kontaktlinse verloren, und war schon ein wenig enttäuscht, weil seine Augen anscheinend doch nicht so blau waren. Aber er suchte nichts auf dem Boden. Er schaute mich an. Er ergriff meine Hände, und ich bemerkte, dass es im ganzen Raum still wurde. Aller Augen waren auf uns gerichtet.

Ich kam mir vor wie die Zielscheibe eines schlechten Scherzes und wollte ihn dazu bewegen, sofort wieder aufzustehen.

„Kara Holbrooke.“ Er schaute mich mit einem Blick an, der

verriet, dass er es wirklich ernst meinte. „Du würdest mich zum glücklichsten Mann der Welt machen, wenn du mich heiratest.“ Er sprach so laut, dass es alle hören konnten.

Ich hielt den Atem an. Die anderen Gäste klatschten begeistert. Ich war mir bewusst, dass alle auf meine Antwort warteten, warf ausgelassen die Arme um seinen Hals und rief lachend: „Ja!“

Die Leute klatschten wieder, als hätten sie gerade einer großen Broadwayaufführung beigewohnt. Die Kapelle begann erneut zu spielen.

Er schenkte mir keinen Ring, aber ich sagte mir, dass ich keinen brauche. Bald könnte ich mir so viel Ringe kaufen, wie ich wollte.

Rudy lachte, als er sich wieder setzte.

„Du machst nur Scherze, oder?“, fragte ich ihn. „Das war nur eine Show, nicht wahr?“

„Nein, Baby.“ Er stützte sich auf den Tisch und schob sein Gesicht nahe an meines heran. „Es ist mein vollster Ernst. Ich will dich heiraten.“

„Aber ist das nicht ein wenig übereilt? Ich meine, wir kennen uns doch noch gar nicht lang.“

„Wie lang musst du denn jemanden kennen? Ich wusste in der Minute, in der ich dich das erste Mal sah, dass du die Frau für mich bist.“

Mein Herz pochte wie wild. Am liebsten wäre ich auf der Stelle aufgesprungen und hätte Lizzie angerufen. Aber die einzige Nummer, die ich hatte, um sie zu erreichen, war in dieses Handy eingespeichert, das ich im Geheimbaum versteckt hatte. Allerdings wusste ich auch so, was sie sagen würde.

„Du tust das nicht nur, weil ich bald Millionärin bin, oder?“

Er schaute mich verletzt an. „Denkst du so etwas wirklich von mir? Wenn du so etwas denkst, habe ich vielleicht einen Fehler gemacht ...“

Ich nahm seine Hand und unterbrach ihn. „Nein, das denke ich nicht. Ich wollte es dich nur sagen hören.“

„Du hast mir gefallen, bevor ich irgendetwas von einem lausigen Prozess wusste. Habe ich dich nicht gleich am ersten Abend, als wir uns kennen lernten, eingeladen, mit mir auszugehen? Habe ich das etwa nicht getan?“

„Doch, ja ...“

„Und habe ich dich nicht wie eine Prinzessin behandelt? Habe ich dir nicht geholfen?“

„Natürlich hast du das.“ Er war so durcheinander, dass ich dachte, er würde jeden Augenblick weinen.

„Wie kommst du dann auf eine solche Frage? Warum unterstellst du mir dann so etwas?“

„Ich unterstelle dir doch nichts.“ Er war wirklich aufgebracht. Ich wollte auf keinen Fall, dass er sauer auf mich wäre. Außerdem gefiel mir der Gedanke, seine Frau zu werden. Ich malte mir aus, wie wir als reiche Leute lebten und miteinander durch das Land reisten. Mir gefiel diese Vorstellung wirklich sehr, sehr gut.

„Kara, du bist so ziemlich das Beste, was mir je passiert ist. Du bist das hübscheste Mädchen in ganz Barton. Ganz ehrlich. Wahrscheinlich in ganz Mississippi, wenn du es genau wissen willst.“

Er war ein Schmeichler, dieser Rudy. Mein Herz schmolz dahin.

„Komm schon, Kara. Heirate mich. Bald. Wir könnten doch gleich nächstes Wochenende heiraten.“

Mir stockte der Atem. „Nächstes Wochenende schon? Rudy! Das ist aber sehr schnell.“

„Worauf willst du denn noch warten? Wir können uns im Augenblick sowieso keine große Hochzeit leisten. Und wir sind beide keine Typen, die zur Kirche gehen. Wir können uns standesamtlich trauen lassen und kleine Flitterwochen in Vicksburg machen. Das Kasino hat eine Flitterwochensuite. Ich könnte einen Angestelltenrabatt bekommen.“

„Nächstes Wochenende ...“ Die Idee klang gut. Ich könnte ihn nächstes Wochenende heiraten und aus Eloises und Dekes Trailer ausziehen. Ich wäre Kara Holbrooke Singer. Wenn ich dann das Geld bekam, hätte ich jemanden, mit dem ich es teilen könnte, selbst wenn Lizzie nie zurückkäme.

Außerdem war ich so einsam ... Ich hätte fast alles getan, um die Traurigkeit, die mich quälte, seit Lizzie fort war, zu vertreiben.

Es war höchste Zeit, dass endlich etwas Gutes in meinem Leben geschah.

„Einverstanden." Ich zitterte vor Aufregung. „Nächstes Wochenende machen wir Ernst."

Er zog mich auf die Beine und begann, wieder mit mir zu tanzen. Die Leute lächelten und beobachteten uns. Ich winkte nach Lizzie-Manier. Ich lachte und lachte und lachte, während er mich auf der Tanzfläche im Kreis herumwirbelte und die Kapelle ein Lied von Barry Manilow spielte.

Ich glaube, so sehr hatte ich schon lange nicht mehr gelacht. Während ich verliebt mit ihm tanzte, wusste ich, dass mein Leben sich dramatisch verbessern würde.

Ich konnte es nicht erwarten, Lizzie davon zu erzählen.

* * *

Rudy brachte mich an diesem Abend vor Mitternacht nach Hause, da ich am nächsten Morgen früh aufstehen und arbeiten müsste. Statt in den Trailer zu gehen, lief ich jedoch mit meiner Taschenlampe in den Wald, bis ich zu unserem Geheimbaum kam, in dem in einer Plastiktüte Amandas Handy versteckt lag. Ich zog es heraus und versuchte, es einzuschalten, aber der Akku war fast leer. Amanda hatte mir ein Kabel mitgegeben. Ich nahm beides mit in den Trailer. Eloise und Deke waren im Kasino, sodass ich das ganze Haus für mich hatte.

Ich steckte das Handy in die Steckdose und wartete ein paar Minuten, bis der Akku wieder ein wenig aufgeladen war. Ich hatte mit den Handys von ein paar Lastwagenfahrern in der Raststätte gespielt und wusste deshalb, wie sie funktionierten. Ich suchte im elektronischen Telefonbuch nach Amandas Nummer und hoffte, sie habe es ernst gemeint, als sie sagte, dass ich unter dieser Nummer Lizzie erreichen würde. Ich drückte auf die Taste und wartete.

Nach dreimal Klingeln hörte ich Lizzies schläfrige Stimme. „Hallo?"

„Lizzie, ich bin es!"

„Kara?" Ich konnte die Aufregung in ihrer Stimme hören. „Kara, endlich rufst du an."

„Ich habe mir gedacht, wenn Amanda Holbrooke wollte, dass ich ihr Telefon benutze, dann tue ich das auch. Ich muss dir unbedingt etwas sagen."

„Was? Schieß los."

Ich konnte die Vorfreude in ihrer Stimme hören und wusste, dass sie hoffte, ich würde ihr jetzt erzählen, dass ich meine Meinung geändert hätte und zu ihr käme. Aber meine Neuigkeit war viel besser.

„Ich werde heiraten!"

Am anderen Ende der Leitung wurde es totenstill. Ich befürchtete schon, die Leitung sei getrennt worden. Es war nicht so einfach, einen guten Empfang in Barton zu bekommen. Die Lastwagenfahrer beschwerten sich ständig darüber.

Schließlich sprach Lizzie wieder. „Kara, das kann doch nicht dein Ernst sein."

„Es ist mein voller Ernst. Ich werde Rudy heiraten. Er hat mich heute Abend ins Restaurant im Kasino zum Essen ausgeführt und ließ die Kapelle ‚I Honestly Love You' spielen. Wir haben getanzt, und dann hat er sich vor mich hingekniet und mir einen Heiratsantrag gemacht!"

„Tu es nicht, Kara. *Bitte* versprich mir, dass du es nicht tust."

Das ärgerte mich kolossal. Lizzie hatte noch nicht die ganze Geschichte gehört, sie hatte diesen Mann noch nicht einmal kennen gelernt und trotzdem versuchte sie, mir meine Pläne auszureden. Das fand ich unfair. „Natürlich werde ich es tun. Ich habe schon Ja gesagt."

„Aber, Kara, er ist nur hinter dem Geld her, von dem er meint, dass du es bekommen wirst. Nur wirst du es nicht bekommen. Amanda wird dir keine Abfindung zahlen. Du wirst keinen Cent davon bekommen, es sei denn, du kommst zu uns. Es gehört *alles* dir, wenn du das tust. Du brauchst dazu keinen Rudy und auch keinen geldgierigen Anwalt."

Jetzt war ich wirklich beleidigt. „Ich brauche Rudy. Er behandelt mich besser, als mich irgendjemand zuvor in meinem Leben behandelt hat. Ich werde ihn heiraten, und wir werden diesen Prozess gewinnen. Es ist mir egal, was Amanda dir erzählt hat. Das sind alles Lügen. Man hat uns unser ganzes Leben lang nichts als Lügen aufgetischt."

„Ja, und du lässt dir schon wieder Lügen auftischen, Kara. Denk doch einmal in Ruhe nach. Du weißt nichts über ihn. Woher kommt er? Was weißt du über seine Vergangenheit? War er schon einmal verheiratet? Hat er Kinder?"

„Das weiß ich alles. Er war noch nie verheiratet, er hat keine Kinder, und er hat früher in Las Vegas gelebt." Den Teil mit der Gefängnisstrafe verschwieg ich lieber. Das ging sie wirklich nichts an.

Lizzie wurde wieder still. Fast wünschte ich, ich hätte sie nicht angerufen. Sie machte mich wirklich sauer. Wenn man seine Schwester anruft und erzählt, dass man heiraten will, ist es praktisch ihre *Pflicht*, sich zu freuen. Ich war wirklich wütend, weil sie das nicht tat.

Aber mir stand der Sinn nicht danach, mich auf eine große Auseinandersetzung mit ihr einzulassen. Deshalb sagte ich schließlich: „Ich möchte, dass du zu unserer Hochzeit kommst, Lizzie. Ich brauche dich. Sie ist nächstes Wochenende."

„Nächstes Wochenende? Kara, du überstürzt das alles. Warum hast du es denn so eilig?"

„Ich habe es so eilig, weil ich ihn nächstes Wochenende heiraten will", fauchte ich. „Ich will keinen Tag länger warten. Kommst du oder nicht?"

Lizzie dachte einen Augenblick nach. Ich merkte, dass sie mit sich rang, was sie tun solle. Wenn sie kam, war das fast so, als sanktioniere sie das, was ich tat. Aber wenn sie nicht kam, würde sie mich wirklich im Stich lassen.

Schließlich antwortete sie: „Ja, ich komme. Ich weiß, dass Amanda auch gern dabei wäre."

Ich schaute das Telefon in meiner Hand an, als könnte ich ihr Gesicht sehen. „Du spinnst wohl! Amanda lade ich nicht ein. Ich will sie nicht hier haben. Ich will sie nirgends in meiner Nähe haben.“

„Warum denn nicht? Was hat sie dir denn *getan*?“

„Sie hat meinen Vater umgebracht und mir meine Schwester gestohlen. Sie hat viele Millionen Dollar an sich gerissen, die mir gehören.“

„Sie hat nichts von alledem getan, Kara, und das weißt du auch. Unser Vater starb bei einem Flugzeugabsturz, und es war ein Unfall. Ich habe Videos von Nachrichtensendungen gesehen, die zeigen, wie wir Amanda damals weggenommen wurden. Sie wurde sogar verhaftet, weil sie versuchte, mit uns zu fliehen. Sie ist ganz anders, als du denkst.“

„Ich will sie nicht hier haben! Komm allein oder komm überhaupt nicht!“

Kaum hatte ich diese Worte ausgesprochen, befürchtete ich, dass sie vielleicht nicht kommen würde. Ich konnte den Gedanken nicht ertragen, ohne meine Schwester zu heiraten.

Ich kannte Lizzie gut genug, um zu wissen, dass sie jetzt wahrscheinlich trotzig antworten würde, dann käme sie eben nicht zu meiner Hochzeit. Dieses Risiko konnte ich nicht eingehen. Deshalb lenkte ich ein. „Aber ich wünsche mir wirklich sehr, dass du kommst.“

Schweigen breitete sich zwischen uns aus. „Ich werde darüber nachdenken“, sagte sie. „Ich muss erst Amanda fragen.“

„Gut. Frag deine strenge Aufpasserin. Bettle darum, dass du ein Wochenende Ausgang bekommst.“

„So ist es nicht, Kara. Ganz und gar nicht. Du verstehst das nicht. Ich möchte nur mit ihr darüber sprechen. Sie ist klüger als ich.“

„Na toll. Mach dich selbst nieder. Die Hochzeit ist am Samstagabend um sieben Uhr. Wir heiraten auf dem Standesamt. Der Standesbeamte sperrt extra für uns auf.“

„Standesamt? Oh, Kara, was ist aus der Märchenhochzeit geworden, von der wir immer träumten? Seit wir klein waren, haben wir uns als Braut verkleidet und uns einen Schleier über den Kopf gebunden ...“

„Auf den Schleier und das Kleid kommt es nicht an, Lizzie. Und diese große Hochzeit aus dem Märchenbuch ist auch nicht so wichtig. Es kommt auf den Mann an. Nur das zählt. Und ich heirate den Mann, den ich will."

Ich hörte das Telefon piepsen. Der Akku war schon wieder fast leer. „Ich muss jetzt aufhören. Ich glaube, dieses Telefon gibt gleich den Geist auf. Komm bitte am Freitag, Lizzie. Du kannst mir helfen, mich für den großen Tag schön zu machen."

Es folgte wieder eine lange Pause, dann sagte sie: „Einverstanden, Kara. Ich werde es versuchen."

Das Telefon schaltete sich aus, bevor ich eine klarere Antwort von ihr bekommen konnte. Mit dem Telefon in der Hand saß ich da und kam mir vor, als wäre mein einziges Rettungsseil durchgeschnitten worden. Trotz meiner Aufregung wegen der Hochzeit und trotz meiner Hoffnungen auf meine Zukunft konnte ich das Gefühl nicht loswerden, dass etwas Entscheidendes in meinem Herzen fehlte ...

Ich war nicht einmal sicher, ob Rudy diese Leere füllen könnte.

36

Ich rief Lizzie nicht noch einmal an. Teilweise aus Stolz, und teilweise weil ich nicht wollte, dass sie wieder versuchen würde, mir die Sache auszureden. Ich konnte mir denken, dass ihr Amanda inzwischen mehr Munition für ihre Argumente gegen Rudy gegeben hatte, und war absolut nicht in der Stimmung, sie mir anzuhören. Ich machte mir sogar Sorgen, dass Lizzie vielleicht von seiner Gefängnisstrafe erfahren hatte und jetzt anfinge, auf mich einzureden, dass ich keinen Mann heiraten solle, der einen Menschen auf dem Gewissen habe.

Mir reichten meine Probleme mit Eloise und Deke.

Ich hatte gewiss nicht erwartet, dass die beiden mit Sekt auf meine bevorstehende Hochzeit anstoßen würden. Eigentlich hatte ich damit gerechnet, dass sie sich kaum dafür interessieren würden, da sie ohnehin fast nicht bemerkten, ob ich da war oder nicht. Unsere Wege kreuzten sich nicht allzu oft, da sie die meisten Nächte im Kasino verbrachten und den ganzen Tag schliefen. Wenn ich vergessen hätte, ihnen zu erzählen, dass ich heiratete, hätten sie vielleicht monatelang nicht bemerkt, dass ich nicht mehr da war.

Doch wider alles Erwarten löste ich eine Lawine aus, als ich ihnen von meinen Heiratsplänen erzählte. Pausenlos redeten sie auf mich ein.

„Dieser Mann hat es nur auf eines abgesehen, Kara Holbrooke, und das ist dein Geld“, sagte Eloise. „Bild dir ja nicht ein, es ginge ihm um dich. Er will das Geld, das du bekommst. Sobald er es hat, wird er dich abservieren und spurlos verschwinden.“

Deke stimmte ihr so leidenschaftlich zu, wie ich ihn bis jetzt noch nie erlebt hatte. „Das kannst du doch nicht tun, Mädchen! Warte, bis dieser Prozess vorbei ist. Dann legst du dein Geld irgendwo sicher an. Wenn er dich dann immer noch heiraten will, soll es mir recht sein. Aber vorher solltest du dich auf nichts einlassen.“

„Ich heirate ihn am nächsten Samstag." Ich wurde richtig gut darin, meinen Standpunkt zu verteidigen. „Ihr könnt über ihn sagen, was ihr wollt, aber ich werde ihn heiraten."

„Kara, du spülst deine ganze Zukunft ins Klo hinunter!", kreischte Eloise.

Ich fand das irgendwie lustig, denn bis jetzt war nie von meiner Zukunft die Rede gewesen. „Anscheinend hat *jeder* plötzlich großes Interesse an diesem Geld, das ich bekomme. Vielleicht seid ihr beide ja nur misstrauisch, weil dadurch euer Anteil kleiner werden könnte."

„Wir kümmern uns um dich, Mädchen", sagte Deke. „Weißt du das denn nicht?"

Ich dachte, ich müsste mich übergeben. „Ihr müsst nicht zur Hochzeit kommen. Ich sage euch nur, wann sie stattfindet."

„Kannst du nicht warten, bis der Anwalt *anfängt*, deinen Prozess vorzubereiten?" Eine Ader auf Eloises Stirn sah aus, als würde sie jeden Augenblick platzen. „Damit sein Name wenigstens nicht in der Sache drinsteckt?"

Sie wussten nicht, dass ich das längst getan hatte. Sie dachten immer noch, ich würde sparen, um die fünfhundert Dollar zusammenzukratzen, die ich ihrem Anwalt zahlen sollte, und sie bekämen einen großen Batzen von dem, was ich bekäme – wie viel auch immer das wäre. Wie viel, glaubten sie wohl, würde ich ihnen geben? Glaubten sie allen Ernstes, ich würde ihnen einfach einen Scheck ausstellen, weil ich ein so gutes Herz hatte?

Ich machte mir jedoch nicht die Mühe, irgendetwas zu diesem Thema zu sagen, denn ich brauchte nicht noch mehr Tamtam vor meinem großen Tag. „Nächsten Samstag heirate ich ihn. Mehr gibt es dazu nicht zu sagen."

Eloise begann zu weinen. Es war das erste Mal, dass ich sie weinen sah. Sie berührte meinen Kopf auf eine wirklich süße, Mitleid erregende Art, als bräche es ihr tatsächlich das Herz, dass sie mich verlor. „Aber damit bringst du mich um all das, was ich immer für dich tun wollte, wenn du eines Tages heiratest."

„Und das wäre?"

„Ein Kleid kaufen gehen, eine Torte backen, die Kirche schmücken, ein Hochzeitsgeschenk aussuchen."

„Dich durch das Kirchenschiff führen", fügte Deke hinzu. Beinahe hätte ich lauthals gelacht. Aber ich blieb ernst.

„Wir haben kein Geld. Habt ihr das vergessen? Ich kann mir keine Torte und keinen Kirchenschmuck leisten. Ich hoffe, ich kann genug Geld zusammenkratzen, um mir ein neues Kleid zu kaufen. Wenn du mir dabei helfen willst, kannst du das gern tun."

„Einverstanden, Liebes." Eloise klang, als übe sie für die Rolle der liebevollen Großmutter in einem Theaterstück. „Morgen gehen wir einkaufen."

Ich glaubte keine Sekunde, dass sie ihr Wort halten würde, aber sie hielt es tatsächlich. Sie fuhr mit mir nach Vicksburg in die Einkaufspassage, wo wir auf der Suche nach etwas, das wir uns leisten könnten, alle Geschäfte durchkämmten. Ich fand ein Dutzend Kleider, in denen ich gern geheiratet hätte. Aber mir wurde schnell klar, dass ich mich mit einem dummen hellgelben Sommerkleid abfinden müsste, das nur zwanzig Dollar kostete. Eloise schaffte es, für das Kleid, das sie für sich selbst aussuchte, mehr Geld locker zu machen als für mein Brautkleid. Ich sagte kein Wort dazu. Bald könnte ich es ihr heimzahlen.

In den nächsten Tagen war sie zuckersüß und half mir bereitwillig, die Sachen in meinem Zimmer für den großen Umzug einzupacken. Immer wieder fing sie an: „Meinst du nicht, du solltest Enos anrufen und fragen, ob er dir bei deiner Vorauszahlung nicht ein wenig mehr entgegenkommen könnte? Ich bin mir sicher, das würde er tun. Dann könnten wir die Sache ins Laufen bringen."

Ich erstellte gerade eine Liste mit all den Dingen, die ich noch erledigen musste – einen Bluttest machen lassen, die Papiere für das Standesamt besorgen, die Namensänderung melden –, als sie plötzlich auftauchte und anfing: „Wäre es nicht schöner zu heiraten, wenn du das Geld hast? Dann müsstest du bei der Feier nicht so knausern."

Schließlich rief Deke Enos selbst an. Ich weiß nicht, was er ihm erzählte, aber der Anwalt ging tatsächlich mit seinem Preis noch weiter herunter, wahrscheinlich aus Angst, dass er mich sonst ganz verlieren würde. Er wäre auch mit 350 Dollar zufrieden, erklärte Deke. Ich lächelte nur und sagte, ich würde es ihn wissen lassen, wenn ich diese Summe zusammenhätte.

So gut, wie sie mich auf einmal behandelten, fand ich es fast schade, dass ich sie jetzt verließ. Ich war mein ganzes Leben noch nie so gut behandelt worden. Wenigstens konnte ich mich nicht daran erinnern. Ich bin sicher, mein Papa war sehr lieb zu mir, als wir noch bei ihm lebten, aber daran konnte ich mich nicht erinnern.

Das einzige Schlechte an dieser Woche war, dass mir so vieles durch den Kopf ging, das ich gern mit jemandem besprochen hätte. Aber Lizzie war fort und führte ihr eigenes Leben, und ich wusste nicht einmal, ob sie zu meiner Hochzeit käme. Ich vermisste meine Schwester in dieser Woche so sehr. Ich hatte mir meine Hochzeit so oft ausgemalt, und Lizzie war in meiner Vorstellung immer dabei gewesen und hatte mir beigestanden. Es war deprimierend. Ich hatte niemanden außer Eloise und Deke, die mir die ganze Zeit Honig um den Mund schmierten, aus Angst, ich könnte sie aus meinem Leben ausschließen und sie für den Rest ihres Lebens dazu verdammen, arm zu sein.

Als der Freitag kam, war ich ein einziges Nervenbündel. Ob Lizzie wohl käme? Ich hatte nicht mehr allzu viel zu tun. Wir hatten unsere Blutuntersuchung hinter uns, hatten alle nötigen Papiere zusammen, der Termin auf dem Standesamt stand fest, und meine wenigen Habseligkeiten waren eingepackt und konnten in Rudys Haus gebracht werden.

An diesem Tag war ich allein zu Hause. Darüber war ich sehr froh, denn ich fürchtete, ich würde ausrasten, wenn Eloise und Deke noch länger auf mich einredeten. Ich trat immer wieder ans Fenster und hoffte, ich sähe Lizzie vorfahren. Ich wusste nicht, wie sie kommen würde. Als sie von hier wegging, hatte sie noch keinen Führerschein. Ich bezweifelte, dass sie ihn so schnell gemacht hatte.

Plötzlich sah ich eine Limousine in unsere Auffahrt einbiegen.

Ich stieß einen Freudenschrei aus und rannte hinaus. Lizzie sprang aus dem Auto und lief mir entgegen. Wir fielen uns in die Arme, hielten uns lange fest und lachten vor Freude. Der Chauffeur stieg aus und blieb stumm neben der Autotür stehen.

„Lizzie, wie schön, dich zu sehen!“ Ich klammerte mich an sie wie eine Ertrinkende. „Oh, Lizzie, dass du tatsächlich gekommen bist!“

„Natürlich bin ich gekommen. Du hast doch nicht im Ernst geglaubt, ich ließe mir deine Hochzeit entgehen, oder?“

Sie sah anders aus, viel gepflegter und eleganter als früher. Sie roch wie Amanda. Ihre Haare waren weicher als meine. Ich vermutete, dass sie irgendwelche teuren Shampoos und Pflegespülungen benutzte. Sie sah überhaupt nicht misshandelt oder missbraucht aus. Sie sah aus, als würde ihr neues Leben ihr nur gut tun.

Aber ich wusste es besser.

Ich nahm ihre Hand und führte sie zum Haus. An der Tür zögerte sie, als graue ihr davor, dieses Haus zu betreten. „Ich hätte nie gedacht, dass ich hierher zurückkomme.“

„Glaube mir, sobald ich erst einmal fort bin, werde ich auch nicht wieder hierher kommen.“

„Die ganze Stadt stinkt.“ Sie verzog die Nase. „Man muss länger fort gewesen sein, damit man es bemerkt. Sie stinkt wirklich. Es ist ein furchtbarer Geruch. Ich kann kaum glauben, dass ich so viele Jahre hier gelebt habe. Noch weniger kann ich glauben, dass du in diesem Gestank bleiben willst.“

„Ich bin ihn gewöhnt.“ Ich zog sie ins Haus. „Er stört mich nicht.“

Sie verzog angewidert das Gesicht und schaute sich in dem schmutzigen Wohnzimmer um. „Hier drinnen stinkt es auch. Es riecht nach Dekes schmutzigen Schuhen und nach diesen widerlichen Hunden.“

Allmählich wurde ich sauer. „Es wird dich ja nicht umbringen, wenn du eine Minute hereinkommst.“

„Wo sind Deke und Eloise?“

„Sie haben letzte Nacht ein wenig Geld gewonnen und sind jetzt losgefahren, um mir ein Hochzeitsgeschenk zu kaufen."

Lizzie schaute mich an, als glaube sie kein Wort. „Das glaubst du doch selbst nicht!"

„Oh doch. Du solltest sehen, wie freundlich sie mich zur Zeit behandeln. Es macht mich richtig krank. Sie denken wohl, ich würde die letzten fünfzehn Jahre vergessen und mich später nur daran erinnern, dass sie in der Woche vor meiner Hochzeit nett zu mir waren. Sie haben eine Todesangst, dass ich sie vergesse, wenn ich mein Geld bekomme. Unter uns gesagt: Genau das habe ich auch vor."

Lizzie schluckte. Ich sah ihr an, dass sie sich nur mühsam beherrschte, um mir keinen Vortrag wegen dieses Prozesses zu halten. Ich war sehr dankbar, dass sie nichts sagte.

„Willst du sehen, was ich anziehe?" Ich muss zugeben, dass ich das hauptsächlich fragte, um von dem anderen Thema abzulenken. Ich wusste, dass mein Kleid sie nicht beeindrucken würde. Das Kleid, das sie jetzt trug, war schöner als mein Hochzeitskleid.

„Ja, zeig es mir", nickte sie.

Ich führte sie in das Zimmer, das wir so viele Jahre miteinander geteilt hatten. Es war genauso, wie sie es verlassen hatte. Nicht einmal die Laken waren gewechselt worden.

Ich zog mein Kleid aus dem Schrank und hielt es vor mich hin. „Mehr konnte ich mir nicht leisten."

Lizzie sah nicht besonders beeindruckt aus. „Es ist hübsch, Kara ... aber wolltest du denn kein richtiges Hochzeitskleid?"

„Doch, schon. Ich wollte auch Flitterwochen in Paris. Aber ich werde das alles nicht bekommen." Ich stemmte die Hände in die Hüften. „Ich hoffe, du bist kein Snob geworden, Lizzie."

Sie sah aus, als hätte ich sie zutiefst beleidigt. „Das bin ich nicht. Ich will nur, dass du das Beste bekommst. Ich habe ein paar Sachen mitgebracht, aus denen du dir etwas aussuchen könntest, wenn du willst. Ich habe mein Abendkleid dabei, das ich letzte Woche zu meiner Begrüßungsfeier getragen habe. Es ist elfenbeinfarben. Vielleicht könntest du es morgen anziehen."

In diesem Augenblick wusste ich, wie sich Aschenputtel gefühlt haben musste, als sie das goldene Kleid bekam. „Oh ja, zeig es mir!"

Lizzie öffnete die Tür und trat auf die knarrende Veranda hinaus. Der Chauffeur öffnete sofort die Fahrertür und stieg aus. „Könnten Sie mir bitte meinen Koffer hereinbringen, Charles?"

Ich musste lachen. Mit verschränkten Armen lehnte ich mich an den Pfosten. „Charles?"

„Er ist gleichzeitig mein Leibwächter und mein Chauffeur. Er ist ein netter Mann. Amanda vertraut ihm hundertprozentig."

„Ein Leibwächter? Ist das nicht ein wenig übertrieben?"

„Nein. Amanda sagt, wir seien wegen unseres Namens, Holbrooke, für viele eine willkommene Zielscheibe. Sie besteht darauf, dass ich überall, wohin ich gehe, beschützt werde. Außerdem ist er mir ein guter Freund geworden. Wenn du kämst, würde sie dafür sorgen, dass du auch einen Chauffeur und Leibwächter bekommst."

„Ich komme nicht. Ich werde *nie* kommen."

Charles brachte den Koffer herein und stellte ihn ins Wohnzimmer. „Haben Sie noch einen Wunsch, Miss Lizzie?"

Sie schüttelte den Kopf. „Nein. Danke, Charles."

Ich schaute ihm nach, wie er zu der Limousine zurückging. In diesem Augenblick fuhr Rudys staubiger Volvo auf dem Schotterweg vor. „Da ist er." Ich drehte mich um, um ihr Gesicht zu sehen. „Das ist Rudy. Bist du bereit, ihn kennen zu lernen?"

Lizzie wurde ein bisschen blass, aber sie schaute zur Tür hinaus.

„Sieht er nicht gut aus? Schau ihn dir nur einmal an. Hättest du gedacht, dass ich so einen tollen Mann bekomme?"

„Kara, du konntest jeden Mann haben, den du wolltest. Du warst nicht auf Barton begrenzt."

Ich grinste. „Wenn du ihn erst kennst, wirst du das nicht mehr sagen." Rudy stieg aus dem Auto. Er hatte sich für diesen Besuch schön angezogen. Lizzie war bestimmt beeindruckt. Ich stieg die Stufen hinab, ging ihm entgegen, ergriff seine Hand und führte ihn wieder die Treppe hinauf.

Als er die Veranda erreichte, wurden seine Schritte langsamer. Dann fing er an zu lachen. „Ich komme mir vor, als sähe ich plötzlich doppelt."

Ich hatte vergessen, dass er nie „meine andere Hälfte" gesehen hatte. „Das passiert uns immer", erklärte ich. „Lizzie, das ist Rudy. Rudy, das ist Lizzie."

Lizzies Augen waren kalt, als sie ihm die Hand schüttelte. „Nett, dich kennen zu lernen." Sie war höflich, aber der Tonfall in ihrer Stimme verriet deutlich, dass sie ganz und gar nicht froh war, ihn kennen zu lernen. Offensichtlich war sie doch ein Snob geworden. Das gefiel mir nicht.

Rudy hielt ihre Hand fest. „Gerade, als ich dachte, Kara sei die schönste Frau der Welt, muss ich feststellen, dass es noch so eine gibt wie sie."

„Nein", widersprach Lizzie ohne das geringste Lächeln. „Kara ist einmalig."

Ich war nicht sicher, was sie damit sagen wollte, aber aus ihrer Stimme schloss ich, dass sie es nicht böse meinte.

Rudy legte den Arm um meine Taille. „Und was sagst du zu unseren Plänen?"

Lizzie konnte sich kaum zu einem Lächeln zwingen. „Sie sind ein wenig überraschend. Aber Kara weiß, dass ich ihr nur das Allerbeste wünsche."

„Komm herein, Rudy", lud ich ihn ein. „Hilf uns zu entscheiden, was ich morgen anziehen soll."

„Ich dachte, du hättest bereits ein Kleid gekauft."

„Das habe ich auch, aber Lizzie hat mir ein paar andere Sachen mitgebracht. Sie sagte, sie hat ein elfenbeinfarbenes Kleid. Stell dir vor, Rudy, vielleicht heirate ich ja doch noch in Weiß."

Er folgte uns ins Haus und setzte sich auf die Kante des Sofas, als wollte er seine Hose nicht schmutzig machen. Ich konnte ihm daraus keinen Vorwurf machen. In diesem Haus war seit über einem Jahr nicht mehr staubgesaugt worden, und das, obwohl die Hunde oft hereinkamen und auf diesem Sofa lagen.

Er schien die Augen gar nicht von Lizzie abwenden zu können, als sie sich zu ihrem Koffer hinabbückte und ihn öffnete. Fast wurde ich eifersüchtig. Aber dann wurde mir bewusst, dass es auch nicht anders war, als wenn er mich anschaute. Männer hatten immer Probleme, uns auseinander zu halten. Es war ein häufiges Problem, dass einer sich in mich verliebte, dann aber nur Augen für Lizzie hatte, wenn sie da war. Das gefiel mir nicht besonders, aber ich wusste, dass es passieren konnte.

Lizzie faltete den Kofferteiler auseinander und zog das Kleid, das sorgfältig eingepackt war, heraus. Das Kleid sah genauso aus wie das Kleid, das ich mir als mein Hochzeitskleid immer erträumt hatte, mit einem runden Ausschnitt und einem vollen Chiffonrock.

„Wir haben immer ein solches Kleid gezeichnet." Sie hielt es vor sich hin. „Erinnerst du dich, Kara? Wir hatten oft von unserer Hochzeit geträumt."

Ich brachte kaum ein Wort über die Lippen, als ich das Kleid in die Hand nahm. So etwas Schönes hatte ich noch nie zu Gesicht bekommen. „Lizzie", flüsterte ich ehrfürchtig. „Dieses Kleid ist einfach märchenhaft."

„Ich habe es gekauft, weil es mich an unsere Träume erinnerte. Amanda meinte, es sei passend für meine Begrüßungsfeier. Wer hätte schon ahnen können, dass du es so bald für deine Hochzeit brauchen würdest."

Tränen brannten mir in den Augen. Ich hielt das Kleid hoch, damit es nicht den schmutzigen Boden berührte. „Oh, Rudy, ist es nicht wunderschön?"

„Es ist hübsch, Kara. Aber meinst du nicht, es ist ein wenig übertrieben?"

Er verstand mich einfach nicht. Das frustrierte mich. „Nein. Es sieht passender für eine Hochzeit aus als dieses dumme Sommerkleid. Ich werde es anziehen."

„Wir könnten deine Haare zu einer Hochfrisur stecken", sagte Lizzie. „Wie wir es früher getan haben, als wir noch klein waren. Erinnerst du dich? Wir legten uns einen Schleier auf den Kopf und stolzierten herum, als wären wir Prinzessinnen."

Ich legte mir das Kleid über den Arm und umarmte sie. „Ich bin so froh, dass du da bist", strahlte ich. „Heute ist der schönste Tag meines Lebens."

Sie wischte sich eine Träne weg. „Komm, probier das Kleid an. Ich will es an dir sehen. Ich habe auch Schuhe mitgebracht." Sie zog sie aus dem Koffer und reichte sie mir.

Ich war so gerührt, dass ich Rudy auf die Wange küsste. „Ich bin gleich wieder da."

Verträumt schloss ich mich in meinem Zimmer ein und begann, mich umzuziehen. Ich konnte es nicht erwarten, das Kleid auf meiner Haut zu fühlen und zu sehen, wie Rudys Gesicht vor Staunen und Bewunderung ganz groß wurde. Ich konnte es nicht erwarten, *mich selbst* in diesem Kleid zu sehen.

Ich hörte die beiden draußen leise reden und drückte mein Ohr an die Tür.

„Du brauchst nicht stehen zu bleiben", sagte Rudy. „Setz dich doch. Dann können wir uns leichter unterhalten."

Ich hörte Lizzies Schritte, als sie durch das Zimmer ging. „Ich habe eine Frage an dich und will eine ehrliche Antwort. Ich will wissen, warum du meine Schwester heiratest."

Er stieß ein Lachen aus, als könnte er nicht glauben, dass sie so eine kühne Frage stellte. Ehrlich gesagt, konnte ich es auch kaum glauben. „Warum sollte ich sie *nicht* heiraten wollen? Sie ist schön. Das siehst du doch selbst."

„Ich will eine Antwort. Warum jetzt? Warum hast du es so eilig?"

„Sie ist die Liebe meines Lebens. Sie ist die Frau, die ich will. Das ist alles."

„Es hat nicht zufällig etwas mit diesem Prozess zu tun, den sie ins Laufen gebracht hat, oder?"

Fast wäre ich aus dem Schlafzimmer gestürmt, aber ich hatte mich bereits ausgezogen. Ich schlüpfte in das weiße Kleid und zog den Reißverschluss zu. Dabei lauschte ich immer noch angestrengt, was vor meiner Tür gesprochen wurde.

„Ich unterstütze sie bei dieser Sache nur. Das ist alles. Ob sie verliert oder gewinnt, spielt für mich keine Rolle."

„Es ist dir also egal, ob sie eine Kellnerin mit einem niedrigen Lohn ist oder vor Gericht fünfzig Millionen Dollar zugesprochen bekommt?“

„Ist mir völlig schnuppe.“

Ich hörte sie wieder durch das Zimmer gehen und ihren Koffer zuklappen. „Eines sage ich dir, Rudy: Wenn du meiner Schwester wehtust, wirst du das bitter bereuen. Sie ist sensibel und verletzlich, und sie würde zur Zeit auf alles hereinfallen. Ich möchte nicht erleben, dass du ihr das Herz brichst. Besonders dann, wenn sie diesen Prozess verliert.“

„Sie wird ihn nicht verlieren“, entgegnete Rudy.

„Amanda hat nicht die Absicht, außergerichtlich eine Abfindung zu zahlen. Es wird kein Geld geben, Rudy.“

„Abwarten“, erwiderte er gelassen.

„Ich wohne bei Amanda.“ Lizzies Stimme wurde lauter. „Sie hat mir gesagt, was sie vorhat. Sie weiß, wenn sie Kara das Geld geben würde, würde es sinnlos verschleudert werden. Sie traut weder dir noch Deke oder Eloise. Sie traut nicht einmal Kara, wenn es darum geht, mit so viel Geld richtig umzugehen.“

„Deiner Amanda bleibt vielleicht keine andere Wahl.“ Seine Stimme klang frech, herausfordernd. „Ich kann mir nicht vorstellen, dass ein Richter Karas Fall negativ entscheiden wird. Ein junges Mädchen, das um sein Familienerbe gebracht wurde. Das wird keinen Richter kalt lassen. Sie bekommt ihren Anteil.“

„Und du bekommst deinen. Das kann ich dir versprechen.“

Schweigen ... dann: „Du schwingst große Reden für ein so kleines Mädchen.“

Ich wusste, wie sehr er Lizzie mit solchen Sprüchen reizen konnte. Schnell schlüpfte ich in die Schuhe.

„Wenn du ihr wehtust, bekommst du es mit mir zu tun“, sagte Lizzie.

„Willst du mir drohen?“ Rudys Stimme klang genauso wie vor kurzem, als er Bill Daniels an die Gurgel hatte gehen wollten.

Es folgte eine lange Pause, dann sagte Lizzie: „Ja, ich glaube, das will ich.“

Eilig öffnete ich die Tür und trat ins Wohnzimmer. Ich schaute von einem zum anderen ... Lizzie wusste nicht, dass ich etwas von ihrem Gespräch gehört hatte. Ein Lächeln zog über ihre Lippen. „Oh, Kara. Du siehst großartig aus. Es sieht an dir viel besser aus als an mir."

„Rudy", fragte ich leise. Meine Stimme war vor Rührung ganz belegt. „Was meinst du?"

Er schaute mich kaum an. „Lizzie hat Recht. Es steht dir großartig. Ich würde dich auf der Stelle heiraten, wenn wir einen Standesbeamten hier hätten."

Diese Antwort befriedigte mich. Ich nickte und verschwand wieder im Schlafzimmer. Zum Glück kam Lizzie dieses Mal mit.

„Zieh es aus, damit wir es aufhängen können. Wir wollen doch nicht, dass es auf diesem schmutzigen Boden dreckig wird." Sie schloss die Schlafzimmertür und sperrte Rudy aus.

Ich schaute sie nur an. „Oh, Lizzie, du wirst dich mit ihm bestimmt bald besser verstehen. Du kennst ihn einfach noch nicht. Das ist alles." Ich zog das Kleid über die Schultern, und Lizzie öffnete den Reißverschluss.

„Ich möchte heute Abend mit dir zusammen sein", sagte ich. „Rudy muss zur Arbeit. Gehst du mit mir ins Kasino? Dann können wir etwas trinken und uns unterhalten."

„Kara, wir sind noch zu jung, um im Kasino Alkohol zu trinken. Wovon redest du da?"

„Das ist kein Problem. Rudy bringt uns alles, was wir wollen."

„Ich will nicht ins Kasino", erklärte Lizzie. „Wie kannst du überhaupt dorthin gehen wollen, wenn du doch genau weißt, wie viel Geld Deke und Eloise dort verloren haben? Ist dir nicht bewusst, dass Eloise und Deke *jedes Jahr* über 300.000 Dollar bekamen, damit sie uns ein anständiges Leben hätten bieten können, und wir haben keinen Cent davon gesehen? Wir haben in dieser Müllhalde gelebt und trockene Cornflakes gegessen und Kleider getragen, die wir aus der Altkleidersammlung kramten. Und das Schlimmste ist, Kara: Sie haben uns von Amanda fern gehalten, die uns liebte und alles für uns getan hätte."

„Junge, Junge, sie treibt ja richtig Gehirnwäsche mit dir, was?" Ich schlüpfte in meine Jeans, die ich vorher getragen hatte, und zog mir mein T-Shirt wieder über den Kopf. „Wenn sie dich so sehr liebt, warum stellt sie dir dann keinen Scheck aus und gibt dir deinen Anteil?"

„Sie will eine Beziehung zu mir haben", sagte Lizzie. „Sie will, dass ich ein gutes Leben führe. Ich muss noch so vieles lernen. Ich habe so vieles nachzuholen, Kara. Und ich will das selber alles, was sie mir bietet. Ich werde eines Tages eine große Verantwortung tragen."

„Denkst du wirklich, sie wird dir diese große Firma übergeben? Wenn du das wirklich glaubst, bist du naiver, als ich dachte."

„Ich bin nicht naiv." Lizzies Augenbrauen zogen sich nach oben, als sie versuchte, mir ihren Standpunkt zu erklären. „Sie ist ein wunderbarer Mensch. Sie wird mir in ihrem Testament alles hinterlassen. Und auch dir, Kara, wenn du kommst. Sie will, dass wir eine Ausbildung haben, damit wir überhaupt in der Lage sind, diese Verantwortung zu übernehmen. Wir können das schaffen. Ich habe herausgefunden, dass ich gut denken kann. Ich bin nicht dumm, auch wenn sie uns das in der Schule eingeredet haben, Kara. Ich bin klug, und du auch. Wenn Amanda sich zur Ruhe setzt, werden wir in der Lage sein, die Aufgaben zu übernehmen."

„Wenn Amanda sich zur Ruhe setzt, könnte ich diese Firma schon längst selbst besitzen. Und, Lizzie, du könntest sie mit mir besitzen. Wenn wir beide zusammen diesen Prozess führen würden, wäre der Fall viel leichter. Wir könnten ihr alles abnehmen und sie aus dieser Villa vertreiben und die Firma übernehmen. Alles könnte uns gehören, ohne dass wir vorher zur Schule müssen und das ganze Drumherum."

„So will ich es aber nicht!" Lizzie schaute mich an, als wäre ich einfach zu engstirnig, um zu begreifen, was sie mir gerade erklärt hatte. „Es beruhigt mich, dass jetzt alles Amanda gehört, dass sie sich darum kümmert, dass alles bei ihr in sicheren Händen ist. Ich selber würde ein Chaos anrichten. Jeder, der dir einreden will, du könntest es für dich haben, belügt dich. Dazu wird es nicht kommen. Amanda hat nicht die Absicht, dir außergerichtlich eine Abfindung zu zahlen. Und kein Richter wird die vor fünfzehn Jahren gefällte Entscheidung, als das Vermögen Amanda zugesprochen wurde, revidieren. Schon gar nicht, wenn ich bei ihr wohne und sie mich mit so viel Gutem überschüttet."

„Du wirst doch vor Gericht nicht gegen mich aussagen, Lizzie, oder?"

Lizzie schaute mich einen Augenblick wortlos an. Ihre Augen wurden feucht. „Wenn es nötig sein sollte, werde ich das tun, Kara. Wenn sie mir Fragen stellen, werde ich die Wahrheit sagen. Dass Amanda dir alles angeboten hat, was sie besitzt, und dass du es abgelehnt hast. Es sieht nicht gut für dich aus, Kara. Du hast keine Chance vor Gericht."

„Aber Rudy sagt, sie wird es nicht zu einem Prozess kommen lassen und mir eine Abfindung zahlen."

Lizzie setzte sich auf die Matratze. „Du wirst so sehr getäuscht. Du glaubst so viele Lügen."

Mein Herz hämmerte so fest in meiner Brust, dass ich dachte, es würde jeden Augenblick platzen. „Ich glaube ihm mehr als dir. Du bist davongelaufen und hast mich allein gelassen."

„Du hättest mit mir kommen können." Lizzies Gesicht wurde todtraurig. „Ich habe dich angefleht."

„Du bist *gegangen,* aber *er* nicht! Er ist für mich da, und du bist fort. Du bist nur eifersüchtig. Du denkst, ich wäre nicht gut genug, einen Mann wie Rudy zu bekommen. Du kannst dir nicht vorstellen, dass er sich in mich verliebt hat."

„Ich weiß, dass du es besser haben könntest", weinte Lizzie. „Du könntest einen Mann in deinem Alter kennen lernen – einen *anständigen* Mann – und ihn heiraten und Kinder bekommen. Man hat uns unser Leben lang gesagt, wir wären nichts als Müll, Kara, und *du* glaubst das immer noch. Ob du es wahrhaben willst oder nicht, Rudy *behandelt* dich immer noch wie Müll. Er will das Geld, von dem er glaubt, dass du es bekommst. Deshalb hat er es so eilig, dich zu heiraten."

„Hey, er wusste nicht einmal, wer ich war, als er mich kennen lernte. Er hat sich für mich interessiert, bevor ich ihm auch nur ein Wort über mich erzählte. Und es war nicht seine Idee, dass ich diesen Prozess anstrebe. Ich habe das Ganze mit Eloise und Deke angeleiert."

„Siehst du?", warf Lizzie ein. „Du wurdest dein ganzes Leben lang von anderen manipuliert. Warum fängst du nicht an, für dich selbst zu denken, Kara? Fang doch endlich an, deinen gesunden Menschenverstand zu gebrauchen. Ich weiß, dass du eine kluge Frau bist."

Ich konnte nicht glauben, dass sie sich so mit mir anlegte. An einem der glücklichsten Tage meines Lebens. „Ich wollte, dass dieses Wochenende ein ganz besonderes Wochenende wird, aber du verdirbst mir alles. Bist du nur gekommen, um mir das anzutun?"

Lizzie wurde still. „Das will ich nicht, Kara. Ich will nur, dass du glücklich bist. Das will ich von ganzem Herzen. Aber ich sehe nicht, wie du es auf diese Weise werden solltest."

„Ich werde auf diese Weise glücklich werden! Ob es dir gefällt oder nicht. Ich bin dir wirklich dankbar für das Kleid und alles andere, aber wenn du mir das ganze Wochenende verderben willst, kannst du genauso gut gleich wieder fahren."

Ich konnte Lizzie ansehen, dass sie Mühe hatte, die Tränen zurückzuhalten, die sich in ihren Augen Bahn brechen wollten. „Also gut, Kara. Ich werde nichts mehr dazu sagen."

„Gut." Ich setzte mich auf das Bett und legte das Kleid über meinen Schoß. Lizzie wischte sich eine Träne von der Wange. Rudy hatte im Wohnzimmer wahrscheinlich jedes Wort gehört. Ich hasste Lizzie fast dafür, dass sie ihm das antat.

„Also ... willst du heute Nacht hier bei mir schlafen, oder ..."

„Ich übernachte in einem Hotel", sagte Lizzie schnell. „Amanda hat mir eine Suite in einem Hotel in Vicksburg reserviert."

„Im *Insel Capri*?" Ich zog neugierig die Augenbrauen hoch. „Dort werden wir morgen unsere Hochzeitsnacht verbringen."

„Nein, nicht in dem Hotel beim Kasino. Amanda sagte, es sei ein ruhiges kleines Hotel am Stadtrand. Es heißt Simmons Suites. Ich hatte gehofft, du würdest mit mir dort übernachten."

„Wirklich?" Als ich das hörte, hob sich meine Stimmung sofort wieder. „Oh, Lizzie, das wird bestimmt lustig. Wir könnten die ganze Nacht wach bleiben und reden. Wie in den guten alten Zeiten."

„Die alten Zeiten waren nicht so gut, Kara."

„Ich weiß, aber jetzt brechen bessere Zeiten an. Das verspreche ich dir, Lizzie. Glaube mir!"

„Ich hoffe, du hast Recht, Kara. Das hoffe ich wirklich." Sie stand vom Bett auf, nahm mir das Kleid aus der Hand und hängte es wieder auf den Bügel. „Wir können deine Sachen mitnehmen und dich morgen im Hotel anziehen und frisieren, wenn du willst. Dann musst du nicht noch einmal hierher zurück."

„Einverstanden." Ich vergaß schon fast, wie wütend ich gewesen war. Die Aufregung wegen meiner bevorstehenden Hochzeit kehrte zurück. „Ich hole meine Sachen. Aber willst du denn nicht bleiben und Eloise und Deke sehen?"

Lizzie dachte kurz nach. „Nein, ehrlich gesagt, wäre ich lieber schon wieder fort, wenn sie zurückkommen."

„Soll mir recht sein. Ich kann es auch kaum erwarten, endgültig aus diesem Haus zu kommen."

37

An diesem Abend blieben wir bis spät in die Nacht auf. Wir hatten uns so viel zu erzählen.

Lizzie konnte nicht aufhören, von Amanda zu sprechen, und von dem Haus, in dem sie wohnte, und von der Familie, die sie dort hatte, und wie wunderbar alles sei.

Ich kaufte ihr nichts davon ab, aber ich war doch so neugierig, dass ich ihr zuhörte.

„Du hättest mich an unserem achtzehnten Geburtstag sehen sollen, als wir zu ihrem Haus fuhren." Lizzies Augen leuchteten und wurden ganz groß, als erlebe sie alles noch einmal. „Von der Straße aus kann man es nicht sehen. Es liegt abseits von den anderen Häusern. Man fährt auf einer gewundenen Straße, die von beiden Seiten mit wunderschönen Eichen gesäumt ist. Die Bäume bilden einen Baldachin über der Straße. Allein schon die Fahrt zum Haus ist friedlich und schön. Es wäre perfekt gewesen, wenn du dabei gewesen wärst."

„Wie hat *sie* auf der Fahrt reagiert?"

„Sie erzählte mir, wie es war, als wir klein waren. Wie sie unseren Vater kennen lernte und wie sie sich in uns verliebte, und wie gern sie sich um uns gekümmert hatte."

„Nichts davon kann sie beweisen", stellte ich heraus.

„Nein, ich vermute, sie kann nicht beweisen, was sie damals für uns empfunden hat. Aber ich glaube ihr."

„Aber das ist doch einfach verrückt."

„Für mich nicht." Sie setzte sich auf das große Hotelbett und kreuzte die Beine zum Schneidersitz. Sie hatte ihre Haare zu einem Pferdeschwanz hochgebunden und sah wieder mehr aus wie früher. „Als wir zu den Toren dieses Hauses kamen, traute ich meinen Augen kaum. Es sah aus wie ein großer weißer Palast. Wie direkt aus einem Hollywoodfilm. Ich erwartete, dass alles kalt sei und dass man nichts anfassen dürfe.

Sobald ich aus dem Auto stieg, ging die riesige, massive Haustür auf und mehrere Leute kamen herausgelaufen und waren ganz aufgeregt, mich zu sehen."

„Was für Leute?"

„Die Familie, auch wenn niemand von ihnen tatsächlich mit uns verwandt ist. Du musst wissen: Amanda zog vor Jahren in diese Villa, weil ihr Leben ein einziger Alptraum geworden war. Sie war nirgends mehr sicher. Nachdem sie das Erbe zugesprochen bekommen hatte, fand sie keine Ruhe mehr. Jeder wollte etwas von ihr. Sie beschloss, in die Villa zu ziehen, obwohl sie sich nicht vorstellen konnte, in so einer Umgebung zu wohnen. Sie wollte diese Villa behalten, damit sie für uns noch da wäre, wenn wir groß sind."

„Aha."

„Aber sie wollte nicht allein, nur mit den Hausangestellten, dort wohnen. Und sie mochte den Butler nicht. Er war ein eingebildeter Snob, der dauernd hochnäsig die Nase rümpfte und auf sie herabschaute. Jedes Mal, wenn sie ihn sah, lief ihr eine Gänsehaut über den Rücken. Deshalb entließ sie ihn und mit ihm auch alle anderen Angestellten, die sich unfreundlich benahmen, und stellte Leute ein, die sie mochte. Statt einem Butler stellte sie den besten Freund ihres Vaters, Mack, ein. Sie bat ihn, zu ihr zu ziehen und ihr zu helfen, das Personal anzuleiten. Er ist ein netter alter Mann. Genau so, wie man sich einen Großvater vorstellt. Ganz anders als Deke ... Mack ist lieb und rundlich und umarmt mich immer wieder und erzählt mir, wie sehr er sich freue, dass ich endlich zu Hause bin. Er war der Erste, der an diesem Tag aus dem Haus kam und mich begrüßte. Man hätte meinen können, ich sei wirklich Teil seiner Familie. Er hatte sogar Tränen in den Augen, als er mich umarmte."

Ich versuchte, mir das vorzustellen. Aber das einzige Bild, das ich mir vor Augen malen konnte, war irgendein alter Mann, der sich anstrengte, geheuchelte Gefühle zu zeigen.

„Wer noch?"

„Joan natürlich. Sie ist Amandas beste Freundin. Als Amanda HolCorp erbte, wurde Joan ihre Assistentin. Eine tüchtigere Frau kannst du dir nicht vorstellen. Joan kann einfach *alles.* Sie wohnt auch in der Villa. Amanda lud sie ein, mit ihr und Mack und den Angestellten dort zu wohnen. Dann ist da noch Sarah, das Kindermädchen, das früher unseren Papa aufgezogen hat. Sie ist inzwischen alt, aber sie ist sehr nett, und Amanda liebt sie. Amanda lässt sie nicht viel arbeiten. Sie hat ihr sogar eine eigene Wohnung in der Villa gegeben und behandelt sie wie eine Mutter. Sarah erzählt mir Geschichten von früher, als Papa klein war. Ich kann mir fast vorstellen, wie er mit einem Basketball über den Marmorboden dribbelt, das Geländer hinabrutscht und in diesen riesigen Räumen Verstecken spielt."

„Dann ist es dort wie in einem Museum?"

„Nein", widersprach Lizzie. „In jedem Zimmer ist es warm und gemütlich. Amanda hat es völlig neu eingerichtet, damit es ein richtiges Zuhause wurde. Es gibt kein Zimmer in diesem Haus, in dem ich mich nicht wohl fühlen würde. Aber anfangs war es nicht so." Sie stand auf und stellte sich auf das Bett. „Als ich dort ankam, führten sie mich in den Ballsaal, wo die Angestellten – ungefähr zwei Dutzend Leute – aufgereiht waren. Alle waren in vornehmem Schwarz und Weiß gekleidet." Sie spielte die Szene nach. „Ich dachte, ich müsse in Ohnmacht fallen. Aber dann blies plötzlich jemand in ein Horn, wie es bei feierlichen Anlässen üblich ist, und alle klatschten, als wäre ich ein Filmstar oder so etwas. Sie bauten sich um mich herum auf, und wir feierten eine große Party." Sie sprang wieder auf das Bett.

„Das ist komisch."

Lizzie runzelte verständnislos die Stirn. „Warum ist das komisch?"

„Ich verstehe nicht, was sie wollen."

„Nichts. Sie wollen mich einfach wieder in meinem Zuhause und in meiner Familie aufnehmen. Das einzige Komische ist, dass sie genau wussten, was ich mag, ohne dass ich es ihnen zu sagen brauchte. Amanda hatte so gut auf uns aufgepasst, als wir aufwuchsen, dass sie unser Lieblingsessen kannte, die Farben, die uns gefallen, die Einrichtung, die wir gern in unseren Zimmern hätten."

„*Unsere* Zimmer?"

„Ja, Kara. Du hast auch ein Zimmer. Es wartet nur darauf, dass du kommst. Es ist traumhaft eingerichtet. Helle Blumenmuster, schöne Vorhänge, glänzende Kirschbaummöbel. Ich habe ein großes Himmelbett, Kara. Es ist so schön. Du hast auch eines mit einem grünweißen Baldachin und Spitzenvorhängen."

Ich stand auf und ging zu meinem Koffer. Nervös wühlte ich darin herum, als suche ich etwas. Ich muss gestehen, dass ich verwirrt war. Es klang nicht so, als würde Amanda sie misshandeln. Es klang, als wäre alles, was sie versprochen hatte, wahr.

Aber ich konnte es immer noch nicht glauben.

Lizzie sprang vom Bett und breitete die Arme aus, als wolle sie mir all die Dinge zeigen, die sie beschrieben hatte. „Von meinem Zimmer aus kann ich auf den Rasen hinter dem Haus schauen. Dort blühen Blumen in allen Farben. Mitten im Garten steht das kleine Spielhaus, von dem ich dir in meinem Brief erzählte. Amanda hat es von dem kleinen Haus, in dem wir früher wohnten, holen lassen. Papa hat es für uns gebaut. Wir haben ihm dabei sogar geholfen. Man kann genau sehen, wo wir gestrichen und gehämmert haben."

Jetzt schaute ich zu ihr auf. „*Das* muss eine Lüge sein. An so etwas würde ich mich erinnern."

„Ich erinnere mich auch nicht daran", erwiderte sie. „Aber es ist alles wahr. Es gibt Fotos. Als wir das erste Mal in den Garten gingen, setzten wir uns in das Spielhaus. In dem Haus waren kleine Küchenmöbel aus Plastik. Sie sagte, wir hätten früher gern damit gespielt. Sie holte ein Fotoalbum, und wir saßen da draußen und schauten uns die Fotos von unserer Familie an."

„Welche Fotos?"

Sie strahlte mich geheimnisvoll an und eilte zu ihrem Koffer. „Ich zeige sie dir."

Sie zog ein eingepacktes Geschenk heraus und legte es auf meinen Schoß. „Das ist ein Vor-Hochzeitsgeschenk für dich."

Ich hielt den Atem an. „Mein erstes Geschenk." Strahlend riss ich das Papier auf und öffnete die Schachtel. Dann zog ich das

Fotoalbum heraus. Es war mit Perlenbändern und Goldpapier verziert. Ehrfurchtsvoll fuhr ich mit den Fingern darüber. „So etwas Schönes habe ich noch nie gesehen“, flüsterte ich.

„Schlag es auf“, forderte Lizzie mich auf. „Schau dir die Fotos an.“

Ich schlug das Album auf der ersten Seite auf. Mein Blick fiel auf ein Bild von einer Frau, die zwei kleine rothaarige Babys auf den Armen hält, die erst wenige Stunden alt sind.

„Das ist unsere Mutter.“ Lizzies Stimme verriet eine gewisse Ehrfurcht. „Sie starb, als wir wenige Wochen alt waren.“

Ich blätterte die Seite um. Ein Mann, der mir seltsam bekannt vorkam, auch wenn ich glaubte, ich hätte ihn nie zuvor gesehen, saß mit zwei winzigen Babys in den Armen da und grinste übers ganze Gesicht. Er hatte rote, gelockte Haare wie wir und große, freundliche Augen. „Wir sehen ihm ähnlich“, flüsterte ich.

„Ja, wir haben eindeutig die Augen unseres Vaters“, gab mir Lizzie wehmütig Recht. „Und natürlich seine Haare. Aber ich glaube, das Kinn haben wir von unserer Mutter.“

Ich blätterte um und fand einen weiteren Schnappschuss von unserer Mutter, die uns im Arm hielt.

„Das hier bist du.“ Lizzie deutete auf das gähnende Baby. Aber meine Augen waren nicht auf das Baby, sondern auf meine Mutter fixiert. Sie war blond und schlank und viel hübscher, als Eloise und Deke sie uns je beschrieben hatten.

„Und schau dir das an.“ Lizzie blätterte wieder um und zeigte mir ein anderes Bild von unserem Vater. Er hielt mich in den Armen, beugte sich nach unten und verpasste mir einen Kuss auf meine runde kleine Wange. Ich war nie ein besonders sentimentaler Typ gewesen, aber als ich das sah, war meine Kehle wie zugeschnürt. Ich musste das Album zuklappen. „Ich glaube, ich kann mir diese Bilder jetzt nicht anschauen.“

„Das kann ich verstehen.“ Lizzie legte ihre Hand mitfühlend auf meinen Arm. „Bei mir regten sich das erste Mal auch sehr viele Gefühle. Du kannst dir die Bilder anschauen, wenn du bereit dazu bist. Es sind auch viele Bilder von uns und Amanda dabei, als wir drei waren. Bevor man uns ihr wegnahm. Wenn du die Bilder siehst, wirst du erkennen, wie sehr sie uns liebte."

Schweigen breitete sich aus. Lizzie kniete sich vor mir nieder. Sie schaute in mein Gesicht und schob mir die Haare hinter das Ohr. Sie hatte sich in den letzten Wochen verändert. Irgendwie war sie freundlicher, einfühlsamer geworden.

Ganz anders als ich.

„Kara, ich habe das Gefühl, den größten Teil meines Lebens in einem Gefängnis eingesperrt gewesen zu sein. Bei grausamen, habgierigen Menschen, die mich anlogen und mich glauben ließen, es sei mein Schicksal, in diesem Gefängnis zu sein. Sie haben uns klein gehalten, Kara. Sie haben uns beherrscht. Sie haben aus uns Menschen ohne Hoffnung gemacht. Sie wollten, dass wir lebenslänglich in diesem Gefängnis sitzen. Du akzeptierst diese Strafe, Kara, obwohl die Türen weit offen stehen. Du gehst nicht durch diese Türen. Wir können zu der Familie auf den Bildern in diesem Fotoalbum zurückkehren. Wir können wieder Frieden und Freude erfahren."

„Zu *ihren* Bedingungen!"

„Ja, zu ihren Bedingungen. Es sind gute Bedingungen, Kara. Ich habe mich in meinem Leben noch nie freier gefühlt. Die ganze Welt steht mir jetzt offen. Ich habe Hoffnung und eine Zukunft. Ich erlebe Dinge, die ich nie kannte, die ich mir nie erhoffte oder mir auch nur hätte vorstellen können. Zum ersten Mal in meinem Leben habe ich das Gefühl, auf festem Boden zu stehen. Und ich fühle mich stark, weil ich nicht auf mich allein gestellt bin. Ich bin nicht Dekes und Eloises vernachlässigte, dumme, mittellose Enkelin. Ich habe Amandas ganzen Reichtum und Einfluss hinter mir. Sie ist da und hilft mir. Dabei geht es nur um Liebe, Kara. Nicht um Geld."

„Liebe hat immer mit Geld zu tun."

„Nein, hat sie nicht! Das ist eine Lüge, die man dir erzählt hat!"

Ich biss mir auf die Lippe. Vielleicht war ich einfach durcheinander. Vielleicht hatte Lizzie doch Recht. Immerhin *konnte* es wirklich sein, dass Rudy nur hinter diesem Geld her war, genauso wie Eloise und Deke. Ich fragte mich, wie es wohl wäre, wenn ich morgen mit Lizzie in diese Limousine stiege und mit ihr zu Amanda führe.

Aber solche Gedanken waren nur Selbstbetrug. Lizzie spielte mit meinen Gefühlen und wollte mich mit diesen Bildern und all dem Zeug, das sie mir erzählt hatte, nur einlullen.

Ihr würden bald die Augen aufgehen. Das alles war einfach zu gut, um wahr zu sein. Zu leicht. Nichts im Leben war so leicht.

„Ich habe dir noch mehr Geschenke mitgebracht", sagte Lizzie. Ich blickte zu ihr auf.

Sie holte eine flache Schachtel, die ganz in weiß eingewickelt war, heraus und eine zweite, kleinere Schachtel.

Ich merkte, wie die dunklen Schatten, die sich über mein Herz gelegt hatten, wieder verschwanden. Lächelnd nahm ich die Geschenke entgegen.

„Das Große ist von mir", erklärte Lizzie. „Das Kleine ist von Amanda."

„Deines zuerst." Ich öffnete die Schleife. „Es sieht so hübsch aus. Ich möchte es nicht kaputt machen."

„Du *musst* es kaputt machen, wenn du sehen willst, was darin ist."

Ich grinste. Dann riss ich das Papier auf. Ich stieß auf eine weiße Schachtel und öffnete sie. Ein elfenbeinfarbener Schleier lag zusammengefaltet darin mit einer Schleife mit eingearbeiteten Perlen. Ich zog ihn heraus und schaute ihn fasziniert an. „Oh, Lizzie."

„Ich konnte dich doch nicht ohne Schleier heiraten lassen, nachdem wir so oft spielten, wir wären ..."

Ich warf mich in ihre Arme. Sie lachte und umarmte mich herzlich. Tränen liefen mir über die Wangen. Ich konnte mein Glück kaum glauben.

Lizzie schüttelte den langen, hauchdünnen Schleier aus und steckte mir den Kamm in die Haare. „Ich habe ihn im Geschäft bei mir selbst anprobiert. Ich stellte mir vor, wie du darin aussiehst."

Ich wischte mir die Augen und schwebte zum Spiegel. „Ich bin eine Braut", flüsterte ich. „Eine richtige Braut."

Lizzie blieb stehen und beobachtete mich, während ich zu dem Kleid ging, das im Schrank hing. Ich zog mich schnell aus und schlüpfte noch einmal in das Kleid. Dann drehte ich mich vor dem Spiegel im Kreis. „Schau mich nur an, Lizzie. Es ist genauso, wie ich es mir immer ausgemalt habe."

„Nur, dass du nicht durch ein Kirchenschiff zum Altar geführt wirst."

„Ich habe nun mal keine Kirche. Außerdem: Kannst du dir vorstellen, dass Deke mich meinem Bräutigam übergibt? Nein, das Standesamt ist passender als eine Kirche."

Ich wollte das Kleid gar nicht wieder ausziehen. Deshalb blieb ich einfach darin sitzen und schaute mich immer wieder im Spiegel an.

„Vergiss Amandas Geschenk nicht."

Ich wollte mich nicht aus meinen Träumen reißen lassen. „Ich will eigentlich nichts von ihr."

„Du wärst dumm, wenn du es nicht annähmst. Vertraue mir, es wird dir gefallen."

Ich nahm das Päckchen, das sie mir reichte, und riss es mit weniger Begeisterung auf. „Sieht nach Schmuck aus", bemerkte ich, als ich das kleine Kästchen hervorholte. Ich nahm den Deckel ab und blickte auf ein Perlenarmband, das genau zu der Halskette passte, die ich versetzt hatte.

„Wieder Perlen."

„Wo hast du deine Kette?", fragte Lizzie. „Wirst du sie morgen bei der Hochzeit tragen?"

Ich schluckte. „Nein."

„Aber das solltest du. Weißt du, wie wertvoll dieses Armband ist? Es ist wahrscheinlich mehrere tausend Dollar wert. Die Kette ist sogar noch mehr wert."

Mir wurde ein wenig übel. „Mehrere tausend? Drüben in der Pfandleihe habe ich nur fünfhundert dafür bekommen!"

Lizzie schaute mich bestürzt an. „Kara!"

Ich sprang auf und ging auf die andere Seite des Zimmers. Beim Gehen hob ich mein Kleid vorsichtig hoch. „Es war dumm von mir, dir das zu erzählen. Ich hätte es für mich behalten sollen."

„Du hast diese Kette für fünfhundert Dollar *versetzt*? Kara, wie konntest du nur?"

„Ich brauchte das Geld! Ich musste damit meinen Anwalt bezahlen."

„Das sieht dir ähnlich, Kara. Du verkaufst dein Geburtsrecht für ein Linsengericht."

„Ein Linsengericht?" Ich starrte sie an, als hätte sie den Verstand verloren. „Wovon redest du denn jetzt schon wieder?"

„Das hat Esau in der Bibel getan."

„In der Bibel? Seit wann liest du in der Bibel?"

„Seit Amanda mein Interesse dafür geweckt hat. Die Bibel ist gut, Kara. Besser als jeder Roman, den ich je gelesen habe. Aber darum geht es nicht. Es geht darum, dass du nicht weißt, wie wertvoll das ist, was Amanda für dich hat."

„Wahrscheinlich nicht." Ich schaute auf das Armband hinab. „Aber dieses Armband werde ich nicht verkaufen."

Lizzie sah aus, als hätte ich *sie* beleidigt, indem ich die Kette verkaufte. „Wenigstens nicht für fünfhundert Dollar", sagte sie. „Wenn du es schon verkaufen musst, dann wenigstens zu dem Preis, den es wert ist."

„Wie soll man das denn anstellen? So viel bekommt man in der Pfandleihe nicht."

„Bring es zu einem Juwelier", riet Lizzie. „Ich will damit nicht sagen, dass du es verkaufen sollst. Aber wenn du es um Himmels willen schon verkaufst, dann richtig."

„Einverstanden, das werde ich. Aber du kannst Amanda sagen, dass sie aufhören kann, mir kostbaren Schmuck zu schenken. Ich werde ihn nicht tragen. Bald werde ich in der Lage sein, mir jeden Schmuck zu kaufen, den ich haben will."

Ich sah Lizzie an, dass sie nicht mit mir streiten wollte. Sie biss sich auf die Zunge und sprach dieses Thema nicht mehr an.

* * *

Wir schliefen ein paar Stunden. Als ich aufwachte, sprang ich aus dem Hotelbett und rief aufgeregt: „Heute ist mein Hochzeitstag!"

Lizzie sprach nicht viel. Sie bestellte den Zimmerservice und zog sich an. Schweigend frisierte sie meine Haare, half mir in das Kleid und steckte mir den Schleier in die Haare. Dann knipste sie eine Unmenge Bilder von mir. Wahrscheinlich, um sie Amanda zu zeigen.

Als wir zum Standesamt kamen, spürte ich, wie Lizzie steif wurde, als Eloise und Deke in ihren grellen, neuen Kleidern vorfuhren.

„So so", näselte Eloise zynisch, als sie Lizzie erblickte. „Du lässt dich also herab, mal wieder zu uns zu kommen."

„Wir dachten, du wärst zu vornehm, um nach Barton zurückzukommen", setzte Deke nach. „In deinen teuren Kleidern und mit deiner Limousine, die da draußen steht. Du meinst wirklich, du wärst jetzt jemand, was?"

Lizzie schaute ihm furchtlos in die Augen. „Ich weiß, wer ich bin."

Einige Minuten später war ihr anzusehen, wie unwohl sie sich in ihrer Haut fühlte, als ich in Begeisterungsstürme ausbrach über Rudy in seinem schwarzen Anzug, dem weißen Hemd und der weißen Krawatte.

Ich bemerkte, dass sie sich die Tränen aus dem Gesicht wischte, als der Standesbeamte die schlichte Hochzeitszeremonie durchführte. Nach nur wenigen Minuten war alles schon wieder vorbei. Ich fühlte mich ein wenig betrogen. Aber dann küsste Rudy mich, und ich begriff, dass ich jetzt Mrs. Singer war und dass ich nie wieder in diesem schmutzigen Trailer bei Eloise und Deke wohnen müsste.

Lizzie umarmte mich ganz fest und zerdrückte mich beinahe. „Kara, versprich mir, dass du mich anrufst, wenn du mich brauchst. Jederzeit. Hab dieses Handy immer bei dir! Hörst du?"

„Natürlich werde ich das." Ich lachte beinahe. Man hätte meinen können, ich bräche zu einer Urwaldexpedition auf. „Mach dir keine Sorgen. Er wird sich gut um mich kümmern."

Ich konnte ihr ansehen, dass sie das nicht glaubte.

Als ich in Rudys Auto stieg, um in das *Insel Capri* aufzubrechen, wo wir unsere Hochzeitsnacht verbringen würden, stieg Lizzie in ihre Limousine. Sie weinte, als sie davonfuhr.

Dieses Mal ließ ich mir davon jedoch nicht die Laune verderben. Ich war zu aufgeregt und freute mich zu sehr auf mein neues Leben.

38

Ich war noch nie zuvor wie eine Erwachsene behandelt worden. Nicht wirklich. Aber jetzt, da ich Rudys Frau war, hatte ich das Gefühl, wirklich erwachsen zu sein. Ich bestellte an diesem Abend Drinks im Kasino, und sie wurden mir tatsächlich gebracht. Zugegeben, man brachte uns ein paar Drinks zu viel, denn Rudy kippte ein Glas nach dem anderen hinunter und wurde von Glas zu Glas lauter und auffallender. Ich lachte laut, als er mich über die Tanzfläche wirbelte und mit mir durch das Spielkasino stolzierte und vor seinen Kollegen mit mir angab. So viel Spaß hatte ich schon lange nicht mehr gehabt.

Irgendwann nach Mitternacht hatte er wohl endgültig zu viel getrunken. Seine Augenlider wurden schwer, und sein stolzer, aufrechter Gang wurde immer mehr ein Torkeln.

Als ich schließlich vorschlug, in unser Zimmer hinaufzugehen, war er einverstanden.

Man hatte uns eine Suite gegeben. Sie war bei weitem nicht so hübsch wie die Suite, in der ich die letzte Nacht mit Lizzie verbracht hatte, aber sie war um Welten besser als das Zimmer, in dem ich bis zu diesem Tag gewohnt hatte. Rudy schleuderte seine Schuhe von sich, als wir im Zimmer waren, nahm seine Krawatte ab und ließ sich aufs Bett plumpsen.

Ich huschte ins Badezimmer, um das Nachthemd anzuziehen, das ich mir von meinem Trinkgeld der letzten Woche gekauft hatte. Ich sah gut darin aus. Es würde ihm bestimmt gefallen.

Aber als ich ins Schlafzimmer zurückkam, hörte ich nur ein lautes Schnarchen. Rudy lag mit offenem Mund auf dem Rücken und war tief und fest eingeschlafen.

Das war nicht gerade mein Traum von einer perfekten Hochzeitsnacht. Ich wollte nicht akzeptieren, dass er ohne die geringste Romantik einfach einschlief und schnarchte wie ein Bär. Ich stieß ihn leicht in die Seite. „Wach auf, Rudy. In deiner Hochzeitsnacht kannst du doch nicht einfach einschlafen."

Er brummte im Schlaf und drehte sich von mir weg.

„Rudy." Ich schüttelte ihn fester. „Komm schon, Schatz." Aber mit ihm war nichts anzufangen.

Ich setzte mich aufs Bett und betrachtete ihn eine Minute. Sollte ich mit einem Kissen auf ihn einschlagen oder ihn einfach schlafen lassen? Es war ja nicht so, dass es unser erstes Mal gewesen wäre. Wahrscheinlich hatte Rudy sich einfach nicht so sehr darauf gefreut wie ich.

Schließlich redete ich mir ein, dass es schon okay sei. Ich konnte unsere ganze Ehe nicht nach einer einzigen Nacht beurteilen. Außerdem war es viel besser, hier mit ihm zusammen zu sein, als ohne Lizzie im Trailer zu wohnen. Nach einer Weile wurde mir kalt. Deshalb schlüpfte ich unter die Decke und rutschte ein wenig näher an ihn heran.

Als er wieder anfing, gleichmäßig zu schnarchen, sank ich auch in einen leichten Schlaf.

* * *

Ich wachte auf, als er am nächsten Morgen aus dem Bett taumelte.

Ich lächelte. „Guten Morgen, *mein Ehemann.*" Mir gefiel der Klang dieser Wortes.

Er schaute mich nicht einmal an, sondern wankte nur ins Badezimmer. Anscheinend musste ich ziemlich schrecklich aussehen, wenn er mich so ignorierte. Also stand ich auf, bürstete mir die Haare und streifte mein Nachthemd glatt. Er sollte nicht denken, dass er für den Rest seines Lebens neben einer Vogelscheuche aufwachen würde.

Als er wieder zurückkam, schritt ich erhobenen Hauptes auf ihn zu. „Du bist letzte Nacht eingeschlafen ..."

„Essen." Er schlüpfte in seine Hose und verzog grimmig das Gesicht. „Ich brauche etwas zu essen, drei Tassen Kaffee und zwei Aspirin. Zieh dich an", befahl er. „Wir gehen hinunter und frühstücken."

Sein Tonfall zerschmetterte meine Vorfreude. Aber ich sagte mir, dass ich deshalb nicht beleidigt sein müsste. Er meinte es bestimmt nicht böse. Ich hatte fast mein ganzes Leben mit angesehen, wie Deke und Eloise mit einem Kater aufwachten, und ich wusste, dass dieser Zustand vergehen und er sich bald besser fühlen würde.

Ich packte meine Sachen zusammen und zog das Sommerkleid an, das ich ursprünglich für die Hochzeit gekauft hatte. Es war billig und bei weitem nicht mit dem Kleid zu vergleichen, in dem ich geheiratet hatte, aber für heute passte es. Zufrieden mit meinem Aussehen, kam ich aus dem Badezimmer und drehte mich im Kreis.

„Sehe ich wie eine verheiratete Frau aus?", fragte ich verspielt.

„Ganz nett", murmelte er.

Er war zwar nicht gerade poetisch, aber immerhin gefiel ich ihm. Ich folgte ihm aus der Suite, fuhr mit ihm im Aufzug nach unten und wartete schweigend, während er Kaffee und Eier bestellte. Als er endlich etwas im Magen hatte, die Aspirintabletten anfingen zu wirken und das Koffein seine Wirkung zeigte, sah er allmählich wieder ein wenig so aus, wie ich ihn kannte.

„Es tut mir Leid, dass ich gestern Nacht eingeschlafen bin." Er rieb sich die Augen. „Das war bestimmt nicht meine Absicht."

„Ist schon gut. An seinem Hochzeitstag darf man doch feiern. Das ist ganz in Ordnung."

Er zwang sich zu einem Grinsen und warf einen Blick auf seine Armbanduhr. „Wann, sagte ich, müssen wir das Zimmer räumen?"

„Um elf Uhr. Aber mir gefällt es hier. Können wir nicht noch einen Tag bleiben?"

„Nein. Mein Chef hat mir die Suite nur eine Nacht als Hochzeitsgeschenk überlassen. Danach muss ich zahlen."

„Aber hast du denn kein Geld?"

„Nicht genug für dieses Hotel. Wenn du nicht dein ganzes Trinkgeld für Kleider ausgegeben hättest ..."

Meine Kinnlade fiel nach unten. „Jetzt hör aber auf! Ich habe fast überhaupt nichts ausgegeben. Das wenige, das ich gekauft habe, habe ich nur gekauft, weil ich für dich hübsch aussehen wollte."

„Du siehst hübsch aus, egal, was du anhast."

Das versöhnte mich. Ich lächelte wieder und ergriff seine Hand. Er entzog sie mir und warf einen Blick auf seine Uhr. „Ich denke, wir sollten jetzt lieber hinaufgehen und packen. Wir müssen noch deine Sachen zu mir bringen."

„Wenn das Geld kommt, Rudy, dann ziehen wir von hier fort. Wir verlassen Barton und gehen nach New York. In dieser Stadt wollte ich schon immer wohnen. Wir könnten uns dort eine Arbeit suchen und ganz neu anfangen. Vielleicht sollten wir gar nicht warten, bis der Prozess vorbei ist. Vielleicht sollten wir gleich umziehen. Ich kann eine Stelle als Kellnerin bekommen. Für dich gibt es in New York auch genug Arbeit."

Er lehnte sich zurück und schüttelte bestimmt den Kopf. „Wir gehen nirgendwohin, solange dieser Prozess nicht vorbei ist."

„Aber wir können doch von dort aus auch in Kontakt zu meinem Anwalt bleiben." Ich wurde ganz aufgeregt und glaubte wirklich, wir könnten noch heute unsere Sachen packen und nach New York fahren. „Wir könnten doch gleich ein neues Leben anfangen. Wir müssen uns ja keine vornehme Wohnung suchen. So etwas wie dein jetziges Haus würde genügen. Aber wir wären weg von hier."

Er beugte sich über den Tisch und stützte sich schwer auf die Ellbogen. „Wir brauchen im Moment unser ganzes Geld, um diesen Prozess durchzuziehen. Wo ist übrigens das Armband, das sie dir geschenkt hat?"

„Oben in meinem Koffer."

„Gut. Wenn wir nach Barton zurückkommen, nehme ich es und versetze es."

Ich schüttelte den Kopf. „Nein! Ich will es gern behalten."

„Warum? Du brauchst keinen Schmuck von dieser Frau. Das hast du selbst gesagt."

„Aber Lizzie sagte, dass es dumm war, die Kette in einer Pfandleihe zu versetzen. Wir hätten sie zu einem Juwelier bringen und viel mehr Geld dafür bekommen können. Außerdem gefällt mir das Armband. Es ist hübsch. Ich dachte, ich könnte es behalten, bis ich das Geld wirklich brauche. Lass es mich behalten. Bitte!"

Er seufzte missmutig. In diesem Augenblick brachte der Kellner die Rechnung. Rudys Miene verfinsterte sich, als er sie las. Er knallte wortlos das Geld auf den Tisch und stand auf. Er sah nicht so aus, als würde er auf mich warten. Also stand ich ebenfalls auf und folgte ihm.

„Wir müssen uns beeilen", drängte er. „Ich muss heute Nachmittag um drei Uhr zur Arbeit wieder hier sein."

„Du musst heute arbeiten?" Ich starrte ihn fassungslos an. „Rudy, wir haben gestern geheiratet!"

„Irgendjemand muss schließlich die Rechnungen bezahlen. Das Leben ist nicht umsonst."

„Aber ich habe mir die nächsten zwei Tage freigenommen", sagte ich. „Ich kann das später wieder einarbeiten."

„Das hättest du nicht tun sollen. Das Geld wird knapp werden, solange wir diese Abfindung noch nicht haben."

Ich war froh, dass Lizzie ihn nicht so reden hörte. Auf der Rückfahrt nach Barton hörte ich fast, wie sie sagte, sie habe Recht, dass Rudy mich nur wegen der Abfindung geheiratet habe, dass ihm das Geld wichtiger sei als ich.

Aber das stimmte nicht! Er liebte mich. Er hätte mich auch geheiratet, wenn ich für den Rest meines Lebens bettelarm bleiben würde. Das redete ich mir immer wieder ein, bis wir bei seinem Haus ankamen.

Das Haus, das seine Großmutter ihm hinterlassen hatte, war alt und baufällig und so schief, dass eine Murmel, wenn man sie fallen ließe, über den ganzen Boden rollen würde. Außerdem war es fast genauso schmutzig wie Eloises und Dekes Haus. Dort hatte ich nie sauber gemacht. Es interessierte niemanden, ob es schmutzig war oder nicht. Aber dieses Haus sollte mein Zuhause sein. Deshalb versuchte ich, das Beste daraus zu machen. Ich überlegte, dass ich sein Haus sauber machen und versuchen könnte, ihm meine weibliche Note zu verleihen. Rudy wäre vor Mitternacht nicht zurück. Ich könnte ihn mit einem sauberen Haus überraschen.

Als Erstes packte ich meinen Koffer aus und suchte im Schrank einen Platz für meine Sachen. Ich hatte so wenig, dass ich nicht viel Platz brauchte. Ich zog meine Unterwäsche aus dem Koffer und fand in einer Schublade Platz dafür. Dann räumte ich meine Schminksachen und ein paar Ohrringe, die ich im Warenhaus gekauft hatte, weg.

Ich hatte alles aus dem Koffer gepackt, als mir auffiel, dass ich das Kästchen mit dem Armband nirgends gefunden hatte. Vielleicht war das Kästchen in einen Schuh gerutscht. Ich durchsuchte alle. Dann wühlte ich in den Taschen des Koffers und danach in der Schublade, in der ich meine Unterwäsche verstaut hatte.

Das Armband blieb verschwunden.

Hatte Rudy es genommen, als ich nicht aufpasste?

Ich wusste ohne jeden Zweifel, dass er das getan hatte. Wieder hörte ich Lizzies Stimme, die mich schalt und mir sagte, dass er mich schon jetzt bestahl, dass es ihm nur um das Geld ging. Aber war nicht ich diejenige gewesen, die das immer gesagt hatte?

Ich weiß nicht, warum ich so überrascht war.

Mein Gesicht glühte, als ich ans Telefon eilte und die Nummer von Rudys Arbeit wählte. Es dauerte ein paar Minuten, bis sie ihn fanden, aber dann kam er ans Telefon.

„Ja, was ist?"

„Rudy, es ist deine Frau." Trotz meiner Wut auf ihn gefielen mir diese Worte.

„Ja?" Seine Stimme klang kalt und ungeduldig. Wahrscheinlich hatte er Schuldgefühle.

„Rudy, ich habe gerade das Armband gesucht. Es ist nicht im Koffer."

„Ich habe es mitgenommen. Auf dem Weg zur Arbeit bin ich bei einem Juwelier vorbeigefahren. Er hat mir tausend Mäuse dafür gegeben."

„*Was?* Das war nicht richtig, Rudy. Ich habe dir gesagt, dass ich noch nicht bereit bin, es zu verkaufen."

„Aber *ich* war dazu bereit."

Ich konnte seine Einstellung kaum glauben. So hatte er sich kein einziges Mal benommen, als wir miteinander befreundet waren. Ich versuchte, ruhig zu bleiben, als ich fragte: „Was willst du von dem Geld kaufen?"

„Nur ein paar Sachen, die wir brauchen. Es ist schon in Ordnung. Vertraue mir einfach."

„Aber, Rudy, ich bat dich, es nicht zu verkaufen. Ich sagte dir, dass ich noch nicht dazu bereit sei. Das war einfach nicht richtig."

„Kara, wenn du deinen gesunden Menschenverstand nicht gebrauchst, werde ich deine Wünsche immer übergehen müssen."

„Aber es *war* doch vernünftig. Warum behandelst du mich so? Seit gestern Nacht benimmst du dich, als hättest du dir mit mir nur Schwierigkeiten aufgehalst. Allmählich frage ich mich, ob Lizzie doch Recht hatte."

„Na, das klingt ja toll! Was hat sie denn gesagt?"

„Sie sagte, dass du nur hinter dem Geld her wärst. Aber ich sagte Nein, dass könne nicht sein. Nicht Rudy, nicht der wunderbare, liebevolle Rudy, der Mann meiner Träume." Ich begann zu weinen und hasste mich selbst dafür.

Seine Stimme wurde weicher. „Hey, so ist es doch nicht. Alles wird gut werden."

Ich hatte die Nase voll von seinen Lügen. „Bring dieses Geld heute Abend mit nach Hause, Rudy. Wenn du es ausgibst, dann lasse ich unsere Ehe annullieren und ziehe zu Amanda, nur um es dir zu zeigen." Damit knallte ich den Hörer auf die Gabel.

Als es in den nächsten Minuten nicht sofort wieder klingelte, warf ich mich auf sein Bett und weinte mir den Kummer von der Seele.

* * *

An diesem Abend kam er überraschend um halb acht nach Hause. Ich kochte immer noch vor Wut. Aber er hatte einen Rosenstrauß in der Hand, und dasselbe alte Lächeln spielte um seinen Mund, mit dem er mein Herz gewonnen hatte. „Ich habe sie gebeten, mir heute Abend freizugeben, damit ich ein wenig Zeit mit meiner jungen Frau verbringen kann“, sagte er. „Ich habe im Delta Point einen Tisch für heute Abend reserviert.“

Ich schaute mit feuchten Augen zu ihm auf und wollte so gern glauben, dass jetzt wirklich alles gut wäre. Aber ich konnte die Drohung, dass ich die Ehe annullieren ließe und zu Amanda ziehen würde, die ich heute Nachmittag ausgesprochen hatte, nicht ganz vergessen. Ich wollte nicht glauben, dass dieser Bluff nötig gewesen war, damit er seine Einstellung änderte. „Wo ist das Geld, Rudy?“

Er holte es aus seiner Jackentasche und legte es bar auf den Tisch. „Hier. Siehst du? Es ist alles da. Bis auf den letzten Cent.“

Ich zählte die tausend Dollar nach. „Ich bin immer noch sauer, weil du das getan hast.“

„Liebes, ich habe es doch nicht für mich getan. Ich habe es für uns getan, damit wir einen guten Start hätten. Mit einem Teil von dem Geld wollte ich heute Abend mit dir schön ausgehen.“

Ich blickte zu ihm auf und schaute ihm forschend ins Gesicht. „Hast du ihnen wirklich erzählt, dass du den heutigen Abend mit mir verbringen willst?“

„Natürlich habe ich das. Ich sagte, sie könnten mein Gehalt kürzen, wenn sie wollten, aber meine kleine Frau sitzt allein zu Hause, und ich will bei ihr sein.“

Ich fühlte mich schon etwas besser und versuchte, mir vorzustellen, wie er diese Worte zu seinen Vorgesetzten sagte. „Also gut. Ich mache mich fertig.“ Ich zog das Sommerkleid an, das ich an diesem Morgen getragen hatte, da ich für ein Restaurant wie das Delta Point sonst nichts anzuziehen hatte. Er küsste mich, als ich aus dem Schlafzimmer kam, und sagte mir, dass ich schön aussehe. Auf der Fahrt von Barton zum Restaurant in der Nähe des Kasinos hielt er meine Hand.

Während wir an einem Fensterplatz, von dem aus man einen Blick über den Mississippi hatte, Steak und Hummer aßen, begann er, mit mir von dem vornehmen Penthaus mit Blick auf den

Central Park zu träumen, in dem wir in New York City wohnen würden.

„Ich werde mit dir im Schiff auf dem Hudson River spazieren fahren", schwärmte er. „Mindestens einmal in der Woche. Und wir werden uns jede Broadwayvorführung in der Stadt anschauen. Und wir werden berühmte Leute kennen lernen."

Fasziniert hing ich an jedem seiner Worte. Ich wünschte, Lizzie könnte das hören. Sie würde sich bestimmt für mich freuen.

„Guten Abend, Rudy, Kara."

Ich blickte auf und erkannte Stan Mason, meinen Anwalt, der meinen Prozess vorbereitete. Rudy stand auf und reichte ihm die Hand. „Wir wollten Sie am Montag anrufen. Kara und ich haben gestern geheiratet."

„Wirklich?" Den Anwalt schien diese Nachricht zu verblüffen. „Meinen herzlichen Glückwunsch."

„Haben Sie schon einen Gerichtstermin?", fragte ich.

„Ich rechne damit, in ein paar Tagen von Amanda Holbrooke zu hören. Vorher werde ich mich jedoch noch einmal mit Ihnen in Verbindung setzen, damit wir noch ein paar Dinge klären können."

Endlich war es so weit! Begeistert klatschte ich die Hände zusammen.

„Es war schön, Sie zu sehen. Ich will nicht weiter stören."

Wir schauten ihm nach, wie er zu seinem Tisch zurückging, an dem sich mehrere Männer in vornehmen Anzügen angeregt miteinander unterhielten.

„Wir stehen kurz davor!", rief ich leise. „Rudy, stell dir das nur einmal vor!"

„Wir werden reich, Baby."

Nach dem Essen stand ich auf und begab mich zur Damentoilette, um mein Make-up aufzufrischen und mir die Haare zu kämmen. Als ich wieder in die Halle trat, fühlte ich mich, als wäre ich bereits eine reiche Millionärin. Stan Mason wollte gerade aufbrechen und kam von der anderen Seite der Halle auf mich zu.

„Es hat mich gefreut, Sie zu sehen, Kara."

„Ja, es hat mich auch gefreut, Sie zu sehen. Ich sage Ihnen: Ich konnte es nicht erwarten, die tausend Dollar zusammenzukratzen, damit wir diesen Fall endlich ins Laufen bringen konnten."

Er runzelte verständnislos die Stirn. „Welche tausend Dollar?"

„Die tausend Dollar, die Sie als Vorschuss verlangten."

Er schüttelte den Kopf und ließ seinen Blick zu unserem Tisch schweifen. Rudy nippte gerade an seinem Wein und schaute aus dem Fenster. „Kara, hat Rudy Ihnen gesagt, ich würde von Ihnen tausend Dollar verlangen?"

Mein Herz wollte stehen bleiben. In meinem Magen bildete sich ein harter Klumpen. „Aber ja. Wollen Sie etwa sagen, dass er Ihnen das Geld nicht gegeben hat?"

„Nein, das hat er nicht. Wir haben ein Honorar für mich ausgehandelt, aber ich wollte davon nichts im Voraus haben."

Ich stand völlig verstört in der Halle und kam mir wie die größte Idiotin vor. Mir fiel beim besten Willen nicht ein, was ich sagen sollte. Mein Blick wanderte wieder zu unserem Tisch hinüber. Rudy sah so zufrieden aus.

Ich war bestohlen worden – nicht nur einmal, sondern gleich *zweimal*. Wieder hörte ich Lizzies Stimme, die mich warnte und daran erinnerte, dass ich Rudy noch nicht gut genug kenne und dass ich einen besseren Mann bekommen könnte.

„Ich melde mich nächste Woche bei Ihnen", verabschiedete sich der Anwalt. Ich war zu keiner Antwort fähig. Schließlich verließ er das Restaurant.

Ich ging wieder zur Damentoilette zurück und sperrte mich in einer Kabine ein. Einen Augenblick stand ich wie versteinert da und versuchte, die Fassung wiederzugewinnen. Dieser Anwalt log bestimmt nicht. Das bedeutete, dass Rudy der Lügner sein musste. Mir war schwindelig und ich fürchtete, dass ich mich jeden Augenblick übergeben müsste. Ich riss mich zusammen. Langsam ging ich zu unserem Tisch zurück.

„Rudy, ich würde gern nach Hause fahren." Meine Stimme klang heiser und rau.

„Aber du hast doch noch gar keine Nachspeise bestellt."

„Ich fühle mich nicht besonders gut. Können wir bitte gehen?“

Er winkte dem Kellner und reichte ihm einen Hundert-Dollar-Schein. Als er die Rechnung bezahlt hatte, gingen wir zum Auto hinaus. Während der dreißigminütigen Rückfahrt nach Barton waren wir beide sehr still. Ich musste erst einmal verarbeiten, was ich heute erfahren hatte. Wenn Rudy mich betrogen hatte, wenn er die Anzahlung *und* das Armband gestohlen hatte, was bedeutete das? Hatte Lizzie Recht? Hatte er mich tatsächlich nur wegen des Geldes geheiratet?

Als wir zum Haus zurückkamen, zitterte ich am ganzen Leib, aber ich wollte nicht draußen vor dem Haus eine Szene machen. Es musste nicht jeder in Barton wissen, dass unsere Ehe bereits kaputt war. Ich beherrschte mich und wartete, bis wir im Haus waren. Sobald jedoch die Tür ins Schloss gefallen war, drehte ich mich zu ihm um.

„Was ist aus meinen tausend Dollar geworden, Rudy?“

Er schaute mich an, als hätte ich den Verstand verloren. „Sie sind hier. Wir haben heute Abend hundert davon ausgegeben. Der Rest ist ...“

Ich riss ihm das Geld wütend aus der Hand. „Nicht *diese* tausend Dollar! Das Geld, das ich dir für den Anwalt gegeben habe! Wo ist es?“

„Ich habe es ihm gegeben, genau wie wir ausgemacht hatten.“

Ich baute mich mit knirschenden Zähnen vor ihm auf. „Du lügst, Rudy. Lizzie hatte Recht.“

Er sah betroffen aus, überführt ... *ertappt*. Doch dann wurden seine Lippen hart und verzogen sich zu einem schmalen Strich. Er kam auf mich zu. Ein mörderischer Blick lag in seinen Augen.

Er zeigte mir, was er von meiner Aufmüpfigkeit hielt, und schlug mir mit dem Handrücken mitten ins Gesicht.

Wenn er gedacht hatte, das würde mich in ein schnurrendes Kätzchen verwandeln, hatte er sich getäuscht. Ich machte einen Satz auf ihn zu und schwang ebenfalls die Fäuste. Ich war bereit, ihn zu töten, wenn es sein müsste.

Er ballte die Hand zu einer Faust und schlug mich ein zweites

Mal. Mit diesem brutalen Fausthieb brach er mir das Kinn. Ich rollte auf den Boden und umklammerte mein Gesicht. „Ich hasse dich!“ Ich weinte und versuchte aufzustehen.

Er kniete sich auf mich und schlug mir erneut mit der Faust ins Gesicht. Blut lief mir aus der Nase und aus dem Mund. Ein Auge begann, dick anzuschwellen.

Ich hätte jetzt endlich den Mund halten sollen, aber noch nie in meinem Leben hatte ich einen solchen glühenden, tödlichen Zorn gespürt. „Du bist ein Lügner und ein Dieb!“ Ich rappelte mich taumelnd auf die Beine.

Ich nahm das Telefon und begann, eine Nummer zu wählen, aber er riss den Telefonstecker aus der Dose und knallte ihn mit voller Wucht auf den Boden.

Aufgebracht fuhr ich herum und packte die Lampe auf dem Tisch. Wenn er mich dazu zwang, würde ich sie als Waffe gegen ihn einsetzen. Das wusste er. Ich schwang sie über meinem Kopf und war bereit, sie nach ihm zu werfen, während ich mich langsam rückwärts zur Haustür bewegte.

Er kam Schritt für Schritt auf mich zu. Seine Augen waren wild. Ich wusste, wenn er mich zu fassen bekäme, brächte er mich um.

„Komm mir nicht zu nahe, sonst zerschlage ich diese Lampe auf deinem Kopf“, drohte ich mit einer Stimme, die nicht mehr nach meiner Stimme klang.

Er kam trotzdem immer näher, ohne die geringste Spur von Angst zu zeigen. Er packte mich am Arm, aber ich riss mich los. Ich nahm meine letzte Kraft zusammen und knallte die Lampe auf seinen Kopf. Er taumelte leicht nach hinten. Ich nutzte die Gelegenheit, um aus dem Haus zu stürmen.

Mir blieb nicht genug Zeit, auf die Straße zu laufen oder Hilfe zu holen. Deshalb rannte ich in den Wald. Ich taumelte durch das Gestrüpp und stolperte über Zweige, aber ich wusste, dass ich auf *meinem* Gebiet war und dass er sich in diesem Wald nicht zurechtfände. Ich erreichte die Eisenbahngleise, lief über die Schienen und Steine und rannte um mein Leben.

Als ich bei Dekes und Eloises Trailer ankam, rang ich verzweifelt um Atem. Ich sank auf die Verandastufen und hämmerte gegen die Haustür. „Lasst mich hinein! Bitte, lasst mich hinein!"

Deke riss die Tür auf und starrte zu mir hinab. „Was zum Teufel ist denn mit dir passiert?"

Ich taumelte ins Haus. „Er hat mich geschlagen! Er ist ein Dieb und ein brutaler Schläger, der seine Frau prügelt, und er ist ein Lügner!"

„Mädchen, was ist denn passiert?" Eloise hatte ihre Perücke abgenommen. Ihre Haare klebten wie eine schmierige Mütze auf ihrer Kopfhaut.

„Ich muss mich hinlegen." Ich taumelte zu meinem Zimmer. „Lasst mich einfach ein paar Minuten hier bleiben, bis ich mir überlegt habe, was ich tun soll."

„Natürlich, Liebes", flötete Eloise. „Komm, leg dich hin. Wir kümmern uns um alles. Deke, du musst die Polizei holen."

Sie waren nur wegen des Geldes nett zu mir. Das wusste ich. Niemand war je aus irgendeinem anderen Grund nett zu mir gewesen.

Ich begab mich in das Zimmer, von dem ich gehofft hatte, nie wieder darin schlafen zu müssen. Aber jetzt war ich wieder da. Wieder bei dem Ehepaar, das mich als Geisel festgehalten hatte, als ich zu jung gewesen war, um mich zu wehren. Es ging nur um Geld. Es ging immer nur um Geld.

Wenn ich so viel wert war, warum fühlte ich mich dann so wertlos?

Ich schloss die Tür hinter mir und krabbelte auf das Bett, rollte mich zusammen und schluckte das Blut, das in meinen Mund lief. Er hatte mir das Kinn gebrochen. Mehrere Zähne in meinem Mund waren locker.

„Lizzie", flüsterte ich und wünschte, sie wäre hier neben mir. Ich dachte daran, sie anzurufen, aber Deke und Eloise hatten kein Telefon. Das Handy war zusammen mit meinen anderen Sachen in Rudys Haus.

Plötzlich hörte ich, wie eine Autotür zugeschlagen wurde. Schritte polterten die Veranda hinauf. Eine Faust hämmerte brutal an die Tür.

„Lasst mich hinein!" Rudys Stimme donnerte durch die Wände. „Ich will meine Frau!"

Zu meinem Entsetzen öffnete Deke tatsächlich die Tür. „Das Geld", dachte ich. Deke würde mich wegen des Geldes verteidigen. Er würde Rudy wegen des Geldes nicht ins Haus lassen. Wegen des Geldes würde er doch sicher ein wenig Mut aufbringen.

Ich hörte einen Wortwechsel. Dann wieder dieses Poltern. Eine Sekunde später wurde die Tür zu meinem Zimmer aufgerissen. Ich schützte meinen Kopf mit meinen Armen und schrie verzweifelt. Taumelnd flüchtete ich mich an die Wand.

„Du kleines Flittchen! Du dachtest wohl, du könntest mir entkommen?" Er packte mich und zerrte mich vom Bett. Ich wehrte mich wie eine Verrückte, aber er war stärker als ich.

Er schleppte mich an Deke vorbei, der wie ein Feigling nur tatenlos zuschaute, und warf mich in sein Auto. Ich kreischte und jammerte und biss um mich, aber Rudy drehte mir brutal den Arm auf den Rücken.

„Halt den Mund, oder ich breche dir den Arm", knurrte er mit zusammengebissenen Zähnen.

Mir blieb keine andere Wahl, als den Mund zu halten. Ich hoffte, er würde mir nicht auch noch den Arm brechen. Er kugelte ihn mir fast aus. Jedes Mal, wenn ich versuchte, mich aus seinem Griff zu winden, wurde sein Griff noch ein wenig brutaler. Vor Schmerz schrie ich.

„Warum holst du mich zurück?", fragte ich zornig. „Warum lässt du mich nicht einfach gehen? Du hast doch, was du von mir wolltest. Du hast mein Geld."

„Noch nicht alles. Ich bin dein *Mann,* und ich werde dieses Vermögen bekommen, wenn du es zugesprochen kriegst. Wir ziehen diese Sache gemeinsam durch. Danach kannst du gehen, wohin du willst, aber das Geld gehört *mir.*"

Wir kamen zu seinem Haus zurück. Er zerrte mich aus dem Auto und die Verandastufen hinauf, warf mich im Wohnzimmer auf den Boden und beugte sich über mein zerschundenes Gesicht. Mit den Fingern drückte er mein gebrochenes Kinn zusammen. Ich glaubte schon, ich würde das Bewusstsein verlieren. Ich hoffte es sogar. Er würde mich sowieso töten, und ich wollte, dass es schnell ging.

Aber es ging nicht schnell. Es folgten nur noch weitere, stechende Schmerzen. Mir wurde übel. Er genoss meine Schmerzen. Ich versuchte, mich auf die Beine zu rappeln, aber er riss mich wieder auf den Boden und schlug erneut zu. „Sind wir uns einig, was diesen Prozess angeht?"

„Ja", antwortete ich kleinlaut. Ich hasste mich dafür, dass ich ihm nicht die Stirn bot, aber die Schmerzen machten mich fertig.

„Gut." Er stand auf, und ich dachte, jetzt würde er mich endlich in Ruhe lassen. Ich wollte mich erheben, aber noch bevor ich richtig stehen konnte, holte er aus und trat mich brutal in die Seite, dass meine Rippen krachten.

Ich fiel wieder auf den Boden, hielt mir die Arme um den Brustkorb und weinte.

Er schleifte mich ins Schlafzimmer und warf mich in den begehbaren Schrank. Ich landete unsanft auf dem Boden. Hinter mir fiel die Tür ins Schloss.

Ein Schlüssel wurde im Schloss umgedreht. Blutüberströmt stand ich auf und warf mich gegen die Tür. „Lass mich hinaus! Ich tue alles, was du sagst ... Bitte, Rudy. Wir können doch darüber reden!" Ich schrie, bis meine Stimme ganz heiser war. Schließlich sank ich auf dem Boden zusammen. Meine Seite tat weh, dass ich kaum Luft bekam, mein Kinn war geschwollen und steif. Meine Zähne hingen locker in meinem wunden Mund, und mein Auge war dick geschwollen.

Er schaltete den Fernseher in voller Lautstärke ein. Mir war klar, dass es keinen Sinn hatte, noch länger zu schreien.

In diesem Augenblick dachte ich, alles sei vorbei. Ich war so gut wie tot. Ich wünschte, ich könnte Lizzie eine Nachricht hinterlassen und ihr sagen, dass sie Recht hatte, dass ich auf sie hätte hören sollen, dass sie die Klügere von uns war.

Ich wusste, dass er mich hier gefangen halten würde, bis der

Prozess vorbei und der Scheck ausbezahlt wäre. Dann würde er mich umbringen und meinen Körper irgendwo in einem Erdloch verbuddeln, wo mich nie jemand finden würde.

Lizzie würde es nie erfahren.

Ich hatte mich geirrt ... so sehr geirrt. Ich könnte in dieser Villa bei Amanda wohnen, in diesem schönen Zimmer, das sie für mich vorbereitet hatte. Ich könnte lernen und mich freuen. Ich könnte geliebt werden ... und vielleicht ginge es dabei nicht nur um Geld.

Aber ich hatte mich für die Lüge entschieden.

Während ich hier lag und wartete, bis Rudy wiederkäme und mich endgültig erledigte, überlegte ich, wie großartig es wäre, wenn ich von hier fortkommen könnte. Wenn ich nur noch eine einzige Chance bekäme...

Ich wusste, dass ich Amanda beleidigt hatte, dass ich sie beschämt hatte. Sie wollte wahrscheinlich nichts mehr mit mir zu tun haben. Ich konnte nicht erwarten, dass sie noch einmal in einer Limousine in die Stadt käme und mich abholen würde. Aber vielleicht könnte ich zu *ihr* kommen. Vielleicht könnte ich zu ihr gehen und anbieten, in ihrem Haus zu arbeiten und für meinen Lebensunterhalt zu bezahlen. Wenn ich dafür arbeitete, dass ich dort wohnen durfte, würde sie mich vielleicht aufnehmen. Vielleicht würde sie mir sogar irgendwann vergeben.

Ich setzte mich auf und untersuchte zitternd meine Wunden. Unter Schmerzen zog ich die Beine heran und richtete mich taumelnd auf. Ich tastete nach dem Lichtschalter. Die nackte gelbe Glühbirne erhellte den Schrank. Panisch suchte ich nach einer Fluchtmöglichkeit. Ich hielt den Atem an: Hinter dem obersten Regalboden befand sich ein kleines, schmales Fenster. Dieses Fenster war mir vorher noch nie aufgefallen. Rudy wohnte noch nicht lange in diesem Haus. Wahrscheinlich hatte er es auch noch nicht bemerkt. Wenn er von dem Fenster gewusst hätte, hätte er mich bestimmt nicht in diesen Schrank geworfen.

Ich schaute mich nach etwas um, auf das ich mich stellen könnte. Meine Augen wanderten über die Kleider, die hier hingen. Meine wenigen Sachen hingen neben seinen ... zwei Arbeitskleider für die Arbeit in der Raststätte, das Kleid, in dem ich ihn geheiratet hatte, zwei Jeanshosen.

Mein Herz tat einen Sprung: Aus der Tasche einer meiner Schürzen hing ein Kabel! Ich hatte das Handy in diese Schürze gesteckt und es darin vergessen! Fast weinte ich vor Dankbarkeit. Eilig zog ich es heraus.

Ich wollte es mit zitternder Hand einschalten, aber der Akku war völlig leer.

Das Handy war wertlos, solange ich nicht zu einer Steckdose kam.

Mein Blick wanderte zum obersten Regal hinauf und fiel auf einen harten Koffer und drei Schachteln. Ich nahm einen Kleiderbügel von der Stange, angelte nach dem Koffer und zog ihn leise vom Regal, bis ich den Griff erreichen konnte.

Im Schlafzimmer lief immer noch das Fernsehgerät mit voller Lautstärke. Ich holte den Koffer auf den Boden und stellte ihn unter das Fenster. Zitternd stieg ich darauf. Dann holte ich mir die Schachteln. Sie waren nicht schwer – sie enthielten nur ein paar Kleidungsstücke, die Rudy noch nicht ausgepackt hatte, seit er eingezogen war. Ich zog sie nach unten, dann stopfte ich die Kleidung, die an den Kleiderbügeln hing, hinein, damit sie mein Gewicht tragen würden. Ich stapelte eine Schachtel auf die andere und legte dann den Koffer darauf.

Mit vor Schmerz zusammengebissenen Zähnen kletterte ich langsam auf den Koffer und hielt mich am Regal fest. Ich rutschte bäuchlings auf das Regal und biss mir auf die Lippen, um nicht vor Schmerzen laut zu schreien. Schwer atmend drehte ich am Griff, bis das Schwingfenster aufging. Zu meiner Enttäuschung ließ es sich jedoch nicht vollständig öffnen.

Die Öffnung war zu schmal, um durchzuschlüpfen. Ich schlug mit meinem linken Handrücken zu und zerbrach die Scheibe.

Ich hielt stockend die Luft an. Hatte Rudy das Klirren gehört?

Der Fernseher war immer noch ohrenbetäubend laut. Ich hoffte, dass er eingeschlafen wäre. Seine Frau halb zu Tode zu prügeln machte einen Mann doch bestimmt müde.

Ich warf das Handy aus dem Fenster und hörte, wie es leise auf dem Gras landete.

Ich biss die Zähne zusammen und schob die Füße durch die Fensteröffnung. Dann ließ ich meinen Körper langsam nach unten gleiten, bis mein Rumpf auf dem Fenstersims lag. Ich fühlte mich wie neu geboren, in eine neue Welt geschoben, wenn auch völlig verängstigt und zerschunden. Es gelang mir, ganz hinauszurutschen und mich auf den Boden fallen zu lassen.

Ich wartete nicht ab, ob Rudy mich gehört hatte und aus dem Haus käme. Mit wilder Entschlossenheit – schließlich ging es um mein Leben – packte ich das Handy und das Kabel, drückte die Hand auf meine schmerzende Seite und schleppte mich in den sicheren Schutz des Waldes hinein, der schon immer eine Zuflucht und ein Versteck für mich gewesen war.

In der Dunkelheit strengte ich meine Augen an, um die Merkmale zu erkennen, die mir verrieten, wo ich war. Der umgestürzte Baum, der Dornbusch, der aus einem Baumstumpf wuchs, der Weg, den Lizzie und ich so oft benutzt hatten. Mein Atem pfiff bei jedem Schritt. Meine Rippen hatten anscheinend meine Lunge verletzt. Ich konnte nicht genug Luft in die Lunge bekommen und wurde immer schwächer.

Trotzdem gelang es mir, mich weiterzuschleppen. Dieses Mal über die Eisenbahngleise, tiefer in den Wald hinein.

Die alte Tankstelle, an der Lizzie sich mit Amanda getroffen hatte, stand hell beleuchtet und menschenleer am Straßenrand. Ich stolperte aus dem Wald und taumelte auf die Tankstelle zu. Sie war geschlossen. Weit und breit war niemand zu sehen. Aber an der Vorderseite des Gebäudes fand ich eine Steckdose. Zitternd steckte ich das Kabel hinein.

Eine unbeschreibliche Dankbarkeit durchflutete mich, als die Kontrollleuchte an dem Handy anging.

Ich fand Amandas Nummer, drückte die richtige Taste ... und wartete.

39

Lizzie meldete sich sofort nach dem ersten Klingeln. „Kara?“

Ihre Stimme klang panisch, atemlos, als wüsste sie bereits, warum ich anrief.

„Lizzie!“ Ich wusste, dass meine Stimme ganz anders klang als sonst. Ich war heiser und bekam kaum Luft. Mein Mund ließ sich nur schwer bewegen.

„Kara? Du bist verletzt, nicht wahr? Die Schmerzen ... ich bin davon aufgewacht. Ich wusste, dass du in Schwierigkeiten steckst ...“

So Leid es mir tat, dass sie diese Schmerzen auch hatte, erwachte gleichzeitig eine neue Hoffnung in mir. Wir waren immer noch Zwillinge! „Lizzie, er hat mich geschlagen.“

„Rudy hat dich geschlagen? Bist du in Ordnung?“

„*Nein!* Du hattest Recht, Lizzie. Du hattest ja so Recht. Ich hätte auf dich hören sollen.“

„Kara, sag mir, wo du bist.“

„Ich bin an Zeke Staffords Tankstelle ... aber ich kann nicht hier bleiben. In dem hellen Licht sieht er mich ... Der Akku von dem Handy ist leer.“ Ich konnte kaum atmen. „Er wird mich finden und zurückschleppen.“

Ich hörte am anderen Ende der Leitung Geräusche, andere Stimmen, dann war Amanda am Telefon. „Kara, warte dort auf die Polizei. Hörst du mich? Du musst ...“

Ich sah Scheinwerfer die Straße entlangkommen und wusste instinktiv, dass es Rudy war. Ich riss das Kabel aus der Steckdose und versteckte mich hinter dem Gebäude. Zitternd blieb ich im Schatten sitzen und beobachtete das Auto. Ich hatte mich nicht getäuscht. Rudy wusste, dass ich fort war, und suchte mich. Sein Auto wurde langsamer ...

„Bitte, Herr ... Oh, bitte, bitte, lass ihn weiterfahren.“

Noch nie zuvor hatte ich erlebt, dass ein Gebet erhört worden war. Aber ich hatte auch noch nie zuvor gebetet, soweit ich mich erinnerte. Ich war so dankbar, als ich wieder um die Ecke lugte und das Auto verschwunden war.

Ich musste aus der Stadt verschwinden. Er durfte mich auf keinen Fall finden.

Ich steckte das Handy zusammen mit dem Kabel in meine Tasche und schlug mich zur Raststätte durch. Sie hatte immer noch geöffnet, auch wenn in den frühen Morgenstunden nur eine stark reduzierte Mannschaft Dienst hatte.

Ich schlich an den riesigen Lastern, die auf dem Parkplatz abgestellt waren, vorbei und verschwand auf der Rückseite des Gebäudes. Schließlich erreichte ich die Hintertür. Ich stolperte in die Küche. Andy Yarbrough schaute mich entgeistert an und fluchte leise. „Was zum Teufel ist denn mit dir passiert?"

„Andy, ich brauche Geld", brachte ich mühsam über die Lippen. Ich rang um Luft, aber meine Lunge verweigerte mir einfach ihren Dienst. Meine Seite schmerzte so sehr, dass ich am liebsten sterben wollte. „Ich brauche es schnell. Bitte. Du musst mir helfen."

„Wie viel brauchst du?"

„So viel, dass ich mir eine Zugfahrkarte kaufen kann. Bitte. Ich habe dieses Handy. Ich verkaufe es dir. Gib mir dafür nur vierzig oder fünfzig Dollar."

„Soll das ein Witz sein? Ich habe nicht so viel Geld bei mir."

„Bitte. Nimm das Geld aus der Kasse. Das Handy ist mindestens hundert Mäuse wert. Komm schon, Andy. Du rettest mir damit das Leben. Ich muss aus der Stadt kommen."

Er kniff die Augen zusammen. „Hat dich dein Mann so zugerichtet?"

„Ich habe keine Zeit, dir jetzt alles zu erklären. Bitte! Du musst mir helfen."

Er holte tief Luft. „Einverstanden. Warte eine Minute. Ich bin gleich mit dem Geld zurück." Er verließ die Küche. Ich trat in die Speisekammer, wo mich niemand sehen konnte, und wartete, bis er zurückkam. Einen Augenblick später kam er mit zwei Zwanzigern zurück.

„Du gibst mir dafür dieses Handy", verlangte er. „Wenn der Chef morgen früh kommt, muss ich ihm sowieso erklären, warum Geld in der Kasse fehlt. Wenigstens hat er dann dieses Telefon."

Ich warf ihm das Telefon zu. „Ruf bitte die Polizei für mich an. Sag ihnen, dass Rudy mich geschlagen und eingesperrt hat. Falls er hier auftaucht, verrat ihm auf keinen Fall, dass ich hier war. Sag, dass du mich nicht gesehen hast. *Versprich es mir!*"

„Ja, ich verspreche es", sagte er und war bereits unterwegs zum Telefon, das an der Wand hing.

„Würdest du danach bitte auch noch meine Schwester anrufen", keuchte ich. Ich bekam fast keine Luft mehr. „Die Nummer ist im Handy eingespeichert. Unter *Amanda.*"

„Alles klar."

Ich verschwand eilig durch die Hintertür ins Freie und fragte mich, ob er wirklich irgendetwas von dem tun würde, worum ich ihn gebeten hatte. Todesangst beschlich mich. Ich war wie gelähmt, aber ich zwang mich weiterzugehen. Ich schleppte mich zum Bahnhof, so schnell meine Beine mich trugen, aber es war ein langer Weg zu Fuß, der Stunden zu dauern schien. Meine Lunge war wie ein Luftballon mit einem klaffenden Loch. Immer wieder musste ich stehen bleiben und um Atem ringen. Ich fürchtete, ich würde mitten im Wald zusammenbrechen und erst Tage später gefunden werden, wenn irgendein ekliger Jagdhund meine verweste Leiche roch. Mühsam schleppte ich mich weiter. Schweißgebadet. Bei jedem Atemzug pfiff meine Lunge. Ich erreichte den Bahnhof, als die Dunkelheit gerade anfing, der Dämmerung zu weichen.

Vorsichtig schaute ich, ob Rudys Auto auf dem Parkplatz stünde. Er war nirgends zu sehen. Erleichtert betrat ich die Halle und lehnte mich an den Fahrkartenschalter. „Wann fährt der nächste Zug von hier ab?", fragte ich den Fahrkartenverkäufer mit schmerzverzerrter Miene.

Er schaute mich entsetzt an. „Mädchen, Sie müssen ins Krankenhaus."

„Ich habe keine Zeit für ein Krankenhaus. Schnell. Wann fährt der nächste Zug?"

„Um sieben Uhr fährt ein Zug nach Dallas. Wohin wollen Sie denn?"

Ich brach in Tränen aus und warf mir die Hände vors Gesicht. „Ich will nach Jackson. Fährt denn kein Zug nach Jackson?"

„Erst um zehn."

„So lange kann ich nicht warten. Ich muss so schnell wie möglich aus der Stadt kommen.

„Sie könnten den Zug nach Dallas nehmen und in Monroe umsteigen. Von dort aus könnten Sie dann nach Jackson zurückfahren."

„Ich habe nur vierzig Dollar. Bitte. Das muss reichen."

Er nahm die zwei Zwanziger, tippte ein paar Zahlen in seinen kleinen Computer und nickte dann. „Vierzig Dollar reichen." Ich bezweifelte, dass das stimmte – vielleicht gab es doch einen einzigen Menschen in dieser armseligen Stadt, der ein gutes Herz hatte, dachte ich. „Aber wenn Sie dort ankommen, brauchen Sie doch auch Geld."

„Darüber zerbreche ich mir den Kopf, wenn ich dort bin." Ich nahm die Fahrkarte und drückte sie an meine Brust. „Bitte. Falls ein Mann kommt und mich sucht, sagen Sie ihm einfach, dass Sie mich nicht gesehen haben. Damit retten Sie mir das Leben."

„Soll ich die Polizei für Sie anrufen?"

Ich dachte an Andy, den Koch aus der Raststätte. „Die Polizei ist bereits informiert."

Ich schleppte mich zur Damentoilette und schloss mich ein. Dort blieb ich sitzen und wartete, bis der Zug einlief. Als es Zeit war einzusteigen, eilte ich auf den Bahnsteig. Ich war immer noch schweißgebadet und rang mühsam um Atem.

Schnell stieg ich in den Zug und schleppte mich von Wagen zu Wagen. Ganz hinten fand ich einen freien Platz und legte mich hin, für den Fall, dass Rudy käme und in die Fenster schaute, ob ich da wäre. Ich rollte mich wie ein Baby zusammen und stöhnte vor Schmerzen. Ich begann zu husten und legte die Hand auf meinen Mund, damit ich nicht zu laut wäre. Das Blut auf meinem Gesicht war immer noch nass.

„Hilf mir, Jesus", wimmerte ich. „Ich sterbe auf einem ekligen, stinkenden Sitz in einem alten Zugabteil. Das war passend", dachte ich. Das unwürdige Ende eines unwürdigen Lebens. „Bitte, Herr, bringe mich zu Lizzie ... Mir tut alles, was ich getan habe, so Leid. Hilf doch, dass Amanda mir noch eine zweite Chance gibt."

Der Zug setzte sich in Bewegung und lief aus dem Bahnhof aus. Ich war tatsächlich entkommen! Aber ich konnte fast nicht mehr atmen, und die Schmerzen waren nicht mehr auszuhalten.

Ich versuchte verzweifelt zu atmen. Ich spürte, dass mein Leben allmählich verlöschte. Als die Sonne aufging und durch die Fenster schien, legte sich eine schwarze Dunkelheit über mich.

40

In meiner Bewusstlosigkeit träumte ich, dass Amanda und Lizzie nach mir suchten. In panischer Hektik liefen sie in Barton von Haus zu Haus und durchkämmten den Wald. Ich träumte, dass sie weinten. Die Tränen auf Amandas Gesicht waren echt. Ihr ging es nicht um Geld.

Ihr war es nie um Geld gegangen.

Selbst in meiner Bewusstlosigkeit erkannte ich, dass ich sterben würde. Mir war völlig klar, dass ich daran selbst schuld war. Ich verdiente es, auf dem hintersten Sitz eines Zuges zu sterben, von einem Mann zu Tode geprügelt, von dem ich dachte, er würde mich lieben.

Ich verdiente es, dass Amanda bei meiner Beerdigung lachte. Wie absurd, dass ich die großzügigen Geschenke, die sie mir angeboten hatte, abgelehnt hatte ... und wozu? Um im Dreck meiner Kindheit sitzen zu bleiben? Wie lächerlich, dass ich das wählte, was ich kannte, wenn doch so viel mehr auf mich wartete.

Ich rollte mich noch mehr zusammen, als ich merkte, dass der Zug langsamer wurde und stehen blieb. Ich versuchte, die Augen zu öffnen, versuchte, wieder das Bewusstsein zu erlangen, aber ich bewegte mich in einem Niemandsland zwischen Schlaf und Tod.

Ich träumte, ich hörte das Geräusch eines Hubschraubers, aufgeregte Stimmen in den anderen Abteilen, eine besorgte Stimme, die meinen Namen rief, eilige Füße, die über den Bahnsteig liefen ...

Ich versuchte, die Augen zu öffnen, mich aufzusetzen, zu rufen, dass ich hier sei ... aber ich konnte mich nicht bewegen.

Die Stimme klang wie Amandas Stimme. *„Kara! Kara!“* Das konnte nur ein Traum sein. Amanda war nicht gekommen, um mich zu holen. Sie wusste nicht einmal, wo ich war. Ich hatte sie beleidigt, sie vor den Kopf gestoßen. Sie hatte mich bestimmt längst abgeschrieben.

Aber dann hörte ich die Stimme wieder ... jetzt kam sie näher.

„Lizzie! Hier ist sie!“

Ich hörte Lizzie. Sie weinte, als wäre *sie* verletzt. Hatte Rudy sie auch in die Finger bekommen ...

Ich brachte die Augen weit genug auf, um zu sehen, wie sie neben meinem Sitz auf die Knie sank. „Kara, wach auf", schluchzte sie. „Bitte wach auf. Verlass mich jetzt nicht, Kara. Bitte wach auf!"

Ich nahm meine ganze Kraft zusammen und zwang mich, meine Augen weiter zu öffnen.

„Kara, ich bin es." Lizzie berührte mein blutverschmiertes, geschwollenes Gesicht. „Amanda und ich sind gekommen, um dich zu holen. Kara? Sie ist wach, Amanda."

Amanda rief etwas. Sanitäter kamen durch den Gang gelaufen. Ich fühlte, wie sie meinen Kopf hochhob und ihn auf ihren Schoß legte. Mit zarten Fingern streichelte sie mir über die Haare. „Seien Sie vorsichtig", forderte sie die Sanitäter auf. „Das ist meine Tochter. Sie war verloren, aber jetzt haben wir sie gefunden. Ich liebe sie."

Ihre Tränen fielen auf mein Gesicht.

Ich blickte zu ihr auf und versuchte, den Mund zu öffnen. Mein Kinn war steif, aber vier Worte brachte ich flüsternd über die Lippen. „Es tut mir Leid."

„Es ist schon gut, Liebes. Alles wird gut. Du wirst wieder ganz gesund werden. Willkommen zu Hause, Liebes."

* * *

Sie trugen mich in einen Krankenwagen.

Ich hörte, wie sie über Funk dem Krankenhaus mitteilten, dass mein Lungenflügel zusammengefallen sei. Außerdem sei mein Kinn gebrochen und mehrere Rippen geprellt.

An mehr kann ich mich nicht erinnern. Nur dass ich Stunden später aufwachte und an Kabel und Monitore angeschlossen war. Mein Gesicht war genäht worden und ich hatte eine Infusionsnadel im Arm. Amanda und Lizzie saßen an meinem Bett und wachten bei mir.

Sie schauten mich liebevoll an, streichelten mir die Hände und redeten mit mir darüber, wer ich wirklich bin...

Dieses Mal hörte ich zu.

Einige Tage später nahmen sie mich mit nach Hause.

* * *

Im Laufe der Zeit erholte ich mich von meinen Verletzungen. Rudy kam für vierzig Jahre hinter Gitter, weil er seine Braut halb tot geschlagen und damit seine Bewährungszeit verletzt hatte.

Jetzt, einige Monate später, sitze ich auf dem Balkon des Zimmers, das Amanda für mich eingerichtet hat, und schaue auf den Garten hinab, in dem die Blumen in allen Farben blühen. Ein wunderbarer Duft weht durch meine Haare. Selbst jetzt noch schmerzt mich meine Vergangenheit zutiefst. Wie hatte ich nur so starrsinnig sein können? Dieses Leben jetzt ist so schön.

Ich weiß, dass ich es nicht verdiene. Amanda hätte mich im Dreck sitzen lassen können. Aber so ist sie nicht.

Solange ich lebe, werde ich ihre Liebe nie vergessen, mit der sie mir begegnet ist, auch dann noch, als ich sie mit solcher Verachtung behandelte. Ich werde nie ganz begreifen, warum ich mir keine Fahrkarte kaufen und mich nicht selbst zu ihr auf den Weg hatte machen müssen. Sie kam immer in dem Augenblick, wenn ich sie rief, ohne auch nur eine Sekunde zu zögern.

Ich höre ihre Schritte auf dem weichen Teppich. Sie kommt zu mir auf den Balkon und setzt sich zu mir. Ich lächle sie an. Sie sieht die Tränen auf meinem Gesicht.

„Was hast du denn, Liebes?"

Mein Herz ist so voll, dass ich kaum sprechen kann. „Ich versuche nur, mich selbst zu verstehen. Das ist alles."

Sie setzt sich neben mich und schaut mich liebevoll an.

Ich senke den Blick. „Ich kann einfach nicht verstehen, warum ich so lange gewartet habe, bis ich zu dir kam. Ich habe ein armseliges, erbärmliches Leben diesem Paradies vorgezogen. Ich habe mir mein eigenes Gefängnis geschaffen und gedacht, es wäre die

Freiheit. Ich habe Dinge getan ... ich weiß nicht, wie du mir das je vergeben kannst."

„Was soll ich dir denn vergeben, Liebes?"

Ich schaue sie beschämt an. „Dass ich so war, wie ich war."

„Aber so bist du jetzt nicht mehr." Aus ihren Worten spricht Geborgenheit, Liebe und Wahrheit. „Du bist von deiner Vergangenheit erlöst. Alles, was ich jetzt sehe, ist meine schöne, geliebte Tochter."

Ich weine wieder. Sie hält mich fest, streicht mir über das Haar und wiegt mich in den Armen.

„Pscht", flüstert sie wieder. „Alles ist gut, Liebes ... ich liebe dich, seit du drei Jahre alt warst ..."

Ich weiß, dass sie das von ganzem Herzen so meint. Dabei geht es nicht um Geld. Darum ging es nie. Es geht um ein Versprechen, das einem Mann gegeben wurde, an den ich mich nicht erinnere ... von einer Frau, die ich glaubte zu hassen.

Ein Versprechen, das ich nicht verdient habe. Ein Versprechen, das neues Leben, bedingungslose Liebe und Befreiung von den Fesseln bedeutet, die mich gefangen hielten.

Nach den vielen falschen Versprechen in meinem Leben hat dieses eine Versprechen am Schluss alles verändert.

Fragen zum weiteren Nachdenken

Folgende Fragen eignen sich zu einer Buchbesprechung, zu einer Bibelarbeit oder einem Gruppengespräch.

1. Diese Geschichte wird aus Karas Sicht erzählt. Kara ist ständig skeptisch – ungläubig, wenn man so will. Lizzie dagegen glaubt – sie kann ihr Erbe ohne zu zögern annehmen. Welche der beiden Schwestern sind Sie?
2. Gab es etwas an Lizzie, durch das sie sich mehr für das Erbe eignete als Kara, oder war es für beide gleich zugänglich?
3. Unter welchen Bedingungen nahm Amanda Lizzie in ihr Haus auf? Wie, glaubte Kara, sähen diese Bedingungen aus? Haben Ungläubige manchmal falsche Vorstellungen von einem Leben als Christ?
4. Warum wachte Amanda in all den Jahren über die beiden Mädchen? Was hatte das Versprechen, das sie Jack gegeben hatte, mit ihrer Hingabe für die Mädchen zu tun?
5. Gott versprach Abraham, dass durch Abrahams Samen alle Völker auf der Erde gesegnet sein würden (1. Mose 12; 15; 17). Paulus schreibt, dass Jesus Christus dieser „Same" ist (Galater 3,15). Inwiefern sind Sie ein Kind dieses Bundes? Vergleichen Sie die Parallelen in diesem Buch mit den Verheißungen, die Gott hielt, als er Jesus Christus auf die Erde sandte.
6. Eloise und Deke täuschten die Mädchen ihr Leben lang. Dann tauchte Rudy auf und erzählte Kara weitere Lügen. Inwiefern wurden Sie in Bezug auf Ihr eigenes „Erbe" getäuscht?
7. Was ist Ihr Erbe in Jesus Christus (1. Petrus 1,3-5)?
8. Gab es eine Zeit in Ihrem Leben, in der Lügen Sie davon abhielten, in das Reich Gottes zu kommen?
9. Warum zog Kara die Armut ihrem Erbe vor? Auf welche Weise ziehen wir unsere geistliche Armut dem Erbe, das Gott uns anbietet, vor?

10. Auf welche Weise haben Sie schon die Macht des Heiligen Geistes in Ihrem Leben erstickt oder darauf bestanden, ein oberflächliches und nutzloses Leben zu führen, statt das überfließende, reiche Leben, das Jesus Ihnen anbietet?
11. Was tat Kara, als sie endlich die Wahrheit begriff? Haben Sie schon versucht, sich den Weg zu Gott zu erarbeiten?
12. Ist es möglich, zu Ihren eigenen Bedingungen zu Gott zu kommen? Wie sehen seine Bedingungen aus? (Lesen Sie dazu Römer 10,9-13)
    Warum sind Gottes Bedingungen besser als unsere? Lesen Sie dazu auch Jeremia 29,11.
13. Lesen Sie in 1. Samuel 18, 19 und 20 von dem Bund, den David mit Jonathan schloss. Jonathan weitete diesen Bund auf sein „Haus" bzw. seine Nachkommen aus (1. Samuel 20,15-16). Wozu verpflichtete dieser Bund David?
14. Jonathan und sein Vater, Saul, werden im Kampf getötet. Feinde kommen in den Palast und wollen Sauls gesamte Familie auslöschen. Lesen Sie in 2. Samuel 4,4 von Jonathans fünfjährigem Sohn, Mefi-Boschet.
15. Lesen Sie jetzt 2. Samuel 9. Warum lud David Mefi-Boschet in sein Haus ein? Welches Bild hatte Mefi-Boschet von sich selbst?
16. Sehen Sie Parallelen zwischen der Geschichte von David und Mefi-Boschet und dem vorliegenden Roman? Wie wirkt sich diese biblische Geschichte auf uns als Christen aus? Können Sie Parallelen zwischen Ihrem eigenen Leben und Mefi-Boschet erkennen?
17. Wenn wir Gottes Kinder sind, Mitglieder seiner Familie und Miterben Christi, haben wir dann je Grund, uns einsam oder hilflos zu fühlen? (Siehe Römer 8,15-17)
18. In Lukas 12,32 sagt Jesus: *„Fürchte dich nicht, du kleine Herde! Denn es hat eurem Vater wohlgefallen, euch das Reich zu geben."* Können wir irgendetwas tun, um uns die Gnade zu verdienen, die Jesus uns gibt, wenn er uns in seine Familie einlädt? Was verlangt Jesus Christus von uns?

Nachdem Sie diese Fragen gelesen und bearbeitet haben, möchte ich Ihnen vorschlagen, als nächsten „Roman“ das Alte Testament zu lesen. Es ist eine wahre Geschichte, spannender und aufregender als jeder erfundene Roman! Lesen Sie danach das Neue Testament und finden Sie heraus, dass Sie ein Kind des Bundes sind, das Gott unendlich liebt und bei sich haben möchte.